CASA PARA DOS

Emily Kerr

CASA PARA DOS

Cualquier forma de reproducción, distribución, comunicación pública o transformación de esta obra solo puede ser realizada con la autorización de sus titulares, salvo excepción prevista por la ley. Diríjase a CEDRO si necesita reproducir algún fragmento de esta obra.
www.conlicencia.com - Tels.: 91 702 19 70 / 93 272 04 47

Editado por HarperCollins Ibérica, S. A.
Avenida de Burgos, 8B - Planta 18
28036 Madrid

Casa para dos
Título original: Her Fixer Upper
© 2023 Emily Kerr
© 2024, para esta edición HarperCollins Ibérica, S. A.
Publicado por HarperCollins Publishers Limited, UK
© De la traducción del inglés, HarperCollins Ibérica, S. A.

Todos los derechos están reservados, incluidos los de reproducción total o parcial en cualquier formato o soporte.
Esta edición ha sido publicada con autorización de HarperCollins Publishers Limited, UK.
Esta es una obra de ficción. Nombres, caracteres, lugares y situaciones son producto de la imaginación del autor o son utilizados ficticiamente, y cualquier parecido con personas, vivas o muertas, establecimientos comerciales, hechos o situaciones son pura coincidencia.

Diseño de cubierta: CalderónSTUDIO®

ISBN: 978-84-10021-42-6
Depósito legal: M-33314-2023

A todos mis primos pequeños

1

—Esto no es un todo incluido, ¿sabe? —ladró la supervisora de la cantina cuando me pilló intentando meterme en el bolso un par de panecillos más de la pila que había al final del mostrador.
—Son para una clase sobre la hambruna irlandesa —intenté explicar, muy consciente de que nuestra conversación estaba atrayendo la atención de un grupo de chicos de último curso de secundaria.

Me moriría si alguien se enterase que se trataba de un patético intento de economizar para aumentar el saldo de mi cuenta de ahorros, a la que llamaba, con optimismo, «Depósito de la casa». La introducción de comidas gratis para los profesores había sido la forma que tenía la escuela de compensarnos por el hecho de que llevábamos tres años sin recibir un aumento de sueldo. Por supuesto, cualquiera de nosotros habría preferido un aumento de sueldo, pero, si se ofrecía comida gratis, yo estaba decidida a aprovecharla al máximo. Por desgracia, parecía que la supervisora de la cantina no pensaba como yo.

Me devolvió la mirada y la expresión fulminante de sus ojos bastó para hacer que yo le hiciera caso sin rechistar. Cuando se aseguró de que su mirada me había clavado en el sitio, desvió los ojos hacia el mostrador, y con ello dejó claro qué quería que hiciera yo.

—Lo siento —murmuré mientras dejaba los panecillos en su sitio, y me escabullí hacia la mesa de los profesores, que estaba en la otra punta del comedor.

—Seguro que vivir a base del pan duro del colegio no va a suponer una gran diferencia a la hora de comprar una vivienda, Freya —dijo Leila, sonriendo ante mi expresión avergonzada mientras me sentaba frente a ella.

Intenté decirle a mi mejor amiga del trabajo que parara, pero ya era demasiado tarde. El comentario lo había escuchado mi jefe de departamento, el señor Rhys, un hombre que tenía opinión para absolutamente todo y le gustaba darla, aunque no se la hubieran pedido. Cuando él estaba cerca, yo experimentaba un confuso estado de miedo e irritación, lo cual no favorecía precisamente un ambiente de trabajo relajado.

—¿Sigue intentando comprar una casa, señorita Hutchinson? —preguntó, y el sonido de las palabras fue amortiguado por el pastel que estaba masticando—. Quizá si dejara las tostadas con de aguacate y los cafés especiales no le resultaría tan difícil. Los jóvenes de hoy tienen todas las prioridades equivocadas. A su edad, yo ya tenía mi segunda casa. —Agitó el tenedor en mi dirección para enfatizar su afirmación, y trozos de carne picada a medio masticar le cayeron de la boca a la mesa mientras hablaba.

Luché tanto por no poner los ojos en blanco a causa de su comentario que se me humedecieron. ¿Había visto el señor Rhys los precios de la vivienda hoy en día? Según mis cálculos, tendría que dejar de tomar café durante aproximadamente veintisiete años para llegar a ahorrar la cantidad suficiente para pagar solo la entrada, y, para entonces, por supuesto, los precios habrían vuelto a subir.

¿Y tenía idea de lo difícil que era ahorrar nada cuando la mayor parte de mi sueldo se iba en el carísimo alquiler y en las facturas?

—Soy alérgica a los aguacates —me limité a decir, pues yo era demasiado cobarde como para pronunciar un discurso airado.

—¿Cómo está su esposa, señor Rhys? ¿Y su familia? Son los dueños de una cadena de muebles, ¿no? —dijo Leila, y me guiñó un ojo.

—Está muy bien, gracias por preguntar —contestó mi jefe, aparentemente incapaz de sumar dos más dos para darse cuenta de que la razón principal por la que él había adquirido su segunda propiedad en la misma etapa de la vida en la que yo me encontraba ahora era que se había casado con una heredera.

Luego pasó a contarnos con todo lujo de detalles su último viaje a la casa de vacaciones que tenían en la costa. Me parecía injustísimo que algunas personas tuvieran más de una vivienda cuando yo aún luchaba por salir de una habitación alquilada en una casa compartida.

Me concentré mucho en la comida para no decir nada de lo que luego me arrepintiera. Por muy autoritario que fuera mi jefe, tenía que mantenerlo de mi parte. No dejaba de insinuar que crearía un nuevo puesto de subdirectora de departamento, un cargo con el que a veces me permitía soñar despierta cuando me sentía más segura. Lo mismo no tendría ninguna posibilidad de conseguirlo, pero estaría tan bien que me reconocieran mi duro trabajo y sería ideal el modesto aumento de sueldo que acompañaría al cargo.

El señor Rhys siguió sermoneando sobre su tema favorito, la decadencia de la juventud, mientras pasaba a su segunda ración de gelatina y helado, ambos de colores tan chillones que no presagiaban nada bueno para los niveles de hiperactividad de nuestros alumnos aquella tarde. Por fin terminó de comer y se fue a supervisar el aula de castigo, dejándonos a Leila y a mí con la mesa para nosotras solas.

—Creía que ibas a echarle el agua en la cabeza cuando empezó a hablar de «los jóvenes de hoy» —dijo Leila riendo—. ¿No se da cuenta de que es un cliché con patas?

—Nunca se le ha dado bien leer entre líneas. Cree de verdad que es tan fácil como ir a un asesor hipotecario, pedir un préstamo y recoger las llaves de la casa de tus sueños. En cambio, en la última cita que tuve, el tipo se esforzaba por mantener la cara seria mientras revisaba mi solicitud. Por lo visto, soy un «riesgo». No importa que pague casi el doble de alquiler de lo que pagaría por una hipoteca. Como no tengo una cuenta con mucho fondo, no creen que pueda permitirme tener una. Es de lo más frustrante. Me paso todo el tiempo animando a los niños a soñar a lo grande y diciéndoles que, si trabajan duro, pueden conseguir lo que se propongan. Pero empiezo a sentir que les estoy mintiendo.

—Algún día lo conseguirás —dijo Leila, poco convencida.

—Sí, pero ¿será antes de que me llegue la hora de mudarme a una... residencia de ancianos? Esa es la cuestión. Te juro que cada vez que busco en Rightmove le han añadido un cero más al precio. Menos mal que el wifi del colegio no me deja entrar más en la página; se está volviendo ya demasiado deprimente.

Leila me echó en el plato algunas de sus patatas fritas.

—Toma esto para animarte. ¿Sabes lo que necesitas? Algo que te distraiga de todo. Cuando tenga que pasar, pasará; confía en mí. Mientras tanto, ¿por qué no te diviertes un poco y te vienes conmigo y con los demás al concurso del *pub* esta noche? Celebramos que hemos sobrevivido a la primera semana de vuelta.

Me comí una de las patatas y me estremecí por la cantidad de vinagre que Leila le había echado.

—No debería —dije, y me vino a la mente la cara de suficiencia del asesor hipotecario cuando recordé cómo había enarcado las cejas al leer mis extractos bancarios.

Fue humillante tener que justificar cada pequeña transacción, y él ni siquiera esbozó una sonrisa cuando me apresuré a explicarle que parte del dinero que Leila me había transferido con el jocoso concepto de «Putas y malas decisiones» en realidad era dinero que me debía por una clase de boxeo a la que nos habíamos apuntado por error. El asesor me insinuó enérgicamente que yo tenía que controlar aún más mis gastos, lo cual iba a ser difícil, teniendo en cuenta que me había pasado la mayor parte de mi vida comportándome como una ermitaña tacaña. Pero, si seguía rechazando invitaciones a actos sociales, la gente dejaría de invitarme. No podía sacrificarlo todo por un sueño potencialmente inalcanzable.

Leila captó la nota de duda de mi voz.

—Ven, te hará bien salir —dijo—. Encima, hay un premio decente: una comida gratis, por lo que es prácticamente una inversión. Además, nos vendría bien contar con tu experiencia en el equipo. Tenemos la música y el deporte cubiertos, pero tus conocimientos generales de trivialidades nos serían de gran ayuda.

—Y yo que pensaba que lo que buscabas era mi compañía. —Me reí—. Vamos entonces. Cualquier cosa con tal de postergar la vuelta a mi actual cuchitril. El *pub* tendrá calefacción, ¿no?

—Dime que no estás racionando la calefacción también. Sé que cuesta una fortuna y que podrías quemar dinero para calentarte, pero esta mañana hacía dos grados bajo cero, Freya. Vas a coger una pulmonía si no la pones.

Suspiré.

—Por una vez, no ha sido decisión mía. Nuestro casero tiene el termostato en la parte de la casa en la que vive y parece completamente insensible al frío. La otra mañana entró en la cocina vestido solo con pantalones cortos y preguntó por qué los demás llevábamos tres jerséis cada uno. Me estoy planteando seriamente empezar a llevar un gorro de lana dentro de casa.

Leila hizo una mueca.

—Imagino que ver a Steve semidesnudo fue suficiente para que todos dejarais de desayunar. —Miró el reloj—. Bien, voy a tener que dejarte. El torneo de *netball* de los de sexto de primaria me reclama. Reza por mí. Nos vemos luego en The Taps.

Tuve que enfrentarme a mi propio desafío: los chicos de segundo de secundaria, a los que les habían regalado desodorantes muy fuertes en Navidad y se lo habían aplicado en gran cantidad. Hice la nota mental de advertirles a mis colegas del Departamento de Química de que, si encendían un mechero de Bunsen cerca de estos chicos, toda la escuela se esfumaría. Los alumnos estaban de buen humor, con su habitual estado eufórico. Se reían a carcajadas de los chistes y trataban de darme cuerda moviendo sus pupitres un centímetro hacia delante cada vez que les daba la espalda para escribir en la pizarra. Fingí ignorar sus trucos y les distraje con un animado debate sobre el sufragio femenino. Cuando sonó el timbre que marcaba el final de la jornada, había varios admiradores más de Emmeline Pankhurst en la sala, pero yo estaba agotada por el esfuerzo y fantaseaba con la idea de desplomarme en una habitación a oscuras.

Leila me pilló cuando me escabullía de la sala de profesores e iba a los aparcamientos de bicicletas para intentar ir directamente a casa.

—Oh, no, de ninguna manera —dijo—. Si solo trabaja y nunca se divierte, los amigos de Freya se entristecen por ella. Venga, vamos. Te sentirás mejor cuando hayamos vencido al equipo de la empresa pija de relaciones públicas. Te juro que los vi usar Google en el último concurso. Es hora de que obtengan su merecido.

Enlazó su brazo con el mío y me condujo a la esquina de The Taps, el lugar perfecto para nuestro pequeño grupo de profesores, porque estaba demasiado cerca del colegio para que los alumnos de primaria se atrevieran a entrar, y era demasiado nuevo para que los miembros más tradicionales del personal se molestaran en ir allí.

Leila saludó contenta al camarero.

—*Gin-tonics* para todos, por favor, Rog. Y que sean dobles. Nos los merecemos después de la semana que hemos tenido. Yo te invito —insistió ella cuando empecé a protestar.

El concurso resultó ser mucho más difícil de lo que esperaba y sacó a relucir mi lado competitivo. Nuestro equipo, encorvado en un rincón, susurraba entre dientes mientras se iba llenando de respuestas el papel y aumentaba la pila de vasos vacíos.

Cuando estábamos en medio de un apasionado debate sobre si era en el primero o en el segundo libro de *Harry Potter* donde Harry y Ron estrellaban un coche contra el Sauce Boxeador, Leila me agarró del brazo y señaló la mesa de al lado.

—Los pijos de las relaciones públicas vuelven a las andadas. Mira a ese tipo del taburete buscando en Google con su móvil. ¿Podría ser más descarado? Es penoso.

—Voy a decirle algo.

La combinación de un *gin-tonic* doble y un día de tratar con niños traviesos en el colegio me daba una confianza en mí misma poco habitual. No estaba de humor para tonterías.

—Freya, no... —siseó Leila mientras yo iba hacia el hombre.

Me puse delante de él y me aclaré la garganta.

—Dámelo —le dije, en plan maestra.

Es más, apenas pude contenerme para no decirle que se abrochase el botón de arriba de la camisa y se peinase para que no pareciera que acababa de levantarse de la cama.

Se sobresaltó tanto que empezó a hacer lo que se le ordenaba, y entonces se detuvo.

—¿Cómo? —replicó—. ¿Me estás acusando de hacer trampas en el concurso? Porque desde luego que no. Estaba revisando mis correos y... Dios mío, Hutch, ¿eres tú?

Se levantó del asiento y su rostro esbozó una enorme sonrisa. La sonrisa era inconfundible, aunque la última vez que yo la había visto su dueño era un desgarbado preadolescente, y desde luego no el hombre sin afeitar y ancho de espaldas que tenía ante mí en ese momento. No obstante, seguía habiendo aquella ligera torpeza en su alta estatura, y sus ojos marrones eran tan cálidos y chispeantes como solían ser; ojos traviesos, decían siempre nuestros profesores, generalmente seguido de una sonrisa indulgente. Siempre con picardía, nunca con malicia.

—¡Charlie Humphries, no me lo puedo creer! —La voz se me entrecortó al saludarlo.

Hacía demasiado que no hablábamos y me resultaba extraño oír mi apodo de la infancia con ese tono tan grave, cuando la última vez que le había oído llamarme así su voz tenía un timbre agudo. Luché contra el impulso de alargar la mano y tocarlo para comprobar que era real y no un producto de mi imaginación.

—¿Qué haces aquí? —añadí—. Creía que habías encontrado trabajo en Londres cuando terminaste de viajar.

Sentí una punzada de nostalgia por el pasado; entonces éramos tan inseparables que a menudo me confundían con su hermana melliza. Cuando tuve que mudarme porque mi madre consiguió un trabajo nuevo, me sentí como en el fin del mundo; sin embargo, a pesar de nuestras promesas de seguir siendo los mejores amigos pasara lo que pasara, las presiones de la distancia y los nuevos grupos de amigos hicieron que nos distanciáramos, hasta que de adultos nos convertimos en meros conocidos que solo se mantenían en contacto siguiéndose en las redes sociales. Nuestras interacciones allí eran tan escasas que los algoritmos ya ni siquiera se molestaban en mostrarme actualizaciones sobre él.

—¿Londres? No, gracias —dijo Charlie—. Esos son los dominios de mi hermana. Me encanta visitarla, pero siempre me gusta volver en tren a Yorkshire. Después de haber viajado por tantos países, puedo asegurar que no hay lugar como el Condado de Dios. ¿A qué te dedicas? ¿Cómo te ha ido?

Me reí.

—Creo que sería mejor responder a la primera pregunta que a la segunda. Para contarte todo lo que ha pasado desde que éramos niños, tendríamos que estar aquí toda la noche. Enseño Historia. Trabajo en el colegio de aquí al lado. Mis padres también se mudaron cuando se prejubilaron. ¿Y tú? ¿Ahora trabajas en relaciones públicas?

Charlie parecía confuso.

Señalé a los tíos que se reían a carcajadas en la mesa de al lado, dándose palmadas en la espalda de placer porque uno de ellos había garabateado en la foto de una pobre mujer de la ronda.

Charlie puso mala cara.

—¿Crees que estoy con esos tipos? Menos mal que no. Cuando vine aquí a ahogar mis penas, no me di cuenta de que era noche de concursos y, para cuando caí en ello, ya me había tomado una copa y este era el único sitio que quedaba para sentarse. No, dirijo mi propia agencia y me encargo de las redes sociales de varias empresas locales. Supongo que soy una especie de relaciones públicas, pero me gusta pensar que es un trabajo diferente, que consiste más en relacionarse con los clientes y ayudarlos a ver a las personas reales que hay detrás de las marcas. Puedo ser creativo y divertirme con ello.

—Guau, me alegro por ti. Es increíble tener tu propio negocio y ser tu propio jefe.

—Eso piensa la gente —dijo, de repente abatido.

Me acordé de su comentario de que había venido aquí a ahogar sus penas y me pregunté si debía preguntarle... más. Pero, antes de que pudiera decir nada, Leila se acercó agitando la hoja de respuestas hacia nosotros.

—Hola hola, ¿quién es este? ¿Y por qué te está distrayendo de la seria tarea de ganar nuestra cena?

Charlie extendió la mano.

—Soy Charlie. Fui compañero de Freya. Íbamos seguidos en la lista del colegio por nuestros apellidos. Llegó a conocérsenos como Hutch y Humph...

—El Dúo Terrible —rematé con una carcajada.

Leila enarcó una ceja.

—¿Freya era parte de un dúo terrible? Eso sí que me encantaría saberlo. Ven con nosotros, Humph. Así nos cuentas todos los oscuros secretos de Freya para que podamos usarlos para chantajearla cuando llegue a ser directora.

Puse mala cara ante la generosa ambición de mi amiga. Leila levantó la mano como para alejar las dudas.

—Algún día lo conseguirá, antes de lo que ella cree —le dijo a Charlie—. Bien, pareces el tipo de persona que podría aportar conocimientos útiles a un equipo de concursantes. Los concursantes siempre son bienvenidos. Por lo menos, mejor que buscar en Google como los pijos de las relaciones públicas.

—No quiero molestar —dijo Charlie.

—No molestarías —me apresuré a tranquilizarlo. No quería que desapareciera tan pronto después de habernos encontrado—. Estaría bien ponernos al día. Y, créeme, cuando a Leila se le mete algo en la cabeza, no hay quien le diga que no.

—Hola, olla, soy la tetera —replicó Leila—. Venga, Charlie, creo que tu especialidad podría ser la ronda de música, que es la siguiente.

Nos volvimos a sentar en nuestra mesa y, como Leila había predicho, Charlie resultó tener un oído excelente para los artistas de canciones y un conocimiento enciclopédico de los años en que ciertos *singles* fueron éxitos. Pero, aunque parecía estar disfrutando, no pude evitar preocuparme por la razón que lo había llevado a entrar en el *pub*. A pesar de los años que habían pasado desde la última vez que nos habíamos visto, me seguía importando mi viejo amigo y yo quería que fuera feliz.

Cuando terminó la última ronda y se anunciaron los resultados —a pesar de las protestas de Leila de que habían hecho trampas, perdimos, y el primer puesto lo obtuvieron los chicos de las relaciones públicas—, por fin tuve la oportunidad de preguntarle a Charlie qué pasaba.

—¿En qué estás pensando? Un penique por tus pensamientos —dije, repitiendo la frase que mi abuelo Arthur nos decía cuando éramos niños.

Una vez, nos vio haciendo los deberes de Matemáticas cabizbajos y nos preguntó por qué teníamos que aprender a hacer divisiones largas. Nos alegramos mucho cuando pensamos que nos estaba ofreciendo dinero a cambio de nuestras reflexiones y, bendito sea, demostró ser el mejor abuelo de la historia al darnos una moneda brillante de una libra a cada uno mientras se reía entre dientes y nos decía que no nos preocupáramos demasiado por las divisiones largas, que al final lo conseguiríamos o que una calculadora nos ayudaría en caso de crisis matemática.

Charlie sonrió cuando le recordé la historia.

—Quizá, si hubiera ahorrado aquella libra en vez de gastármela en dulces —dijo—, habría creado un hábito que ahora me vendría muy bien. No es nada grave; por supuesto, no es un asunto de vida o muerte, pero supongo que es la muerte de un sueño que he estado alimentando. —Suspiré—. Hoy me han denegado un préstamo. Bueno, una hipoteca en realidad. He hecho todo lo que había que hacer (me he mudado a casa de mis padres para ahorrar para pagar una entrada, y los libros de más de dos años de mi negocio demuestran que tengo ingresos regulares, pero al parecer no es suficiente). De hecho, el tipo tuvo la desfachatez de decirme que es más fácil conseguir una hipoteca si la solicitas en pareja. Créeme si te digo que es un poco difícil encontrar pareja cuando vives con tus padres y tu madre y tu padre interrogan a tu cita sobre sus perspectivas y ambiciones durante el desayuno.

—Dímelo a mí. Estoy en una situación parecida. No vivo con mis padres, pero...

—No dejes que empiece otra vez —dijo Leila—. Freya, te quiero mucho, pero seguro que estás de acuerdo conmigo en que a veces te pones un poco pesada con el tema de la casa. No la animes, Charlie.

—Sé exactamente cómo se siente Freya —dijo él—. Es una situación difícil. Me siento como estancado en algún punto del camino hacia la madurez.

Asentí con la cabeza.

—Deberías hacer como yo y buscarte unos parientes con más dinero que inteligencia emocional para que traten de comprar tu afecto en forma de un piso de una habitación con gracia y favor —dijo Leila—. No es que esté amargada por la total indiferencia de mi familia hacia mí como ser humano, por supuesto. O, en su defecto, haz lo que te dijo el tío de la hipoteca, Charlie —sugirió—. ¿No erais el Dúo Terrible? Entonces, ¿por qué Freya y tú no os compráis una casa juntos? Salud. —Y, con eso, chocó su vaso lleno contra los nuestros vacíos, se bebió la copa y fue al baño.

—Creo que Leila se ha tomado unas cuantas copas de más entre ronda y ronda —le dije en voz baja a Charlie.

—Nos casamos en el patio del colegio. Quizá no sea tan mala idea. —Hizo una pausa, manteniendo la expresión completamente seria.

Entonces vi que se le movían las comisuras de los labios y me guiñó un ojo, con lo que dejó muy claro que estaba bromeando.

Nos reímos de la idea. Charlie se miró el reloj.

—Bien, creo que debería irme. Puede que para ti no sea noche de colegio, pero para mí sí. Me dedico a enseñar casas para una agencia inmobiliaria local. Me ayuda a ahorrar y, además, me entero de propiedades que no podré comprar antes de que salgan al mercado. —Se inclinó hacia delante y me besó en la mejilla—. Nos vemos, Hutch. Ha estado genial ponernos al día. No dejemos pasar tanto tiempo la próxima vez, ¿eh?

2

Para cuando conseguí que Leila regresara sana y salva a su casa, necesité toda mi capacidad de persuasión para que dejara de cantar por el camino.

Ya era más de medianoche. Maldije mientras intentaba meter la llave en la cerradura. La lucha se debió más al hecho de que la luz exterior estaba rota de nuevo que a los *gin-tonics* que había consumido aquella noche. A pesar de que nuestro casero, Steve, vivía en el edificio y le afectaban personalmente las cosas que había que arreglar, nunca se ponía manos a la obra. Incluso había llegado a presentarle una lista pormenorizada con las reparaciones necesarias codificadas por colores en orden de prioridad; sin embargo, derramó su té sobre ella, probablemente a propósito, y ahí quedó todo.

Fui a la cocina y volví a maldecir al darme cuenta de que uno de mis compañeros había dejado el fregadero lleno de platos y la puerta de la nevera abierta de par en par. Luché contra el impulso de ponerme a limpiar aquello. Aunque me moría de ganas de dejarlo todo reluciente...

Además, si yo seguía haciéndolo, era menos probable que los demás se molestaran en poner de su parte. Ya era hora de que el resto de la familia dejara de asumir que era mi responsabilidad por ser la única mujer.

Llevé mi pesado equipaje a la habitación y empecé a prepararme para irme a la cama. Había sido un día largo y estaba más que preparada para dormir. Mientras me cepillaba el pelo, pensé en el encuentro con Charlie. Me había alegrado volver a verle. Y me tranquilizó saber que yo no era la única persona en esta situación. Tenía suerte de poder volver a casa para ahorrar. Mis padres se habían mudado a una urbanización exclusiva para mayores de cincuenta y cinco años, y yo tardaría bastante en cumplir ese requisito.

Apagué la luz y me metí en la cama, levanté los dos edredones y abracé las tres bolsas de agua caliente con la vana esperanza de que mi nido siguiera siendo lo bastante acogedor para poder dormir bien. Steve era demasiado tacaño para el doble acristalamiento, y el único lugar de la habitación donde cabía mi cama era justo debajo del alféizar de la ventana, justo donde se producían las peores corrientes de aire. Pero, a pesar del aire acondicionado no deseado, estaba tan cansada de aquel largo día tratando con adolescentes revoltosos que conseguí dormirme bastante rápido.

Un par de horas más tarde me desperté sobresaltada y me di cuenta de que ya no estaba sola en mi habitación. A pesar de que la luz de las farolas de la calle se filtraba por las finas cortinas, no podía distinguir de quién era la silueta que veía contra las puertas de mi armario. Oía el sonido de su pesada respiración y percibía el espeso hedor de su olor corporal mezclado con un vapor de cerveza. Me quedé inmóvil, demasiado aterrorizada para respirar. ¿Qué podía hacer? Sabía que había cerrado con llave la puerta principal al entrar, pero los chicos no siempre eran diligentes al respecto. La casa estaba en una zona estudiantil de Leeds. Los alquileres allí eran un poco más baratos, pero, por otra parte, era una zona atractiva para los ladrones que buscaban presas fáciles y habitaciones llenas de aparatos y tecnología cara. Hasta aquel momento habíamos evitado cualquier incidente, pero ahora parecía que se nos había acabado la suerte. ¿Era mi habitación su primer objetivo?

¿O ya habían saqueado el resto de la casa?

El suelo crujió cuando el intruso se acercó un paso más a la cama. Y fue entonces cuando mi imaginación se disparó.

¿Y si no se trataba de un ladrón en busca de un portátil, sino de un atacante en busca de algo mucho peor? Por muy gruesos que fueran mis edredones, no servirían de mucho si llevaba un arma. Si me ponía a gritar, ¿me oirían mis compañeros de piso? Y, si lo hacían, ¿tendrían tiempo de reaccionar antes de que el intruso se abalanzara sobre mí? ¿Estarían siquiera en casa para oír mi llamada de auxilio? Mi teléfono estaba en la otra punta de la habitación, enchufado, se estaba cargando, así que no había forma de marcar el 999, aunque recordara lo que hay que hacer en una llamada silenciosa para alertar a las autoridades de que no eres un bromista, sino alguien que necesita ayuda.

El intruso se acercó un paso más, y luego el colchón gimió cuando se sentó en el borde de la cama. Tragué la bilis que me subía por la garganta. Todos los receptores de mi cuerpo estaban en alerta máxima y mis miembros reaccionaron con horror. Sabía que tenía que moverme, alejarme y ponerme a salvo; en cambio, el terror me paralizaba, como si las pesadillas cobraran vida en una realidad espeluznante. A cámara lenta, vi cómo la sombra de su brazo se acercaba a mí, con dedos ásperos que tiraban del edredón que yo sujetaba hasta la barbilla.

—Freya —dijo el intruso. Su voz pastosa se acercaba cada vez más mientras empezaba a inclinarse hacia mí.

La proximidad de su cara a la mía me dio por fin el impulso para moverme. Con un aullido ahogado, solté los edredones y empujé la base de la mano hacia arriba. No estaba segura de con qué choqué, pero el golpe le dio una sacudida que le hizo soltar un grito y retroceder un centímetro vital. Me levanté de un salto y agarré lo que tenía más a mano, que resultó ser una de mis bolsas de agua caliente, y la golpeé contra la espalda de mi atacante antes de caer al suelo y tropezar con la puerta.

—Freya, ¿qué haces? Soy yo, Theve —gimió el intruso.

Apreté el codo contra el interruptor de la luz y puse la mano en el pomo de la puerta, lista para salir corriendo.

Cuando la luz inundó la habitación, mis ojos procesaron lo que mis oídos no habían registrado. Mi casero Steve estaba tumbado en la cama, con la mano apoyada en la mejilla, que, si no me equivocaba, tenía la marca de mi mano.

—¿Qué demonios crees que estás haciendo, Steve? —grité.

Mi miedo se transformó de peligro por lo extraño a un tipo diferente de horror.

—Lo siento, me he equivocado de habitación —balbuceó.

—¿Denos otros te has equivocado de habitación? ¿De verdad te crees que me voy a tragar esa mentira descarada? —chillé, con la adrenalina dándole una fuerza inesperada a mi voz—. Tu habitación está en la última planta y, curiosamente, es mucho más bonita que la mía, que está en la planta baja. Es imposible que te confundas.

Dejó escapar una mezcla indeterminable de sonidos, ninguno de los cuales parecía una disculpa. Saltaba a la vista que estaba completamente borracho, pero ello no era excusa para lo que acababa de hacer. Aunque no lo dijera, yo podía considerar la visita nocturna a mi habitación y su intento de sentarse en mi cama como lo que era: un intento de seducción inspirado por la bebida. Por decirlo de alguna manera. Me devané los sesos tratando de recordar si yo había hecho algo que pudiera haberle dado la impresión equivocada de que yo pudiera estar mínimamente interesada en él de esa manera. Y luego me reprendí a mí misma por haber dejado que mi mente fuera en esa dirección. Aunque hubiera estado jugando a la ultraseductora todo el tiempo que había vivido en su casa, eso no le daba derecho a entrar en mi dormitorio sin invitación e intentar algo. Era un comportamiento repugnante y depredador, y estaba en mi derecho de llamar a la policía. Se lo dije, haciendo acopio de la confianza de mi maestra interior para que mi voz no temblara. Ello tuvo un efecto aleccionador inmediato.

—Por favor, no, Frey-Frey —suplicó.

Si pensaba que me iba a ganar por el hecho de inventarse un diminutivo ridículo de mi nombre, estaba muy equivocado.

Luego añadió algo que hizo que el corazón empezara a latirme más deprisa aún:

—Otra vez no.

Así que esta no era la primera vez que había intentado un truco como ese.

—Fuera-De-Aquí —pronuncié lentamente las palabras, de modo que incluso su cerebro medio ebrio lo captara.

Entonces abrí la puerta de par en par y le hice un gesto para que se fuera.

Cruzó la habitación tambaleándose y salió al pasillo. Estaba a punto de lanzar un suspiro de alivio cuando él se volvió hacia mí. Sacó la punta de la lengua por la comisura de los labios mirándome a la cara, y luego su mirada se desvió hacia abajo. Aunque yo llevaba puesto el pijama de franela más grueso y holgado que se pueda imaginar, me sentí tan expuesta como si estuviera desnuda.

—Sabía que serías apasionada, con ese pelo que tienes. Uno para el banco de los recuerdos —dijo. Luego subió las escaleras.

Me sujeté al marco de la puerta para intentar detener el temblor de mis manos. Me sentía violada y totalmente vulnerable. Se suponía que este era mi hogar, el lugar donde podía sentirme segura del todo y relajada. En lugar de eso, ahí estaba, temblando, una mujer normalmente tranquila y serena reducida a un desastre tembloroso. Intenté calmarme, me metí en mi habitación y arrastré la cómoda detrás de la puerta para que Steve no pudiera entrar en caso de que se le ocurriese probar con un segundo asalto. Temblaba de la impresión. Quería envolverme en mis edredones y esconderme en sus reconfortantes y cálidos pliegues, pero estaban manchados por el tacto de Steve.

Prefería quemarlos. Me quité el pijama —que también iría a la pila de reciclaje—, me puse un chándal cómodo y empecé a meter desordenadamente mis cosas en bolsas. No podía quedarme aquí ni un momento más.

Pero ¿adónde podía ir? Después de la horrible experiencia de esta noche, nunca volvería a sentirme segura alquilando una habitación en una casa compartida. Y, si intentaba tirar la casa por la ventana y alquilar un piso por mi cuenta, me resultaría muy difícil, y mis sueños de tener una casa en propiedad se volverían aún más inalcanzables. Sabía que Leila estaría encantada de ofrecerme su sofá para dormir, pero eso solo era una solución a corto plazo. Necesitaba una solución a largo plazo.

De repente me vino a la cabeza el comentario jocoso de Leila cuando dijo que Charlie y yo comprásemos una casa juntos. Los dos nos reímos, pero ¿era una idea tan absurda en realidad? Ambos estábamos en el mismo barco: queríamos comprar, pero no podíamos hacerlo solos. Y ¿quién mejor para comprar una casa que mi mejor amigo? Bueno, fue mi mejor amigo cuando teníamos once años, pero por el breve encuentro de anoche no creía que el Charlie de hoy fuera tan diferente del Charlie de antaño. De niño era un amigo leal y de total confianza. No podía imaginar que esas características se hubieran desvanecido con la edad. La adrenalina, que seguía subiendo, hacía que mi cerebro fuera a mil por hora, y la idea se desarrolló rápidamente. ¿Qué pasaría si encontrábamos una casa que necesitara algunos arreglos, pintura fresca, suelo nuevo; ese tipo de cosas, los terminábamos juntos y luego la vendíamos con un beneficio suficiente para que los dos pudiéramos conseguir un depósito para nuestra propia casa cada uno? A los dos nos habían denegado hipotecas individuales, pero al propio Charlie el asesor le había dicho que tendría más posibilidades si la solicitaba en pareja. Y, con dos nóminas en lugar de una, había el doble de posibilidades de encontrar un lugar asequible. Sacaríamos el mayor beneficio de ello. Los dos cumpliríamos nuestro sueño sin tener que comprometernos a compartir casa a largo plazo.

Me obligué a tomarme un momento antes de dejarme llevar por la idea. Me daba cuenta de que estaba muy emocionada, un estado de ánimo que nunca es el más apropiado a la hora de tomar una decisión importante. Necesitaba respirar hondo y pensar con lógica, y evaluar en serio los aspectos prácticos del plan. Me puse otra sudadera y me senté en el suelo, con la espalda apoyada en la cómoda. Me puse las gafas, saqué un bloc de notas de la mochila y, con los rotuladores, hice una lista con los pros en verde y los contras en rojo. Pero pronto me di cuenta de que las cosas no estaban tan claras. Mi primera ventaja potencial era poder acceder por fin a la propiedad, pero ¿el hecho de hacerlo atada a otra persona lo convertía en una desventaja? Por otro lado, el cincuenta por ciento de algo era mejor que el cien por cien de nada.

Otra gran ventaja para mí era que dejaría de estar a merced de caseros depredadores como Steve. Aunque también tenía que ser sincera conmigo misma y admitir que estaba pensando en vivir con un hombre al que había visto por última vez antes de la pubertad. Probablemente habría superado ya su obsesión infantil por Indiana Jones, pero ¿cómo era Charlie de adulto? No solo viviríamos el uno con el otro, sino que estaríamos unidos desde el punto de vista económico. No había compromiso mayor que ese. Mi bolígrafo rojo vaciló en la página. Entonces oí un crujido en el pasillo fuera de mi habitación, y comprendí sin ninguna duda que cualquier cosa era mejor que quedarse aquí.

3

En honor a la verdad, Leila ni pestañeó cuando llamé al interfono de su piso a las cuatro y media de la mañana, aunque cuando me abrió la puerta tenía el aspecto de alguien que estaba a punto de sufrir una resaca tremenda. Echó un vistazo al montón de bolsas de basura en las que yo metí mis posesiones, bolsas que me apañé para enganchar a mi bicicleta y llevar hasta su casa, y me abrió los brazos. Sollocé ruidosamente en su hombro hasta que uno de sus vecinos golpeó la pared para recordarnos que la mayoría de la gente estaba todavía en la cama e intentaba dormir a aquellas horas intempestivas, de madrugada. Entonces me ayudó a subir las maletas a su pequeño pero bonito piso y se dispuso a prepararme una taza de té muy caliente y muy dulce mientras me sonsacaba suavemente toda la historia.

Cuando llegué a la parte en la que Steve había intentado retirar los edredones, cogió el teléfono y empezó a marcar.

—Estoy llamando a Nim, que antes estaba en la Brigada de Delitos Sexuales. Él se encargará de ese malnacido.

Me abalancé sobre el teléfono.

—Por favor, no. No quiero involucrar a la policía.

—Nim no cuenta, es mi ex. Más o menos.

—Sí, pero sigue siendo policía y le involucraríamos, y tendría que hacerlo oficial. Además, no quiero ser responsable de que tengas que volver a ponerte en contacto con tu ex.

—Es solo un ex ocasional, como bien sabes. Seguimos siendo amigos con derecho a roce e involucrarle en esta situación sería muy beneficioso.

—No estoy segura de que Nim fuera a estar de acuerdo con eso —murmuré.

—No me distraigas. ¿Estás diciendo que no debemos involucrar a las autoridades porque tienes en mente otra forma de castigo?

Le hice una mueca a Leila.

—Mmm, bueno —respondí—. Ya me conoces, ¿no? Que mi pervertido casero haya decidido intentar algo no significa que vaya a ponerme en plan Liam Neeson y a empezar a tomarme la justicia por mi mano. No, todo lo contrario. Lo único que quiero es correr un tupido velo y olvidar que todo esto ha sucedido.

Leila echó otra cucharadita de azúcar en mi té y me cogió la mano.

—Bebe, cariño, ya seguiremos hablando de esto más tarde —me tranquilizó—. Sé que solo se trata de la conmoción, porque las dos somos muy conscientes de que los canallas como él, a menos que alguien se enfrente a ellos, seguirán con el mismo patrón. Entiendo bien que quieras olvidarlo, pero ¿y si hubiera sido una de nuestras alumnas de sexto curso la que hubiera estado en tu situación?

Con esa pregunta me pilló y se dio cuenta de ello. Con un gemido, le di permiso para que le dejara un mensaje a Nim. Aunque lo único que ocurriera fuera que él se pasara por allí y hablara tranquilamente con Steve, tal vez eso haría que este se lo pensara dos veces antes de hacer algo parecido con su próxima inquilina. Leila tenía razón. Había que pararle los pies. Me terminé la taza de aquel repugnante té y sentí que me invadía una abrumadora oleada de cansancio, tal vez una reacción retardada al drama de la noche.

Al darse cuenta de mis bostezos, Leila me preparó el sofá cama y luego, sintiendo que yo aún no estaba preparada para estar sola, se sentó a acariciarme el pelo como un padre que cuida de un niño enfermo y me contó historias tontas sobre los niños del colegio que ella sabía que yo había oído cientos de veces y que, por lo tanto, me resultaban reconfortantes por su familiaridad. Cuando me desperté aquel día, pensé que tenía que contarle a mi amiga que había decidido comprar una casa con Charlie, pero, antes de que pudiera juntar las palabras adecuadas para explicárselo, me quedé dormida.

Me desperté con la risita de Leila. Todo parecía indicar que Nim había respondido a su mensaje con una visita en persona a casa de Leila. Me envolví en una manta como si fuera una capa protectora y entré en la cocina para unirme a ellos. Nim estaba apoyado en la encimera dibujando una caricatura de Leila en el reverso de un sobre, mientras ella estaba sentada en la encimera junto a él, con el brazo apoyado despreocupadamente sobre sus hombros mientras criticaba con alegría su obra. Era como si no se hubieran separado y aún estuvieran juntos. Vacilé en el umbral, sintiéndome como una intrusa.

—Hola, Freya, ¿estás bien? —preguntó Nim, pasando de coquetear con Leila al modo policía profesional en un instante—. Siento mucho lo que te ha pasado. Menuda escoria. ¿Te apetece hablar de ello? —Me hizo un gesto para que me sentara a la mesa de la cocina y se sentó frente a mí, y empezó a observar atento mi expresión mientras Leila preparaba rápidamente café para todos.

—Me siento un poco mejor ahora que he dormido un poco —contesté—. Gracias por venir. Me siento tonta haciéndote perder el tiempo con esto. Quiero olvidar lo que ha pasado, pero, como dice Leila, si alguien no lo detiene, seguirá intentándolo con otras personas.

—No me estás haciendo perder el tiempo para nada. Aceptaré totalmente lo que quieras hacer, pero creo que he encontrado una manera de manejar la situación sin alargarla demasiado, si te parece bien. —Esperó a que yo asintiera, y luego continuó—: Quizá te interese saber que he estado investigando un poco, y nuestro Stevie no tiene licencia, así que se lo voy a indicar cuando le haga una visita hoy para advertirle de la falta en la que está incurriendo. «Licencia de casa en ocupación múltiple» —aclaró y captó la expresión de confusión en la cara de Leila y en la mía—. Significa que técnicamente no puede tener tantos inquilinos como tiene. Aunque no sea una buena alternativa para el arresto, estoy dispuesto a intentarlo, si tú quieres, pero el peso de la prueba es... lo más importante cuando se trata de este tipo de cosas, y, para ser completamente honesto contigo, por desgracia, no estoy seguro de que llegara mucho más lejos que a un arresto. —Hizo una mueca—. Me pone de los nervios, pero así es el sistema judicial. No te preocupes, hablaré con Steve y le haré saber que, si se le ocurre volver a intentar algo así, lo buscaré y lo pagará. —Golpeó la mesa con el dedo para enfatizar y con ello me dio un anticipo de la fría ira que Steve pronto iba a recibir.

Me sentí agradecida de que estuviera de mi lado, aunque dudaba un poco de que fuera buena idea para Leila tenerlo de nuevo en su vida a largo plazo.

—Gracias, Nim, agradezco tu apoyo —dije.

—Feliz de cumplir con mi deber cívico. Los parásitos sexuales como él tienen que entender que lo que hacen está mal. —Dejó la taza sobre la encimera—. Bien, señoras, las dejo. Avísame si quieres algo más, Freya. Tal vez nos veamos pronto, Leila.

—Claro —dijo, de una manera tan afectada que vi que ya estaba calculando lo pronto que podrían verse sin parecer demasiado interesada.

—¿Tu ex? Venga ya. Le has mirado el culo descaradamente —le dije en cuanto la puerta se cerró tras él—. ¿Qué ha pasado con lo de «el ex está embrujado»? —Pero, aunque estaba desesperada por mantener una conversación ligera para que las cosas parecieran más normales, sabía que tenía que decirle algo en serio—: Aunque me alegro de que me esté ayudando, piénsatelo antes de volver a intentarlo con Nim y a pasar por toda esa angustia de nuevo, ¿vale? Recuerda lo que pasó. No soportaba verte tan disgustada cuando él seguía cancelando citas y no estaba ahí para ti.

Leila se encogió de hombros y replicó:

—No todos los ex son como el tuyo, Freya. ¿Qué quieres que te diga? Así es el trabajo de Nim, y ha estado aquí esta mañana cuando lo he necesitado. Sí, tuvimos problemas, pero él es un espécimen exquisito de la especie masculina, y también resulta ser un ser humano bastante decente la mayor parte del tiempo. Es una combinación rara y creo que vale la pena darle otra oportunidad. A veces hay que dejarse llevar por el instinto y confiar en que valdrá la pena. Además, sería grosero no admirar las maravillas de la creación. —Le brillaban los ojos al decir esto último—. Hablando de eso, estuvo bien conocer a ese viejo amigo tuyo anoche, antes de que Stevie el Diablo eclipsara toda la velada.

Me di cuenta de que intentaba distraerme, pero decidí dejarla y aproveché la oportunidad para contarle mi idea.

—Ah, sí, quería hablarte de Charlie —dije. Respiré hondo, pensando en la mejor manera de expresar lo que iba a decir. Y decidí dejar de darle vueltas y soltarlo—: Teniendo en cuenta lo que ha pasado, me he dado cuenta de que tu sugerencia de anoche era excelente, y voy a visitarlo hoy para ver si puedo convencerlo.

Leila parecía confusa.

—Aunque siempre me gusta que me reconozcan el mérito de la excelencia de mis sugerencias —convino—, tendrás que recordarme exactamente a cuál de ellas te refieres, porque no tengo ni idea... de lo que estás hablando. Mi memoria de anoche es un poco confusa. La tónica que me tomé debía de estar caducada.

—O quizá fue la ginebra que insistías en que le echaran —broméé—. Dijiste que Charlie y yo deberíamos comprar una casa juntos. Así que he analizado los pros y los contras, y los primeros superan sin duda a los segundos. —Me apresuré a explicarle mi idea de vender la casa después para obtener un buen beneficio, lo que nos dejaría a los dos en una posición mucho mejor.

Leila se echó a reír y respondió:

—¿Y dices que yo soy impulsiva por querer volver con Nim? No haces las cosas a medias, ¿verdad? Qué veinticuatro horas tan intensas en la vida de Freya Hutchinson. De quedar segunda en el concurso del *pub* a embarcarse en una nueva aventura en el mundo de la vivienda. Adelante, chica. ¿Por qué no? Pero debo advertirte que soy una gran conocedora del porno inmobiliario, y estos sueños de arreglar una casa siempre tienen bastante de pesadilla. Nunca subestimes las dificultades que puede llegar a conllevar. —Hizo una pausa, me pasó el brazo por los hombros y me dio un apretón tranquilizador—. Pero si alguien puede hacerlo, esa eres tú. Desde que somos amigas, siempre has tenido éxito en todo lo que te has propuesto. En cuanto a Charlie, tu compañero de fechorías, no puedo opinar porque no lo conozco. Pero, de nuevo, tú tampoco, ¿no? Es una situación interesante. Probablemente terminéis matándoos el uno al otro. Eso o besándoos. Ambas cosas son igual de complicadas. —Su risa se hizo aún más estruendosa.

—Gracias por el voto de confianza. Y, no te preocupes: esta es una decisión basada en la fría y pura lógica. Lo he pensado con detenimiento y he considerado todas las posibilidades. Y lo de besar a Charlie no es una posibilidad real en absoluto —añadí apresuradamente—. Es casi como si fuéramos hermanos. O, al menos, lo éramos. Voy a escribir «Las Normas», una lista de límites claros y pautas de comportamiento que podamos acordar para que sepamos exactamente a qué atenernos. Los dos somos adultos. Con una hipoteca conjunta en juego, ninguno de los dos podemos permitirnos que las cosas se compliquen.

—Mmm —dijo Leila—. Si crees que va a funcionar, ¿quién soy yo para discrepar? Pero te diré una cosa: la vida real no es como el ámbito escolar, donde las normas son sencillas y las consecuencias de romperlas son obvias. —Experimenté una punzada de recelo que reprimí con firmeza. No tenía alternativa. Este plan tenía que funcionar—. ¿Y qué piensa Charlie de «Las Normas»? —preguntó—. No, espera, ¿cuándo has tenido tiempo de preguntarle?

—Como has señalado, han pasado veinticuatro horas, así que aún no he tenido la oportunidad de comentarle el plan. Anoche me dijo que hoy trabajaba para una inmobiliaria, visitando clientes. Pensé en ir a buscarlo allí. Probablemente este es el tipo de cosas que hay que hablar en persona.

—Yo diría que sí —dijo Leila—. Bueno, será mejor que te deje pasar al baño a ti primero. Cruzaré los dedos por ti, aunque ya sabes que puedes quedarte aquí todo el tiempo que quieras.

—¿Y entorpecer en lo tuyo con Nim? ¡No! —dije—. Las paredes de tu apartamento no son lo suficientemente gruesas...

Me preguntaba si cambiaría de opinión una vez que la ducha y el desayuno me hubieran aclarado las ideas, pero, cuanto más pensaba en la idea, mejor me parecía. Estaba harta de vivir en el limbo, siempre a merced del precario mercado de alquileres y de los personajes de dudosa reputación que se aprovechaban de él. Era hora de pasar página y empezar a actuar positivamente. Con suerte, Charlie estaría de acuerdo conmigo. Me pasé un par de horas recopilando «Las Normas», devanándome los sesos para asegurarme de que cubría todas las eventualidades que pudieran surgir en la propiedad conjunta de una vivienda. Como siempre les decía a mis alumnos cuando tenían que repasar, si no te preparas, prepárate para fracasar.

Una vez convencida de que había creado un conjunto de directrices claras sin margen de error, me puse a buscar a Charlie. Un poco de investigación básica en las redes sociales me ayudó a encontrar la agencia para la que hacía turnos, un lugar de aspecto bastante lustroso en la frondosa Harrogate. Probablemente tuviera que enseñar a la gente un montón de propiedades preciosas pero inalcanzables en esa zona tan codiciada. Charlie y yo nacimos en Yorkshire Dales, y Harrogate fue la primera ciudad que pudimos visitar por nuestra cuenta en lo que nos pareció un gran rito de iniciación infantil. Siempre pensé que sería un buen lugar para vivir, con un montón de edificios victorianos preciosos, muchos cafés con comida deliciosa y un animado ambiente social con increíbles festivales del libro. Empezaba a parecerme a un agente inmobiliario.

Me pregunté si Charlie tendría los mismos gustos que yo en materia de vivienda. Acallé la voz de mi cabeza, que me decía que esa era otra cuestión que no había tenido en cuenta. ¿Y si Charlie tenía ideas completamente diferentes de las mías sobre dónde quería vivir? Sin embargo, no lo averiguaría hasta que se lo preguntara.

Armada con mi lista de normas como escudo protector, me subí al tren y me dirigí a Harrogate, ensayando durante todo el trayecto la mejor manera de explicarle los motivos de mi propuesta.

—¿En qué puedo ayudarla? —La voz del agente inmobiliario era estudiadamente neutra y carente de entusiasmo.

Me pregunté si aquel hombre habría hecho una rápida evaluación de mi aspecto y si habría concluido que no era probable que yo fuera una clienta rica en la que mereciera la pena invertir tiempo. El trasfondo de esnobismo me hizo sentir un poco de temor, y por eso dije lo que dije:

—Vengo a ver a Charles Humphries. Tenemos una cita. Me va a enseñar Los Glades. —Nombré una casa que había visto por casualidad en el escaparate al entrar.

La razón por la que me había llamado la atención era que se trataba de una de las propiedades de sus «listados *premium*», expuestos en papel dorado y sin el precio, una pista de que no podía estar más fuera de mi alcance. La actitud del hombre cambió al instante, pasando de la indiferencia más absoluta a una obsequiosidad que daba ganas de vomitar.

—Por supuesto, señora, ¿le gustaría venir y tomar asiento en nuestro *lounge*? Estoy seguro de que Charles estará con usted en un abrir y cerrar de ojos. Acepte mis disculpas por el hecho de que no esté ya aquí listo para reunirse con usted. ¿Puedo ofrecerle una bebida mientras espera?

Casi se inclinó cuando me hizo pasar a una habitación con tapicería de felpa y música ambiental de fondo. Incluso olía a caro.

—Un americano estaría bien, gracias —dije, optando por aprovechar su ofrecimiento de hospitalidad, aunque fuera falsa.

El café instantáneo de la jarra común de la sala de profesores producía una bebida más parecida al agua de fregar y, contrariamente a lo que pensaba el señor Rhys, no me gastaba todo el dinero que me sobraba comprando bebidas de lujo en tiendas caras.

—Por supuesto, ahora mismo, señora —dijo el agente inmobiliario, y se dirigió rápidamente a la sin duda elegante máquina de café para prepararme la bebida.

Intenté parecer relajada, consciente de que podría estar bajo el escrutinio de las cámaras de seguridad, pero me sentía muy fuera de lugar, a la espera de que me pidieran que me marchara en cualquier momento. Oí el tintineo del timbre de la oficina y luego el inconfundible sonido de la voz de Charlie saludando contento a sus colegas. Recibió una respuesta cortante. Ojalá no le hubieran echado la bronca por no avisarles de una cita ficticia para enseñar a alguien Los Glades. Lo último que yo quería era que mi visita le causara problemas. Me erguí en mi asiento, agarrando el trozo de papel de «Las Normas» como si fuera un talismán. Ahora que había llegado el momento de presentarle la propuesta a Charlie, me sentí nerviosísima. ¿Y si decía que no? Por primera vez en mi vida, no tenía un plan alternativo.

El agente inmobiliario volvió, con una taza en la mano y acompañando a Charlie con la otra.

—Charles, esta es... —vaciló, dándose cuenta de repente de que yo no le había dicho mi nombre.

—La señorita Hutchinson —respondí, pensando que era el tipo de hombre que apreciaría un poco de formalidad.

Miré fijamente a Charlie, tratando de transmitirle por telepatía el mensaje de que se suponía que no nos conocíamos. Por fortuna, Charlie se dio cuenta enseguida.

—Ah, señorita Hutchinson, encantado de verla —dijo, y sonó muy convincente.

—En absoluto, señor Humphries. Estoy deseando hacer nuestra visita a Los Glades. De hecho, estoy ansiosa por salir ya. Si no le importa, claro.

Sacrificaría con gusto un buen café a cambio de poder exponerle mi plan a Charlie sin más demora.

Charlie miró rápidamente a su jefe, buscando su permiso.

—Ve ve —respondió, casi tropezándose en su impaciencia por que me llevaran a la visita guiada.

Se iba a llevar una decepción cuando Charlie regresara sin una oferta.

—Déjame que coja un folleto —dijo Charlie—, y nos pondremos en camino.

Salimos de la oficina y caminamos juntos hasta el final de la calle, fingiendo ser agente inmobiliario y clienta hasta que doblamos la esquina y quedamos fuera de la vista. Entonces Charlie se aflojó la corbata y se apoyó en la pared, mirándome con expresión inquisitiva.

—Hacía años que no nos veíamos, y ahora ya van dos veces en dos días. ¿A qué debo el honor? —preguntó.

Ahora que había llegado el momento, me sentí bastante mal, de repente muy consciente de la naturaleza totalmente ridícula de mi plan. Me di cuenta de lo presuntuosa que estaba siendo, al reaparecer en su vida después de tantos años y pidiéndole que se uniera a mí, básicamente una extraña, para uno de los mayores ritos de iniciación que existían. Sí, había bromeado sobre ello en el *pub*, pero eso era todo lo que había sido. Una broma.

—Quizá sí quiera ver Los Glades —dije.

Charlie frunció los labios.

—Merece la pena echarle un vistazo, sobre todo si lo tuyo son los lavabos chapados en oro. Pero, a menos que te haya tocado la lotería desde que charlamos anoche, me temo que está fuera de tu alcance. Si quieres volver a quedar, solo tienes que pedírmelo; no hacen falta tantos rodeos.

—Hay una razón en particular por la que quería volver a verte. No es que necesite una razón en particular, claro..., a menos que la necesite... —Me estaba hundiendo cada vez más en un agujero. Me dije con firmeza que debía ponerme las pilas y hablarle como había ensayado mentalmente—. He estado pensando desde que nos encontramos y me gustaría sugerirte una idea. Creo que es mejor que me escuches con detenimiento y, una vez que comprendas exactamente de qué estoy hablando, me encantaría saber qué piensas al respecto.

—Te estás yendo por las ramas, Freya —dijo Charlie—. Si lo que quieres es que te prometa que no te voy a interrumpir, lo haré; di lo que tengas que decir, y yo me callaré.

Me preparé para el inevitable rechazo y me dispuse a explicarle mi idea —bueno, la idea ebria de Leila— y cómo la veía en la práctica.

—Es la solución ideal para los dos. Subimos juntos a la escalera inmobiliaria y, si nos esforzamos, en unos dieciocho meses podríamos estar buscando casa por nuestra cuenta. Y, para que sepas que me lo tomo muy en serio, he redactado una serie de directrices que ambos debemos seguir como copropietarios de una casa. Si aceptas este documento —le dije con un gesto—, entonces los dos sabremos exactamente a qué atenernos, cuáles son nuestras obligaciones mutuas y tendremos la sociedad propietaria perfecta.

Charlie me estudió con fijeza. Parecía estupefacto por mi plan. Bajé la mirada, incapaz de soportar ver su expresión cuando rechazara la idea de plano. Tal vez, me pregunté, debería haberle contado lo que me había pasado con Steve para convencerlo de que era una buena idea, pero entonces recordé por qué había decidido no hacerlo. No sería justo utilizar el chantaje emocional para convencerlo. Si se negaba, estaba en su derecho. Yo siempre tendría el sofá cama de Leila, así que no me quedaría sin hogar. Pero sería el fin de mis sueños y no tenía ni idea de lo que haría después.

—Me parece una idea estupenda —dijo Charlie de repente.

Me sorprendió tanto su respuesta afirmativa que tuve que pedirle que repitiera lo que había dicho.

—¿En serio? Quiero decir, ¿no crees que es totalmente imposible y loco? —dije.

Y luego me reprendí mentalmente por cuestionar su respuesta cuando había dejado tan claro que estaba de acuerdo. Lo último que me faltaba era convencerlo de lo contrario.

Charlie se encogió de hombros.

—¿Qué es lo peor que puede pasar? —dijo—. Creo que la mayoría de las cosas ocurren por alguna razón. Es evidente que anoche estábamos destinados a encontrarnos. Tenemos un objetivo común, y esto puede ayudarnos a conseguirlo. Es una buena solución para los dos.

—¿Y las normas? —insistí, aún sin creerme la suerte que tenía.

Sonrió.

—A pesar de que eres la mitad del Dúo Terrible, siempre fuiste una vigilante en secreto de las normas. Prefiero vivir la vida a mi manera, si no te importa. Digamos que acepto el principio de que debemos ser respetuosos con el espacio del otro, y a partir de ahí seguimos.

—Pero «Las Normas» son mucho más que eso. Preferiría que las leyeras —dije, tendiéndole el trozo de papel.

—Si tanto te importa, ¿por qué no me las lees? —propuso—. ¿Puedo sugerirte que lo hagas dentro del coche? Hace mucho frío aquí fuera, y no voy a ser de mucha utilidad en la reforma de la casa si pierdo mis extremidades por congelación.

—Claro —acepté, y le seguí automáticamente cuando empezó a caminar calle abajo de nuevo—. Espera, ¿por qué vamos al coche?

—Porque creo que tengo la propiedad perfecta para nosotros y me gustaría enseñártela —respondió él hablando por encima del hombro.

4

El coche de Charlie resultó ser un viejo Land Rover destartalado, que aparentemente se mantenía unido por el óxido, con restos de paja por todos los asientos.

—Lo siento, a esta antigualla le vendría bien un lavado —dijo, y se puso a limpiar tranquilamente el asiento del copiloto y metió una guitarra en el maletero—. Es que he estado ayudando a mi padre estos días en la granja a cambio de cama y comida.

Intenté bajar subrepticiamente la ventanilla, pensando que las temperaturas bajo cero del exterior eran mejor opción que el aroma de *eau de* corral. Pero, con el silbido del viento y el traqueteo del motor, no oía lo que Charlie decía, así que me conformé con intentar respirar a través del tejido de mi bufanda.

—Déjame que te lea «Las Normas» —le dije.

Pero Charlie tenía otro plan.

—Sí, sí, todo a su tiempo. Primero me gustaría contarte a dónde vamos. Creo que sería la vivienda perfecta para nosotros.

—Pero si ni siquiera hemos hablado de qué tipo de casa buscamos —protesté—. Esa es una de las cosas que trato en «Las Normas». Tenemos que estar de acuerdo en dónde vamos a vivir. Si uno de los dos tiene dudas, es lo mismo que si las tuviéramos los dos.

—Parece razonable —dijo Charlie.

—Bueno, eso está bien —respondí, sorprendida por su inmediata aceptación.

Esperaba que aceptara el resto de mis directrices con la misma facilidad.

—Sé que te va a encantar —continuó—. Está muy bien situada, tiene dos dormitorios y un jardín precioso que será una verdadera trampa de sol en verano, y todo el lugar tiene una energía maravillosa. La sentirás en cuanto pongas un pie en la puerta. Es un lugar que te hará sonreír. Y no hablo como agente inmobiliario, sino como Charlie.

—Pareces muy seguro de ti mismo —dije, y me prometí reservarme mi opinión sobre su evaluación de la propiedad. Estaba muy bien hablar de una casa que te hacía sonreír, pero lo sensato sería hablar de hechos y no de sentimientos—. Tal vez a mi yo de once años le habría encantado, pero eso no garantiza que a mi yo adulto le vaya a gustar. Este yo adulto podría ser completamente diferente de la niña que recuerdas.

Al igual que él podría ser completamente diferente del chico que conocí entonces, aunque intenté ahuyentar ese pensamiento.

—Mmm, la apariencia exterior puede haber evolucionado algo, pero creo que sigues siendo la misma Freya de siempre.

Hubo un silencio incómodo.

—¿«La apariencia exterior puede haber evolucionado algo»? —le repetí.

Apartó brevemente la vista de la carretera para dedicarme una sonrisa de disculpa.

—Lo siento, me he expresado fatal y voy a empeorar las cosas si intento dar marcha atrás, así que deberíamos fingir que no he dicho nada y seguir adelante.

—Puede que sea buena idea —dije, y no pude evitar sonreírle—. Puede que el Charlie adulto siga metiendo la pata como el Charlie adolescente, pero al menos lo admite sin pudor.

Mientras él ponía el intermitente y sacaba el coche de la carretera principal, me quedé mirando por la ventanilla e intenté deducir por las señales de tráfico adónde me llevaba.

—¿Ya lo has resuelto? —preguntó, con una nota de diversión en la voz.

—Veo que tu viejo truco de leer la mente sigue funcionando. Lo he reducido a unos cuantos pueblos, pero seguro que no hay nada por esta zona que podamos comprar. Es decir, estoy suponiendo totalmente tus ingresos (otra cuestión práctica que aún no hemos abordado), pero sabes tan bien como yo que, a pesar de que la mayoría de la gente piensa que en el norte las casas son más baratas, esa afirmación general no se aplica a esta zona en particular. Con suerte podría aspirar a un cobertizo en este código postal. Todo lo que sea remotamente asequible ya se lo habrán llevado los que compran para alquilar o los que quieren casas de vacaciones.

—Confía en mí —dijo—. Aunque tienes razón en que la mayoría de las casas de por aquí tienen un precio para personas que se hallan en una etapa de la vida muy diferente de la nuestra, esta casa es la excepción que confirma la regla. Te la enseño porque es la casa perfecta para reformar. Lleva mucho mucho tiempo en venta, la decoración está anticuada por decirlo de alguna manera, y la mayoría de la gente no ve más allá de la obra que hay que hacer. Y, voy a ser honesto contigo, necesita un montón de trabajo. Pero sé que tienes imaginación y que serás capaz de ver en qué podría convertirse, igual que yo. Es una pequeña joya. Además, como ha estado en el mercado durante bastante tiempo, intuyo que el actual propietario estará dispuesto a escuchar cualquier oferta. Intentó pedir un permiso de obras para derribarla y construir apartamentos, pero se lo denegaron rotundamente, y ahora está tan cabreado con los vecinos que se opusieron a aquellos planes que está desesperado por deshacerse de la casa y por no tener que volver a tratar con ellos.

—¿Es buena idea considerar un lugar donde los vecinos ya se han mostrado problemáticos? —pregunté—. Y, aunque no me opongo a la pintura y a la remodelación básica, me planto con el trabajo estructural. A menos que haya algo que no me hayas contado, ninguno de los dos tenemos ni idea de trabajos de construcción.

—No creo que la reforma esté por encima de nuestras posibilidades —dijo Charlie con aire despreocupado—. Y, en cuanto a los vecinos, solo se opusieron a los apartamentos.

Como lo haría cualquier persona sensata. ¿Destruir una propiedad de época para construir apartamentos? De ninguna manera. He investigado, y no pondrás problemas al propietario apropiado con un plan de reforma adecuado bajo la manga.

—Humm, estás tan bien informado sobre este lugar que parece como si ya hubieras intentado hacer una oferta, pero el pequeño problema de no poder conseguir una hipoteca se interpuso en tu camino —dije.

Era una suposición, pero era buena.

—Ahí me has pillado. Admito que eso es exactamente lo que pasó. Fue amor a primera vista. Aunque sabía que estaba fuera de mi alcance, tenía que intentarlo, y, por supuesto, no funcionó; de ahí mi decepción de anoche en The Taps. En cambio, si somos dos, la historia podría ser completamente diferente. Aun así, no quiero que te sientas obligada —se apresuró a añadir—. Te prometo que, si no te gusta, buscaremos otro sitio. Pero sé que te gustará —repitió, como si por el hecho de repetirlo las veces suficientes se fuera a convertir en realidad.

—Sigo pensando que deberíamos ponernos de acuerdo sobre los aspectos prácticos antes de ir a ninguna parte —murmuré.

Las cosas iban mucho más rápido de lo que yo había previsto. Hacía menos de media hora que le había propuesto el plan. Quizá debería estar encantada de que Charlie estuviera tan entusiasmado con mi idea, pero me habría sentido mejor si me hubiera bombardeado a preguntas sobre los detalles en lugar de mostrarse tan relajado con todo.

Pero ya era demasiado tarde. Nos metimos por un estrecho camino rural, giramos en una esquina y allí, al lado de la carretera, había un descolorido cartel de «SE VENDE» inclinado hacia una casita de piedra color miel, es decir, creo que estaba hecha de piedra, pero era difícil saberlo. La mayor parte de la mampostería estaba cubierta por una maraña de tallos nervudos de una planta que parecía hacer todo lo posible por asfixiar el edificio entero. Las ventanas estaban tan sucias que parecía que protegían deliberadamente la intimidad del interior de la casa. No me habría extrañado ver a la abuela de Caperucita mirándonos desde el piso superior. Eché un vistazo al tejado. Parecía haber algunas tejas sueltas aquí y allá, pero a mi ojo inexperto el deterioro del tejado se le antojaba superficial, aunque no podía decirse lo mismo de la chimenea, que se balanceaba precariamente en un extremo del edificio. Tomé nota mental de no acercarme a esa parte de la casa cuando echáramos un vistazo. Parecía como si un soplo de viento la fuese a tirar.

—¿Qué te parece? —preguntó Charlie con impaciencia cuando salimos del coche—. Si ignoras las plantas que se han vuelto salvajes. E incluso la puerta principal y los escalones que conducen a ella.

No lo había notado antes, pero, ahora que él lo mencionaba, la puerta principal parecía tan antigua como si fuera de la época de los vikingos, ya que la carpintería estaba como hinchada y, al mismo tiempo, había enormes huecos entre el marco y las bisagras. Y, por otra parte, tal vez fuera bastante generoso referirse a los escalones como escalones, porque los peldaños consistían, en su mayoría, en agujeros de aspecto peligroso.

—Cuando dije que debíamos buscar una casa para reformar, no me imaginaba un proyecto de esta envergadura —comenté.

Me mareaba solo de pensar en todo el trabajo que supondría transformar aquella ruina en algo mínimamente habitable.

—Admito que desde este ángulo no se puede decir que tenga buen aspecto. Pero lleva siglos en pie, así que no creo que corra peligro de derrumbarse, y te prometo que rezuma potencial —dijo Charlie—. Si pudiéramos acondicionarla bien, estaríamos ante una mina de oro. Podrías elegir la casa de tus sueños después de eso.

Crucé al otro lado del camino para alejarme un poco y tener mejor perspectiva de la casa en su conjunto. Aunque Charlie se había referido antes a los vecinos, la casa estaba aislada, ya que las viviendas más cercanas se encontraban a casi un kilómetro de distancia, más arriba, hacia el centro del pueblo. El camino parecía tranquilo y se estrechaba hasta convertirse en un sendero justo pasada la casa. Por lo tanto, no había peligro de que la gente pasara corriendo y lo utilizara como una vía para evitar las carreteras principales. Pero ¿qué me parecía la idea de vivir en un sitio tan rural? La casa no podía ser más diferente de la vivienda de ciudad, limpia y moderna, que yo había imaginado. Fue divertido vivir en el campo cuando era niña, pero ahora era adulta. Tenía que ser sensata y pensar en el trabajo, por ejemplo, al que tenía que ir, preferiblemente sin un desplazamiento épico.

Charlie cruzó el camino también y se puso a mi lado.

—¿Qué piensas de las ventanas? ¿No son preciosas? Llámame fantasioso, pero son como los ojos de una cara amiga. Es un lugar lleno de buenas vibraciones; solo hace falta que lo vean las personas adecuadas.

Solté una carcajada.

—«Fantasioso» es una forma de decirlo. Así que lo que estás diciendo es que la casa es como...

—¿La Bella Durmiente, esperando a que llegue un príncipe, la despierte y le dé una nueva vida?

—Si quieres decirlo así, sí. Podríamos ser las personas perfectas para ese trabajo, lo sé. Admito que es mucho para asimilar. Pero espera hasta que la hayas visto por dentro para dar tu veredicto final. —De mala gana, le hice un gesto para que me indicara el camino. Charlie dio un puñetazo triunfal al aire—. Sabía que sentirías lo mismo que yo.

—No he dicho ni una palabra, y, con buenas vibraciones o sin ellas, me suenan las alarmas en la cabeza.

—Confía en mí. Una vez que hayas visto el potencial exacto que tiene este lugar, te convencerás, y entonces podremos hablar de los aspectos prácticos, si sigues insistiendo.

—Charlie, si vamos a comprar una casa juntos, vas a tener que aceptar que haré mucho hincapié en los aspectos prácticos. Puede que sea aburrido, pero a largo plazo lo agradecerás. —Aunque aquello sonaba como si hubiera vuelto a clase, yo necesitaba decirlo—. Y, hablando de cosas prácticas, ¿cómo vamos a verla por dentro? No tenías ni idea de que iba a venir a verte y a sugerirte esto, así que es imposible que hayas conseguido una cita para que nos la enseñen.

—No necesitamos ninguna cita. Sígueme —dijo misteriosamente.

Intentó abrir de un empujón la gran verja situada junto a la casa, pero las bisagras debían de estar oxidadas.

—¿Todavía eres buena trepando obstáculos, Freya? —Charlie se adelantó.

Al instante me arrepentí de haberme puesto tan elegante para mi cita con él. Pero no iba a dejar que unos tacones altos y un traje pantalón me impidieran demostrar que seguía siendo la chica echada para adelante que él conocía.

Al agarrar la madera de la verja, la sentí esponjosa, y me pregunté durante un instante hasta qué punto era buena idea que los dos intentáramos trepar por ella al mismo tiempo. ¿Cómo le iba a explicar al señor Rhys que me había hecho daño intentando entrar en una vivienda abandonada? Era el tipo de infracción que haría que los padres escribieran pidiendo que me despidieran. Afortunadamente, la verja era más robusta de lo que parecía y, aunque dejó escapar algunos crujidos ominosos cuando estábamos a horcajadas sobre ella, se mantuvo firme.

—Este es el camino de entrada —dijo Charlie, mientras vadeábamos la maleza que nos llegaba casi a la cintura.

Trastabillé un poco al engancharme el pie en un bucle de zarzas, y él alargó la mano para sostenerme.

—¿Estás bien?

Me incliné y me subí la pernera del pantalón para comprobarlo.

—La piel está intacta, pero me ha dado un poco de impresión. Quizá sea la forma que tiene la casa de decirnos que no pasemos más adentro.

—La casa es tímida a la hora de revelar sus secretos —dijo él con una sonrisa—. Con un poco de trabajo pronto limpiaremos esto. De todos modos, las malas hierbas no son más que flores que crecen en un lugar equivocado. Aún hay grava debajo de la maleza, así que no tendríamos que molestarnos en hacer un nuevo camino de entrada, y hay espacio más que suficiente para aparcar un coche, tal vez incluso dos si uno de ellos es pequeño.

—Como no tengo coche, no es ningún problema. Pero ese es un factor importante que debemos tener en cuenta. Creo que esta casa está demasiado lejos de Leeds para ir al trabajo en bicicleta, sobre todo en invierno. La casa parece bastante aislada, si te soy completamente sincera.

—Me alegro de que menciones los medios de transporte —dijo Charlie, y se le iluminó la cara al aprovechar la oportunidad para explicar las virtudes de la casa—. Aquí es donde yo haría hincapié si te estuviera enseñando la casa como un profesional. Pese a su aspecto soñoliento, el pueblo tiene un servicio regular de autobuses a Leeds y Harrogate, y la parada queda a solo unos cientos de metros de aquí. Los autobuses pasan lo suficientemente temprano como para llegar a la hora cuando empieza la escuela, y terminan tan tarde que da tiempo de ver una obra de teatro y no hay que preocuparse por quedarse tirado en la ciudad. Investigué porque, aunque la mayor parte del tiempo trabajo desde casa, tengo que desplazarme para reunirme con los clientes, y a veces es más fácil utilizar el transporte público para no tener que preocuparme del aparcamiento. El autobús tiene incluso puntos de carga USB para el teléfono y escritorios abatibles por si quieres corregir algo durante el trayecto.

Asentí con la cabeza.

—Al oírte, cualquiera podría pensar que te llevas comisión de la compañía de autobuses. Está bien, el autobús es un gran punto a favor, con o sin puntos de carga USB. No tiene sentido vivir en un paraje hermoso si nos quedamos aislados en él. Pero ¿qué pasa si hay una huelga, o si hace mal tiempo y el servicio de autobuses queda interrumpido? Necesito poder ir al colegio pase lo que pase.

—Ah, así que admites que está en un paraje hermoso —dijo Charlie—. Esto se está poniendo cada vez más interesante. Espera a ver las vistas desde arriba. Y, si hay huelga, o está nevando, te llevaré al trabajo yo mismo, te lo prometo. O te presto mi coche. Ahora, ¿te gustaría echar un vistazo al resto del jardín, o vamos a explorar el interior?

Parecía tener respuestas para todo y, aunque no estaba del todo convencida de que fueran realistas, en contra de mi buen juicio, empecé a dejarme llevar por su entusiasmo. Eché un vistazo a la zona salvaje, que en realidad no merecía el nombre de «jardín», aunque había que admitir que el terreno tenía un tamaño decente.

—No estoy segura de llevar la ropa adecuada para caminar por la selva y, por desgracia, me he dejado el machete en casa. He visto lo suficiente para hacerme una idea general de la ingente tarea a la que nos enfrentamos.

—Pero todo es muy factible —dijo Charlie, el eterno optimista—. Tengo un montón de parientes y amigos a los que podría sobornar para que nos ayudaran. Perdona que me vuelva a poner en plan agente inmobiliario, pero ahí tienes el árbol que da nombre a la casa.

El árbol parecía muy viejo, con su enorme tronco y sus extensas ramas desnudas que ocupaban un gran rincón del jardín. Intenté imaginarme cómo sería en verano. Probablemente proyectaría una enorme sombra sobre el jardín, y en otoño soltaría hojas por todas partes. Sin embargo, a pesar de mi determinación de ser sensata, empecé a imaginarme un columpio colgando de una de las ramas anchas y horizontales del árbol, un columpio lo bastante grande como para que un adulto pudiera relajarse a leer en él un buen libro, con la única interrupción que dan la paz y la tranquilidad del canto de los pájaros.

—Perdóname, pero soy profesora de Historia, no bióloga. ¿Qué clase de árbol es este?

—Un roble.

—Así que esto es...

—Oak Tree Cottage. No sé si siempre se ha llamado así, porque, según el folclore local, el árbol solo tiene unos doscientos años, mientras que la casa se construyó a principios de la época georgiana. Aunque, como historiadora que eres, seguro que ya lo habrás deducido por ti misma.

—El árbol es apenas un retoño comparado con la casa —dije, sin querer reconocer que no tenía ni idea de la antigüedad de la casa.

Era difícil hacerse una idea de su estructura y diseño, dada la cantidad de suciedad que había en las paredes, me dije.

—¿Echamos un vistazo dentro?

Charlie fue a la puerta trasera y rebuscó debajo de una maceta agrietada que tenía pinta de llevar allí tanto tiempo como el árbol.

—Aquí está —dijo, blandiendo una pesada llave que parecía sacada de una película de época.

—Vaya, es como volver al pueblo donde crecimos y tener una llave de repuesto escondida debajo de una maceta. Pero, aunque esté ahí, no estoy segura de que debamos usarla para entrar. Parece como si estuviéramos colándonos. —Miré a mi alrededor, casi esperando a que un miembro de la guardia vecinal saliera de detrás de un arbusto y nos acusara precisamente de eso.

—No se lo contaré a nadie si tú tampoco lo cuentas —dijo Charlie con una sonrisa que me transportó de inmediato a cuando me convencía para que me colara en el granero del vecino para jugar con el perro pastor, que, según él, debía de sentirse muy solo viviendo allí fuera—. Además —continuó—, la semana pasada, cuando concerté una cita oficial para echar un vistazo, el vendedor me dijo que hiciera exactamente lo que estamos haciendo ahora. Creo que hace tanto tiempo que ha renunciado a venderla que ni siquiera se molesta en enseñársela a la gente. Es una propiedad familiar que heredó de un pariente al que nunca conoció, así que no tiene ningún vínculo sentimental con este lugar.

—O eso, o no quiere arriesgar su vida poniendo un pie en la casa —dije cínicamente.

—Ten un poco de fe, Freya. ¿Tú crees que yo haría algo que nos trajera problemas?

—No lo sé. ¿Lo harías? —pregunté seria.

Charlie se rio.

Ahora que conocía la situación con el vendedor, me sentía un poco menos culpable por lo que estábamos a punto de hacer, aunque tengo que admitir que aún esperaba que se pusiera a sonar una alarma cuando Charlie metiera la llave en la cerradura y por fin la girara, tras algún esfuerzo.

—Un poco de aceite y funcionará de maravilla —dijo.

—Lo primero que cualquier comprador sensato debe hacer al mudarse a una casa es cambiar las cerraduras —expliqué, pensando en situaciones como mi reciente y desafortunado encuentro con Steve.

Charlie parecía bastante sorprendido por la rotundidad de mi voz. Me di cuenta de que quería preguntar más, pero lo distraje tomando la iniciativa y abriéndome paso.

El interior estaba tan oscuro que no se veía casi nada, aunque era difícil saber si se debía a las sombras proyectadas por el roble o a la gruesa capa de suciedad de las ventanas. Poco a poco, los ojos se me fueron acostumbrando a la penumbra y empecé a distinguir la forma de los armarios de la pared.

—Supongo que esta es la cocina —dije.

—Sí, déjame buscar la linterna en el móvil, y echamos un vistazo —respondió Charlie—. Pero antes debo advertirte de que la decoración es, bueno, interesante.

—Eso suena poco alentador.

Se quedaba corto. El haz de luz de la linterna iluminaba paredes mugrientas y armarios cubiertos de un barniz tan denso que parecían de color naranja brillante, mientras que las encimeras parecían hechas de hojas de contrachapado cortadas toscamente y clavadas en su sitio con grapas de tamaño industrial. Remataba el conjunto una gruesa moqueta pegajosa que en su día debió de ser verde lima, antes de que miles de insectos y Dios sabe qué más se enmarañaran y murieran sobre ella.

—El estilo carcelario recuerda a una película de terror de los setenta —dije, palideciendo ante el estado del lugar.

—Obviamente, todo lo que hay aquí es para tirar y, a ser posible, para quemar. No obstante, si ignoras los malos accesorios y la terrible moqueta, la estancia promete. Es de un tamaño decente y esos ventanales son geniales. Mira lo profundos que son los alféizares. Eso es ideal para asientos de ventana. Imagina cómo quedará la habitación cuando esté inundada de luz...

—Una cocina en esa pared, azulejos azules y blancos creando un fondo sobre un fregadero junto a la ventana, una mesa de pino con un banco y un par de sillas —continué soñando. La decoración aparecía en mi imaginación mientras me giraba lentamente en el sitio.

Sabía que no debía dejarme llevar así, y mucho menos decir lo que pensaba en voz alta, pero Charlie tenía razón, la habitación tenía un gran potencial a pesar de su estado actual.

—Exacto. Pero quizá podríamos poner azulejos verde botella y crema —dijo Charlie—. Con ello meteríamos la sensación del jardín en el interior. Es solo una sugerencia. De todos modos, me alegro de que puedas ver más allá de la fealdad. —Se acercó a la pared interior y empezó a golpearla—. Aunque es un muro de carga, no creo que ello sea un problema insalvable, porque estaría fenomenal abrirlo al comedor en un momento dado. —Al decir esas palabras, hizo una floritura y abrió una puerta y me condujo a través de lo que parecía un armario y luego a la habitación contigua.

El hedor casi me hace retroceder.

—¿Qué es eso? —pregunté entre arcadas.

—No lo sé. Creo que viene de la chimenea. Algo que añadir a la lista de cosas que hay que investigar —respondió Charlie, y sonó muy tranquilo pese al olor, que era lo bastante denso como para saborearlo.

—No estoy segura de que haya suficiente papel en el mundo para la lista que tendríamos que hacer de las cosas de esta casa que hay que investigar o arreglar. —Me volví hacia él, con los brazos cruzados—. Mira, aunque podemos hablar todo lo que queramos de su potencial y de cómo redecorarla, no tiene sentido dejarse llevar hasta que no estemos seguros de que no se nos va a caer encima. Ninguno de los dos somos expertos en construcción. No tengo ni idea de cuáles son los fallos estructurales de este lugar, pero creo que conozco a alguien que podría ayudarnos.

5

El abuelo Arthur respondió a mi llamada de FaceTime al primer tono. A pesar de estar más cerca de los noventa que de los ochenta, estaba decidido a no quedarse atrás en lo que respectaba a la tecnología e incluso había creado una cuenta de TikTok para su perro, Ted, y eso era más de lo que yo había conseguido nunca en esa plataforma. Intentaba evitar interactuar en la mayoría de las redes sociales, dejando ese dominio del Salvaje Oeste a mis alumnos.

—Freya, cariño, ¿cómo te está tratando este hermoso sábado? —El abuelo siempre se refería a los días de fin de semana como agradables, aunque el tiempo de enero estuviera lejos de serlo, diciendo que había trabajado demasiados sábados como para no apreciarlos ahora que estaba jubilado.

Incliné el teléfono para que pudiera ver a mi acompañante.

—¿Es quien creo que es? Hacía siglos que no veía a ese chico. Charlie, muchacho, ¿cómo te trata la vida?

—Muy bien, Arthur. Me alegro de volver a verte.

La cara del abuelo se pixeló de repente mientras intentaba mover el teléfono a una posición más cómoda.

—Entonces, señal irregular —le dije a Charlie con la mirada, recordándole una vez más que no se dejara llevar.

—Nada que un amplificador de wifi no pueda solucionar —respondió—. Como mi negocio depende de estar conectado, no es algo con lo que vaya a perder el tiempo.

—¿Qué estáis haciendo? ¿Tenéis una cita? —El abuelo interrumpió nuestra conversación.

—No, claro que no —coreamos rápidamente.

Nos miramos y pusimos cara de sorpresa.

—Perdonad a este vejestorio aficionado a las comedias románticas. La biblioteca local tiene una colección estupenda de la editorial Mills and Boon en letra grande, y por eso veo tensión sexual allá donde miro —dijo el abuelo con un brillo en los ojos. No sabía si reírme u horrorizarme ante la idea de que mi dulce abuelo devorara novelas subidas de tono—. Sin embargo, no me has llamado para hablar de mis preferencias de lectura. A menos que tengas un extraño filtro de fondo, me llamas desde una obra.

—Podría ser —dije y le expliqué rápidamente la idea de comprar la casa juntos.

El abuelo asintió con la cabeza, lo que me hizo sentir mucho mejor.

—Me parece un plan excelente —dijo—. Y, déjame adivinar, ¿estáis viendo una posible propiedad y quieres mi experta opinión? Recuerda que mi vista ya no es lo que era; además, no puedo ver mucho a través de la pantalla de un teléfono. Aun así, os aconsejo que hagáis un estudio adecuado, el mejor que podáis permitiros.

—No te preocupes, es lo primero de mi lista. —Volví a agitar «Las Normas» ante Charlie, recordándole que aún tenía que leerlas y aceptarlas.

—Tú echa un vistazo al resto de la casa con Arthur y yo iré a investigar el edificio anexo. Creo que sería un despacho perfecto para mí —dijo Charlie.

Le agradecí que me ofreciera la oportunidad de explorar por mi cuenta. Sería demasiado fácil dejarme llevar por su contagioso entusiasmo y aceptar.

—Entonces, cariño, empecemos con la planta baja y vamos mirando lo que hay.

Siguiendo las instrucciones del abuelo, golpeé las paredes, me acerqué a los marcos de las ventanas e incluso me subí temerariamente a una silla que había por ahí tirada para que pudiera ver de cerca las grietas del techo.

—Sé que las grietas asustan, pero a mí me parecen bastante superficiales. Y todas las casas que son tan antiguas como esa tendrán algún tipo de carcoma en las vigas. El perito te dará una segunda opinión, por supuesto, pero a mí me parece prometedora hasta ahora. Podría ser una muy buena inversión. ¿Me enseñas el piso de arriba? —Las escaleras crujieron y gimieron a cada paso que yo daba, pero por fortuna no daban señales de ceder bajo mi peso—. Mejor no saltes sobre ellas —dijo el abuelo—. No quiero ser responsable de que mi única nieta se caiga. ¿Qué ha provocado este repentino deseo de comprar con Charlie, por cierto? Pensaba que vivías en esa casa compartida de Headingley. —Volví a llorar un poco al contarle lo de Stevie el Diablo. El abuelo movió la cabeza con disgusto—. El otro día leí en una página web de noticias algo sobre propietarios sin escrúpulos que intentan tener relaciones sexuales a cambio del alquiler. Es un truco tan viejo como el mundo. Tiene suerte de que yo ya no esté tan ágil como antes, porque si no estaría por esa casa enseñándole lo que pienso de su comportamiento. No tengo problema en publicarlo en las redes sociales, si quieres. Ted podría hacer que le quitaran el negocio en poco tiempo. Ahora tiene casi 500 seguidores, ¿lo sabías?

—Ted tiene mucho poder. Pero prefiero dejarlo estar. Además, el policía amigo de Leila, Nim, está tras él.

—Bien —dijo el abuelo—. Es lo menos que se merece.

Sentí un fuerte recelo cuando subí y vi la distribución de las habitaciones. Los dos dormitorios tenían un tamaño decente y grandes ventanales por los que entraba una buena cantidad de aire helado, pero las vistas casi lo compensaban. Sin embargo, el cuarto de baño era otra cosa. Podía ver más allá de la anticuada *suite* color aguacate y la suciedad acumulada de varias décadas, pero no me gustaba nada la disposición del baño, pues la única forma de acceder al mismo era a través de los dormitorios.

—Qué interesante —dijo el abuelo—. Un baño compartido. Tendréis que inventar una forma de avisaros cuando vayáis a usar el baño.

—Supongo que no es un problema que un par de cerrojos no puedan solucionar, pero no es muy práctico que se diga, ¿verdad?

—¿Por qué no pruebas a golpear esa pared donde debe de estar el pasillo? —sugirió el abuelo. Hice lo que me ordenó e incluso yo, con mi limitado conocimiento de estas cosas, me di cuenta de que sonaba a hueco—. Como sospechaba —dijo él triunfante—. Es un simple tabique de madera. Un añadido posterior, creo. Eso tiene fácil remedio. Imagino que originalmente era otro dormitorio, y, cuando remodelaron y pusieron el baño, pensaron que sería una buena idea situarlo así. Creo que podrás volver a poner una puerta en el pasillo sin problemas, tapar las otras, y tendrás un gran cuarto de baño encantador, el lugar perfecto para relajarte con un baño caliente después de un día difícil en la escuela.

—Suena fenomenal. Dime sinceramente: ¿soy una ilusa por considerar esta propiedad? Es todo lo contrario de lo que imaginaba, pero...

El abuelo sonrió.

—Al final, es tu dinero, cariño, pero es mejor que lo uses para pagar tu propia hipoteca y no la de otro. Además, por la expresión de tu cara, sé que te estás enamorando de la casa, a pesar de los problemas que sin duda os dará. Confía en tu instinto y escucha a tu corazón, no a tu cabeza, por una vez. ¿Qué es lo peor que podría pasar? Pero me temo que tengo que irme, ya que el joven señor me está recordando que hace mucho que pasó su hora de cenar. Hablamos pronto.

Me despedí con la mano y le prometí ir a verlos a él y a Ted en persona después de clase la semana siguiente, y luego bajé las escaleras con cautela.

—¿Y bien? —preguntó Charlie con expresión esperanzada.

Le contesté entregándole «Las Normas».

—Lee esto primero y luego te daré mi respuesta. —Charlie puso los ojos en blanco, pero cogió el papel sin rechistar—. Léelas bien —le advertí al ver cómo sus ojos pasaban por encima de la página—. Recuerda que soy una experta en reconocer cuándo los alumnos me mienten con el trabajo de lectura.

—Sí, señorita —dijo Charlie, mostrando su sonrisa fácil. Su sonrisa se hizo más amplia a medida que seguía leyendo—. ¡Vaya, sí que has pensado en todas las eventualidades! —exclamó—. Pero ¿normas para inquilinos? Nunca me habría planteado algo así. Las directrices financieras tienen sentido, pero algunas normas empiezan a ser ridículas. «Norma 16a: El asiento del inodoro debe dejarse bajado»; soy un ser humano civilizado, así que no hay problema. Además, en el *fengshui* se dice que también hay que cerrar la tapa del váter, porque, si no, se tira toda la riqueza por el retrete.

—Como ninguno de los dos somos ricos, no creo que eso sea un problema —dije, un poco preocupada por la referencia al *fengshui*.

No me había planteado la posibilidad de que en «Las Normas» hubiera que ordenar los muebles según un antiguo principio oriental.

Los ojos de Charlie brillaron en respuesta y me pregunté si me estaba tomando el pelo. Continuó con la lista:

—«Norma 16b: Si solo hay un cuarto de baño o si una de las partes desea pasar más de media hora allí, debe pedir permiso a la otra». No estoy seguro de haber pasado nunca más de diez minutos en la bañera. De hecho, soy más de ducharme, pero me parece bien. Ah, y ahora sí que llegamos a la parte interesante. «Relación entre las partes que comparten la casa y otras...». Déjame seguir leyendo. —Sentí que mi cara se ruborizaba cuando leyó la forma clínica en que yo había expuesto cómo veía que funcionaría nuestro acuerdo de compartir la casa—: «Norma 18a: Se debe avisar con antelación si se espera a un invitado para pasar la noche». Esto es casi tan malo como estar en casa de mis padres, aunque confío en que no le preguntarás a ninguna invitada nocturna si sus intenciones hacia mí son honorables. Y la norma 18c (esta sí que es interesante): «No involucrarse». ¿Puedes explicármelo? No está tan claramente expresada como las otras normas.

Examiné sus facciones con atención. Seguro que sabía

exactamente lo que quería decir sin que yo tuviera que explicárselo. A pesar de su expresión en apariencia inocente, sospeché que una vez más intentaba tomarme el pelo, pero no tuve más remedio que creerle. Mis mejillas empezaron a calentarse. ¿Por qué me daba vergüenza hablar de esto? Éramos dos adultos, no niños, y era mucho mejor que todo quedara claro desde el principio para que no hubiera lugar a malos entendidos.

—No comenzar una relación. Seguimos siendo amigos, y solo amigos. Con una hipoteca compartida en juego, no podemos permitirnos la complicación de que lo nuestro deje de ser platónico. No es que haya ninguna posibilidad de que ese tipo de cosas suceda, por supuesto.

—Por supuesto —dijo Charlie, con voz completamente neutra—. No te preocupes: no me tomaré el insulto implícito como algo personal.

—Charlie, sabes que no quería decir eso. Lo que quería decir es que eres como el hermano que nunca tuve. Estoy segura de que la mayoría de las mujeres piensa que eres muy atractivo. —Nos echamos a reír a la vez—. Maldita sea, lo estoy empeorando, ¿verdad? —dije entre balbuceos avergonzados.

Charlie me pasó el brazo por los hombros y me dio un apretón.

—Eres de lo que no hay, Hutch. ¿Puedo añadir una norma más al final? Llamémosla «Norma 50, subsección e»: No debemos tomarnos demasiado en serio. Mientras podamos reírnos el uno del otro, todo saldrá bien.

—Por mí, perfecto.

—¿Cerramos el trato entonces? —Charlie extendió la mano.

Tras un momento de vacilación, acerqué la mía a la suya y nos la estrechamos.

—Cerramos el trato —convine.

¿En qué me acababa de meter?

6

Regresé a Leeds para pasar el resto del fin de semana alternando entre corregir trabajos escolares y pasearme nerviosa por el salón del apartamento de Leila mientras me cuestionaba mis decisiones vitales. Mientras tanto, Charlie volvió a la agencia inmobiliaria. Él esperaba que no se sintieran demasiado decepcionados por no haber conseguido venderme Los Glades. Me prometió que iba a dedicar todo su tiempo, entre las otras citas que tenía reservadas, a ponerse en contacto con nuevos agentes hipotecarios con vistas a conseguirnos una reunión lo antes posible. Me alegré de que estuviera tan entusiasmado. Siendo realista, probablemente él tendría mejores contactos que yo, dado su trabajo de los sábados, pero me resultaba extraño estar en un segundo plano durante esta fase crucial. Soy la primera en reconocer que me gusta tener el control, pero me dije que era un buen ejercicio. Íbamos a comprar una casa juntos. Era justo que nos repartiéramos las tareas entre los dos.

Afortunadamente, Charlie cumplió su palabra. El domingo por la noche, a última hora, me envió un mensaje para decirme que teníamos una reunión con un agente hipotecario al día siguiente.

«He quedado a las 16:30, espero que te parezca bien», me comentó en el mensaje. «Me imaginé que ya habrías terminado el colegio a esa hora», continuaba, «a no ser que tengas que hacer una supervisión extraescolar, y me quedará un par de horas antes de mi clase de *ballet* vespertina».

«¿Haces *ballet*?», le respondí, aunque ese no era precisamente el detalle más importante del mensaje de texto.

Me pareció una forma de conocer el carácter del Charlie adulto, y no pude evitar sentir envidia porque parecía tener una vida fuera del trabajo mucho más interesante que la mía.

Me contestó con una imagen de *gif* de un elefante con tutú. «Sí, los chicos también hacen *ballet*».

«No me refería a eso», le dije, picada por el hecho de que pensara que lo juzgaba por ser un hombre al que le gustaba el *ballet*. Pero, me recordé, no habíamos pasado suficiente tiempo juntos de adultos como para conocer realmente los valores del otro. Deseché con firmeza la ligera sensación de agitación que ese pensamiento me había provocado en el estómago. De adolescente Charlie era un buen chico, y, si teníamos alguna diferencia de opinión sobre temas importantes, «Las Normas» estaban allí para protegernos. «Me preguntaba cómo te puedes permitir ir a clases nocturnas cuando se supone que estás ahorrando hasta el último céntimo para la hipoteca». Le di a «Enviar» y me arrepentí al instante. Sonaba como si lo estuviera regañando. Era asunto suyo en qué decidiera gastar su dinero. Que yo hubiera acabado llevando una vida casi de ermitaña mientras perseguía mi objetivo no significaba que todos los demás tuvieran que hacer lo mismo.

«Limpio el estudio después de clase a cambio de la sesión gratis. ¿Contenta?», fue su respuesta, y ello me hizo sentir aún peor. Charlie no tenía por qué justificarse ante mí, y yo no quería que pensara que iba a ser una compañera de casa mandona y controladora que iba a hacerle cambiar de opinión, por mucho que le apeteciera comprar Oak Tree Cottage. Pero seguir disculpándome sería como darle más importancia a la situación de la que tenía, así que continué la conversación sugiriéndole que habláramos por teléfono para abordar la reunión del día siguiente.

«Queremos que el agente hipotecario nos respalde, y solo lo hará si cree que tenemos una relación sólida. Los bancos no querrán arriesgarse a que nos separemos tres meses después. Por supuesto, diremos que somos amigos, pero tal vez deberíamos pasar por alto el hecho de que no hemos estado en contacto durante un tiempo».

Mi teléfono sonó treinta segundos después.

—Hola, Charlie —respondí, sin siquiera mirar la pantalla.

—¿Quién es Charlie? —preguntó mi madre, con ese tono excesivamente esperanzador que solía emplear cuando me preguntaba por mi vida amorosa y si ya había encontrado una buena pareja con la que sentar la cabeza.

Estaba desesperada por que encontrara a alguien nuevo, sobre todo, creía yo, porque aún se sentía culpable por haber sido ella quien me había presentado a mi último novio, Mark, quien por desgracia había resultado ser un manipulador y controlador tras aquella fachada de buen chico que presentaba al resto del mundo.

—Es una larga historia, mamá —respondí con un suspiro.

Sostuve un rápido debate interno sobre si debía contarle el gran plan, pero a regañadientes decidí no hacerlo. Mi madre era la persona más lógica y razonable del mundo, y yo no estaba segura de estar preparada para defender mi decisión ante el exhaustivo interrogatorio que sabía que se produciría. Había tantas cosas que podían salir mal antes de que Charlie y yo llegáramos a la fase de la mudanza, y no estaba segura de que mi madre fuera a entender lo de los compañeros de casa. Ya tendría tiempo de contárselo cuando hubiera algún progreso. Decidí contarle una versión abreviada de la verdad.

—¿Te acuerdas de Charlie Humphries, de primaria? Nos encontramos en el *pub* la otra noche y nos prometimos ponernos al día. Estaba tan absorta en los simulacros de examen de cuarto de la ESO que no presté atención a quién llamaba.

—Si tú lo dices, cariño —respondió ella, como siempre más... perceptiva de lo conveniente—. Además, es fin de semana; seguro que los de cuarto pueden esperar unos días hasta que les devuelvas los exámenes. Si yo fuera ellos, preferiría no saber el resultado inmediatamente. Deja que disfruten de unos días de feliz ignorancia mientras tú aprovechas el fin de semana.

—No estoy segura de que el señor Rhys esté de acuerdo con tu argumento. Nos ha puesto el plazo más apretado hasta ahora. El trimestre pasado entró un nuevo jefe en el Departamento de Inglés, y, entre tú y yo, creo que están un poco picados, lo que no es bueno para mi carga de trabajo del año. Tengo que seguirle el ritmo a todo; si no, no tendré ninguna posibilidad de progresar en el departamento.

—Asegúrate de tomarte algo de tiempo para ti —dijo mamá en un tono que sugería que estaba añadiendo ese objetivo a su lista de tareas que debería cumplir—. De todos modos, aparte de saludar a mi encantadora hija, la otra razón por la que te llamaba era para preguntarte si podrías venir a los turnos que estoy organizando para ayudar a tu abuelo a pasear a Ted.

—Por supuesto que estoy encantada de ayudar. Pero ¿por qué estás organizando turnos? Estaba bien cuando hablé con él ayer.

Sentí una punzada de ansiedad. El abuelo Arthur siempre me había parecido indestructible, un hombre que personificaba la frase de que la edad es solo un número. Ted era su orgullo y alegría. No había forma de que cediera la tarea de pasearlo a otras personas a menos que algo anduviera muy mal.

—No sé si le sigues en sus redes sociales, pero no siempre está tan «bien» como él dice. Su vecina me llamó el otro día para decirme que había tenido que ayudarle a entrar en casa después de que tropezara al recoger la leche del escalón. Intentó aparentar que estaba bien, pero ella se dio cuenta de que se hizo mucho daño.

—Pobre abuelo, eso es horrible. —Me imaginé la situación con toda claridad. Al abuelo le habría molestado más la vergüenza que el malestar físico. No me sorprendió que no lo hubiera mencionado por teléfono, pero me sentí mal por no haber sido capaz de adivinar por el tono de su voz que le pasaba algo. Me reprendí a mí misma por estar tan metida en mis propios asuntos que no había prestado la debida atención a lo que le pasaba—. Apúntame para un paseo los sábados, y consultaré con Leila si puede intercambiar tareas conmigo para ir también otro día entre semana.

Por muy ocupada que estuviera en el instituto, encontraría tiempo para ayudar. Al fin y al cabo, la familia era lo primero.

—Gracias, corazón, sabía que podía contar contigo. Pero, cuando vayas, ¿podrías usar algún tipo de excusa para explicar por qué quieres sacar a Ted? No estoy segura de que a tu abuelo le vaya a hacer mucha gracia lo que probablemente considere una intromisión, aunque lo hagamos por su bien.

—Sabes que se dará cuenta enseguida, ¿verdad? —le dije—. No es tonto. Y quizá se enfade aún más que si somos francos con él desde el principio.

—Tu padre y yo lo hemos hablado y creemos que es lo mejor —respondió mamá con un tono de voz que me decía que con ella no se podía discutir.

—Si me lo pregunta directamente, no voy a mentirle —advertí.

—Tendrás que ser convincente para que no te lo pregunte directamente. Seguro que se te ocurre algo.

Charlamos un poco más sobre la organización y colgamos. ¿Le había exigido demasiado al abuelo al pedirle consejo sobre la casa? No quería presionarle cuando estaba claro que tenía sus propios problemas. De repente, no me apetecía hablar con Charlie esta noche sobre nuestra reunión con el agente hipotecario. Ya me preocuparía mañana de ello. Puse el teléfono en silencio y lo escondí en el bolso para no ver la pantalla. Me distraje de mi preocupación por el abuelo y por la casa corrigiendo la pila de exámenes.

Poco después, oí la llave de Leila en la puerta principal. La noche anterior no había vuelto a casa, pero me había mandado un mensaje para decirme que quería que yo disfrutara un poco de estar a solas, aunque me daba que el hecho de que Nim hubiera vuelto a aparecer en escena era la verdadera razón de la ausencia de Leila. Estiré los brazos y traté de aliviar el calambre que me había producido el pasar demasiado tiempo encorvada sobre los exámenes.

—Dime que no sigues corrigiendo —me preguntó según entraba tambaleándose por la puerta, con una pesada bolsa de la compra en cada mano.

Me levanté de un salto para ayudarla.

—Es lo que tiene ser profesora de Historia —dije—. Un montón de redacciones que leer. Me mantiene alejada de los problemas y, en última instancia, pagaré con ello la hipoteca.

—Deberías haber elegido Educación Física, como yo. Las redacciones son mucho menos frecuentes.

—Pero, en cambio, tienes que quedarte fuera bajo la lluvia intentando evitar que los niños se lesionen unos a otros con palos de *hockey* y otros útiles peligrosos.

—Bien pensado. Ahora deja de corregir e intenta disfrutar de lo que queda de fin de semana —dijo, repitiendo las palabras de mi madre—. Vamos a homenajearnos con una comida de oferta del supermercado pijo de la esquina para celebrar que ahora somos compañeras de piso.

—Compañeras de piso temporales —añadí rápidamente—. No quiero aprovecharme de tu hospitalidad. Además, las cosas están mejorando en el frente inmobiliario.

—Temporales o permanentes, qué más da; no tiene importancia. —Se encogió de hombros con indiferencia—. Sabes que eres bienvenida todo el tiempo que necesites. Y, mientras está lista la comida, puedes decidir si primero quieres contarme lo de tu encuentro con Charlie, o si te gustaría saber cómo fue la visita de Nim a Stevie el Diablo.

Formábamos un buen equipo agujereando las tapas de plástico de los platos precocinados y metiéndolos en el horno. Me recordaba a cuando nos conocimos en la universidad, aunque entonces nuestro presupuesto era aún más reducido. Cuando el olor ahumado del chili con alubias empezó a inundar el piso, nos sentamos en el sofá con una copa de vino cada una.

—Háblame de la visita de Nim —dije, decidiendo que lo mejor era acabar de una vez por todas con lo malo.

Con suerte, sería la última vez que oiría hablar de mi antiguo casero.

Leila asintió.

—Me escondí a la vuelta de la esquina y escuché, por si acaso Nim necesitaba refuerzos; ya sabes.

Reprimí una sonrisa. No me imaginaba que Nim, que estaba obsesionado con el gimnasio, tuviera problemas con Steve, que no estaba en forma, pero sabía que Leila habría sido una excelente ayuda, si él lo hubiera necesitado. Aunque era bastante más pequeña que Nim, sus años de experiencia arbitrando todo tipo de deportes de pelota implicaban que no era una persona con la que se pudiera jugar. Si podías sobrevivir al torneo de *netball* de sexto de primaria, podías enfrentarte al mundo.

—Te alegrará saber que Steve se estremeció desde el instante en que Nim le mostró la placa. Él trato de negar lo que había pasado, por supuesto, pero Nim lo paró rápido y se aseguró de hablar lo suficientemente alto como para que todos los vecinos oyeran la conversación. Y, para quedarse tranquilo, habló con tus antiguos compañeros de piso para comprobar que se encontraban bien. Estaban consternados por lo ocurrido y te mandan recuerdos. Al parecer, los chicos acorralaron a Steve rápido, y casi lo echan de su propia casa, lo cual, francamente, es lo menos que se merece. La conclusión fue que Steve ha decidido mudarse a otra de sus viviendas por un tiempo: un estudio en el que no tiene espacio para intentar nada con nadie. Y Nim le hizo saber que la policía lo va a vigilar de cerca. Tus compañeros de piso tienen tiempo para encontrar otros lugares donde vivir, y esperemos que Steve se haya asustado tanto, al verse cara a cara con Nim, que se controle en el futuro.

Tomé un sorbo de vino, decepcionada conmigo misma porque el mero hecho de escuchar el nombre de Steve siguiera provocándome ansiedad. Me aliviaba saber que mis compañeros de piso estaban bien. Aunque apenas nos veíamos cuando yo vivía allí, debido a nuestros diferentes horarios de trabajo, seguía sintiéndome mal por haberlos abandonado. Solo esperaba que Steve se comportase a partir de ahora.

—Por favor, dale las gracias a Nim de mi parte. Ha sido muy amable por su parte al involucrarse.

Leila sonrió ampliamente.

—Oh, ha demostrado estar muy decidido a merecer esa segunda oportunidad que le estoy dando, y no tiene ninguna duda de lo contenta que estoy con él. Ahora, olvídate de todas las cosas horribles y dime qué tal con Charlie. Intuyo, por tu expresión feliz, pero un poco nerviosa, que ha aceptado tu idea de la copropiedad...

Asentí con la cabeza.

—No solo ha aceptado formar equipo conmigo, sino que vamos a intentar hacer una oferta por un lugar llamado Oak Tree Cottage. Sé que las cosas van muy deprisa, pero creo que es una oportunidad que no puedo dejar pasar. —Le acerqué mi teléfono—. Mira las fotos que he hecho. Es un desastre, lo sé, pero tiene algo especial.

Leila, después de coger aliento tras el *shock* por el estado de la cocina, se las arregló para hacer ruidos más bien alentadores.

—Supongo que, cuando se sabe, se sabe. Mucha suerte a los dos —me dijo con un tono de voz estudiadamente neutro cuando llegué a la última foto y le expliqué que Charlie y yo íbamos a vernos al día siguiente con un agente hipotecario—. Es mucho trabajo para los dos. Pero estoy segura de que lo conseguiréis.

—No nos queda otra —dije.

Aquel ajetreado lunes lo pasé supervisando los últimos simulacros de examen y presentando a los alumnos de primero de la ESO los horrores de la medicina victoriana, gracias a lo cual me distraje lo suficiente como para mantener a raya los nervios durante las horas lectivas. Pero, cuando sonó la campana que marcaba el final de las clases, me sentí tan mal como si fuera uno de los alumnos que hacían cola delante del aula de exámenes. No había tenido noticias de Charlie desde que confirmó la reunión, el día anterior por la tarde, y no podía evitar temer que hubiera cambiado de opinión, sobre todo porque no había respondido a mi sugerencia de que nos pusiéramos de acuerdo sobre cuánto íbamos a ofrecerle al agente. Ahora que la perspectiva de tener mi propia casa estaba tan cerca, no podía soportar que las cosas fueran mal. Había presentado con diligencia toda mi documentación, extractos bancarios, facturas, e incluso todo lo que el agente hipotecario podría necesitar si quisiera robarme la identidad y desfalcarme. Sabía que eran de fiar porque había hecho las debidas comprobaciones cuando Charlie me envió los datos de la empresa, pero, como era mi costumbre, pensé en todo lo que podía salir fatal para estar psicológicamente preparada por si acaso.

Charlie condujo el Land Rover hasta la puerta del colegio para recogerme, y tocó el claxon para atraer mi atención y la de todos los demás.

Cuando me acercaba al vehículo a toda prisa, uno de los más atrevidos de sexto gritó:

—¿Es ese su novio, señorita?

Y mientras el resto de sus amiguitos se moría de risa.

Fingí no haber oído la pregunta. Respondiera lo que respondiera, sabía que una versión completamente ficticia se extendería por la escuela como un reguero de pólvora.

—¿Has tenido un buen día en la escuela? ¿No has cambiado de opinión? —preguntó Charlie mientras nos alejábamos.

—Ha estado bien. Y no, por alguna razón, este descabellado plan sigue pareciéndome la mejor opción. ¿Y a ti?

—Estoy casi totalmente de acuerdo —dijo—. Pero hay una

cosa de la que debería hablarte antes de empezar la reunión...
—Su voz se entrecortó.

—Eso no suena nada prometedor —dije.

—La cosa es que estaba pensando en lo que dijiste ayer en tu mensaje, ya sabes, sobre lo que deberíamos decirle al agente hipotecario para que pareciéramos una apuesta segura, y puede que haya exagerado un poco la naturaleza de nuestra relación.

—¿A qué te refieres exactamente? —pregunté, sintiendo un fuerte presentimiento.

—Puede que haya insinuado que estamos prometidos. —Se aclaró la garganta, nervioso, e hizo ademán de mirar por los retrovisores antes de salir del cruce.

—¿Y cómo has insinuado exactamente que estamos prometidos? —dije, ya medio anticipando la respuesta.

—Vale, quizá «insinuar» no sea la palabra exacta.

—¿Cuál es la palabra exacta?

—Sería más exacto decir que le dije que estábamos comprometidos.

—Charlie, ¡¿qué demonios te ha llevado a hacer eso?! —pregunté, alzando la voz.

Me dirigió una rápida mirada antes de volver a centrar su atención en la carretera.

—Quería estar completamente seguro de que nos concederían la hipoteca y supongo que me entró miedo. En aquel momento me pareció una buena idea, la mejor manera de asegurarnos el préstamo.

—Por el amor de Dios, Charlie, no es como si estuviéramos en los años veinte y fuéramos una pareja de solteros que se presenta en un hotel e intenta conseguir una habitación para dos. Lo único que te pedí fue que hiciéramos hincapié en que nuestra amistad es estable. ¿Por qué no lo pensaste antes de abrir la boca? Es mucho más probable que el tipo nos rechace porque estás fingiendo que somos algo que no somos para nada. Esto no formaba parte del plan.

—Lo sé, lo sé —dijo—. Ha sido una mala idea, pero es demasiado tarde para retractarse. Si digo la verdad ahora, seguro que no conseguiremos la hipoteca.

Tenía razón.

—No me puedo creer que nos hayas puesto en esta situación —murmuré—. Ahora estoy aún más nerviosa que antes. Soy muy mala actriz. No hay forma de que pueda hacer de prometida de forma convincente. Nos vamos a delatar.

Charlie metió el coche en una plaza de aparcamiento vacía, apagó el motor y se volvió hacia mí.

—Te vas a enfadar aún más conmigo por esto, pero creo que nos ayudará a superar la reunión y reducirá la presión sobre tus dotes interpretativas. La gente casi nunca ve más allá de las apariencias superficiales. —Sacó algo de su bolsillo—. Toma, ponte esto. Rebusqué entre las cosas de Alexa en su antigua habitación. Solo es bisutería, pero creo que servirá.

—¿Estás sugiriendo en serio que, si llevo el anillo de tu hermana melliza, este agente hipotecario nos firmará una fortuna? Ahora me siento aún más como si hubiera viajado un siglo atrás. Toda esta situación es completamente ridícula. Además, quizá soy el tipo de mujer que solo llevaría un anillo de compromiso si su prometido también lo llevara.

—Me parece justo. Yo mismo me lo pondría como anillo de compromiso, si me quedara bien. Solo lo sugerí para hacer la farsa más fácil. Lo siento mucho, Freya. Lo he hecho para tratar de ayudarnos, pero en cambio me doy cuenta de que he puesto las cosas más difíciles.

Parecía tan arrepentido que casi sentí lástima por él, aunque seguía muy enfadada por su falta de reflexión.

—Vale, supongo que tendremos que intentar arreglarlo —dije—. No nos queda otra. Pero no me gusta. En el futuro, todas las decisiones relacionadas con la casa las tomaremos juntos, como se especifica en «Las Normas».

—Tomo nota. Es decir, llamar «decisión» a una elección espontánea es exagerar un poco, pero haré lo posible por frenar mis tendencias de espíritu libre a partir de ahora —dijo Charlie de un modo tan excesivamente solemne que no pude evitar sonreír.

—No me obligues a ser la aguafiestas de esta sociedad —le advertí—. Vas a tener que demostrar que también puedes ser sensato. Ahora dame esa cosa y pongámonos en marcha.

Me puse el anillo en el dedo sin miramientos y salí del coche.

—Venga, prometido, si vamos a hacer esto, será mejor que lo hagamos bien. —Le cogí de la mano y entrelacé mis dedos con los suyos, intentando recordar cómo parecer relajada en aquella postura.

—¿Cómo se dice, «manos frías, corazón caliente»? —dijo Charlie.

—Muy gracioso. Acabemos con esto de una vez. Y, por favor, intenta concentrarte en lo que dices cuando estemos ahí dentro. Si no conseguimos que nuestra historia sea creíble, toda esta farsa terminará en unos minutos.

El agente hipotecario, el señor Philip Andrews, como se presentó, era un tipo muy solemne cuyo estilo interrogatorio no habría desentonado en una comisaría de policía. Parecía decidido a examinar hasta el más mínimo detalle de nuestra solicitud, como si fuera su propio dinero el que nos fuera a prestar. A pesar de mi sermón a Charlie, tenía un miedo horrible a ser yo quien defraudara al equipo, porque, mientras él parecía estar totalmente tranquilo durante nuestro interrogatorio, a mí me costaba formar frases.

—Su documentación parece estar en orden. Y sus ingresos combinados y el depósito conjunto son lo bastante boyantes para la cantidad que quieren pedir prestada —dijo Philip.

Sentí que se me aflojaba un poco la tensión de la frente.

—Recordadme, ¿cuánto tiempo lleváis juntos? Mis disculpas; parece una pregunta muy personal, lo sé, pero a los bancos les gusta tener la seguridad de que hay estabilidad allí donde ponen su dinero.

Y he aquí que el dolor de cabeza por estrés volvió con fuerza. Chillé con la boca seca.

Charlie me pasó el brazo por los hombros y me los apretó.

—Nos conocemos desde que teníamos tres años —dijo con serenidad.

Conseguí asentir con un movimiento de cabeza, y me dije que estrictamente era verdad.

Philip sonrió por fin.

—Estupendo. De momento no puedo prometerte nada, pero todo parece muy esperanzador, y no preveo ningún problema a la hora de que os den el visto bueno. Dadme uno o dos días y os entregaré la documentación de la hipoteca para que podáis hacer una oferta.

—Entonces, ¿cree que va a ser un sí? ¿En serio? —le pregunté.

—Extraoficialmente, sí —respondió.

La sensación de alivio fue abrumadora. Era la fase más avanzada del proceso de compra a la que había llegado nunca. Por la expresión de estupefacción de Charlie, me di cuenta de que también estaba asombrado de que nuestros sueños se fuesen a hacer realidad.

Salimos tambaleándonos de la reunión, de nuevo de la mano, por si a Philip se le ocurría echar un vistazo por la ventana.

—Lo estamos consiguiendo, lo estamos consiguiendo de verdad —dijo Charlie.

—¿No te arrepentirás? —pregunté, un poco nerviosa.

—Todo encaja a la perfección —respondió con una confianza absoluta—. ¿Qué podría salir mal?

7

Y durante un tiempo pareció que la confianza de Charlie estaba bien fundada. Nuestra oferta a la baja por Oak Tree Cottage fue aceptada con una rapidez casi indecente y nuestra hipoteca fue aprobada con un estudio satisfactorio. Los dos seguimos con nuestras vidas por separado mientras el lento e interminable papeleo continuaba entre bastidores, y nos enviábamos de vez en cuando mensajes de texto con ideas de decoración cada vez más ridículas, pero por lo demás vivíamos en una feliz e ingenua ignorancia del reto al que pronto íbamos a enfrentarnos.

Sin embargo, cuando llegó febrero y el presupuesto de la reforma, casi deseé volver a casa de Stevie el Diablo, así de horrorizada estaba por la larga lista de cosas que había que arreglar en la casa. Había previsto problemas, pero no tantos. Presa del pánico, llamé a Charlie.

—¿Has leído el informe? —pregunté en lugar de saludarle como Dios manda.

—Hola a ti también —respondió él—. Estoy teniendo un día magnífico, muchas gracias por preguntar.

—Lo siento, hola y todo eso. Pero no sé cómo puedes decir que estás teniendo un buen día cuando esta monstruosidad de documento ha aterrizado en nuestras bandejas de entrada. ¿Has visto lo largo que es? Pensaba que estas cosas debían ser desapasionadas, pero parece una novela de *true crime*. «Ventanas podridas sin posibilidad de reparación», «infestación de carcoma», «indicios de ocupación por roedores». —Me estremecí solo de imaginar ratas correteando por las tablas del suelo, que al parecer también estaban muy deterioradas.

—¿Has visto la parte de la chimenea? —preguntó Charlie, que increíblemente parecía como si sonriese al hacerlo.

—Creo que ese fue el momento en que me sentí demasiado mal para continuar —dije—. Esto es demasiado, Charlie; de verdad es demasiado. No sé si podré hacerlo.

Me sentí una fracasada al decirlo en voz alta, pero ni siquiera había montado nunca una estantería y, por lo que había dicho Charlie, tampoco parecía que eso fuera algo especialmente práctico. La idea de intentar hacer bricolaje a esta escala me aterraba. Hubo una larga pausa al otro lado de la línea. Entonces Charlie se aclaró la garganta.

—Mira, sé que es un *shock*, pero no tomemos decisiones precipitadas. Al menos deberíamos hablarlo como es debido, y no es lo ideal hacerlo por teléfono. ¿Puedo ir a casa de Leila? O, si lo prefieres, tú eres bienvenida aquí.

Pensé rápidamente. No quería abusar de la hospitalidad de Leila invitando a Charlie a casa; por otro lado, no me resultaría fácil llegar a la remota granja de los padres de Charlie en transporte público. Además, tal vez fuera mejor tener esta conversación en territorio neutral, sin la distracción de familiares y amigos a nuestro alrededor dando sus opiniones.

—Te propongo que reservemos una mesa en el restaurante italiano que hay cerca de la escuela. Podemos hablar mientras comemos. Estoy segura de que pensaremos con más claridad con el estómago lleno.

Charlie parecía sorprendido.

—Si crees que puedes conseguirnos una mesa, entonces bien.

—Es lunes por la noche. ¿Cuántas personas salen a cenar un lunes?

Resultaron ser bastantes. Y, mientras nos llevaban a nuestra mesa en un rincón poco iluminado del restaurante, comprendí por qué.

—Ha sido un error. No sabía que era San Valentín —murmuré, mortificada, mientras el camarero me indicaba que me sentara en una silla adornada con globos de helio en forma de corazón.

Charlie bajó la cabeza para no chocar con el adorno de Cupido que colgaba del techo. Esperó a que nos entregaran los menús, que estaban en papel rosa y atufaban a algún tipo de aroma floral sintético.

—No sé cómo se te ha podido pasar. Habría pensado que esta noche estarías abrumada de ofertas —se burló.

—Lo único que me importaba era que es mitad de trimestre y tengo algo más de tiempo de lo habitual para corregir. El resto se me ha pasado volando. Por esto Leila estaba desaparecida en combate. No es de extrañar que en el restaurante dijeran que solo nos podían sentar temprano. Espero no haber estropeado ninguno de tus planes.

De repente me di cuenta de que ni siquiera sabía si Charlie tenía pareja. Supuse que no; de lo contrario, ¿por qué iba a comprar una casa conmigo? Pero también podría estar saliendo con alguien y no estar en la etapa de mudarse todavía.

Descartó mi comentario.

—Los planes pueden esperar. Lo importante es la casa. O más bien lo será, cuando haya comido algo. Me muero de hambre. Por el aspecto de la *pizza* que le han servido a esa pareja, las porciones son enormes. ¿Quieres compartir un festín vegetariano conmigo?

—Que estemos rodeados de parejas no significa que tengamos que compartir la comida. Me quedo con mi elección habitual, los raviolis, pero gracias. De todos modos, deja de intentar distraerme. Tenemos que hablar de lo que vendrá a continuación. —Saqué una copia impresa del informe, que había marcado con rotulador fluorescente (había mucho rojo neón por el peligro), y lo dejé encima de la mesa con un golpe seco—. La cuestión es, Charlie, que ninguno de los dos sabemos lo que estamos haciendo. Tú eres gestor de redes sociales y yo soy profesora. Por nuestras profesiones no poseemos ninguna habilidad concreta que podamos usar en una obra de construcción. Y, no sé tú, pero yo apenas tengo tiempo para hacer nada fuera del trabajo, por no hablar de añadir la construcción a mi vida. Cuando se trataba de desmontar unos cuantos armarios y pintar las paredes, era una cosa. Habría sido un reto, pero alcanzable. Pero esto es un nivel superior de estrés. Quiero decir... —me interrumpí cuando el camarero se acercó a tomar nota de nuestro pedido.

—Hoy es el día del *amore*; no es un día para discutir —dijo el camarero suavemente.

—Oh, nosotros no... —empecé a explicar, pero Charlie me interrumpió.

—Tiene toda la razón. Deberíamos estar disfrutando del ambiente en este hermoso lugar. Mi prometida está estresada por los planes de nuestra boda. Ya falta poco —dijo y me mostró una sonrisa exasperante.

Lo miré.

—Felicidades, felicidades. Me alegro de que hayan venido a pasar un rato juntos antes del gran día. Permítanme que les traiga unos panecillos rellenos por cuenta de la casa —dijo el camarero.

—Estupendo —agradeció Charlie, antes de que yo pudiera decir nada.

Me quejé internamente mientras el camarero anotaba el resto de nuestro pedido. En cuanto se marchó a la cocina, me enfrenté a Charlie.

—Primero, con el agente hipotecario, y ahora en el restaurante. En serio, necesitas acabar con este estúpido juego de la novia de mentira, Charlie. Nuestra vida no es uno de los libros de la editorial Mills and Boon del abuelo. Además, para conseguir panecillos gratis del restaurante; es un comportamiento mezquino.

—Relájate, Freya, era una broma. Solo pretendía divertirme un poco. El camarero se llevaría una decepción si se enterase de que le ha dado la mesa más romántica del restaurante a una pareja... que ni siquiera es una pareja, y, en cuanto a los panecillos, si hubieras leído bien el menú, te darías cuenta de que a todo el mundo se los regalan por San Valentín. Pero siento haber vuelto a meter la pata y haberte molestado. No era mi intención en absoluto.

La autenticidad de su disculpa me dejó sin aliento.

—Supongo que los panecillos gratis no son algo por lo que discutir.

—Exacto. Prometo no volver a hacerlo. Tendrás al Charlie responsable a tu disposición de aquí en adelante. Ahora, ¿pasamos al asunto que nos ocupa? ¿Qué es lo que te preocupa del informe?

—Sería más acertado preguntar qué es lo que no me preocupa. No entiendo ni la mitad de la jerga técnica del estudio. Sé que los dos hemos gastado bastante dinero para llegar a este punto, pero no es demasiado tarde para cambiar de opinión. Quizá sea mejor que lo hagamos ahora, antes de llegar más lejos. Sigo pensando que el principio de que compremos juntos funciona, pero estoy segura de que habrá otro sitio que nos vendría mejor a los dos.

—Creía que te gustaba Oak Tree Cottage —dijo Charlie cuando llegaron los penecillos, con un poco de mantequilla de ajo en forma de dos corazones entrelazados.

Me di cuenta de que él rápidamente deshizo la forma con su cuchillo, tal vez preocupado de que pudiera volver a enfadarme.

—Claro que me gusta —dije, y me imaginé la casa derruida y, una vez más, cómo podría quedar, en qué se podría convertir. A pesar de todo, había algo en la casa que me atraía, que decía «hogar». Me corregí con firmeza. Era una casa con potencial de inversión y no tenía por qué convertirse en un hogar—. Pero no basta con que nos guste. Tenemos que ser racionales con esto, por mucho que me frustre la idea de tener que echarme atrás.

—No todo son malas noticias. Las paredes no se están cayendo. Y el tejado está casi intacto —señaló Charlie.

—Mmm, pero, aun así..., hay tal cantidad de cosas que arreglar que tendríamos que buscar a un profesional. ¿Cómo vamos a hacer para que el presupuesto alcance para cubrir todo esto? —Le mostré el estudio.

—No nos precipitemos. El informe ha sido una gran sorpresa, pero la agencia hipotecaria no se ha echado atrás, lo que tiene que ser una señal positiva. Los peritos siempre son demasiado precavidos porque tienen que cubrirse las espaldas. Del mismo modo, el banco debe tener cuidado con el dinero que presta, pero, puesto que sigue adelante, Oak Tree Cottage no debe de ser una zona totalmente desastrosa.

—Sí, pero...

—Pero ¿qué?

Respiré hondo.

—Pero ¿no crees que sería mejor que encontráramos un lugar menos exigente, menos estresante para los dos? Hacer esta cantidad de trabajo supondría para nosotros una presión enorme, cuando tenemos trabajos en los que también tenemos que concentrarnos. Además, pondría a prueba la relación más sólida. Y sí, éramos el mejor amigo el uno del otro cuando teníamos once años, pero, en cambio, ¿qué sé yo de ti, y tú de mí, ahora que somos adultos? Vale, sé que estabas obsesionado con el personaje Genio de la serie *Thunderbirds* cuando tenías seis años, pero ¿sé yo cómo toma el té el Charlie adulto? No. Supongo que me estoy cuestionando si estamos a la altura tanto desde un punto de vista práctico como emocional.

—Bebo té del albañil, muy fuerte, sin azúcar y solo.

—El hecho de que bebas té del albañil no te convierte en albañil —dije con ligereza.

Charlie cogió el último panecillo con el tenedor y lo depositó con generosidad en mi plato.

—Así que lo que estás diciendo es que no sabes si puedes confiar en mí a la hora de reformar esta casa contigo.

—Dicho así, suena fatal. Pero tenemos que ser realistas. Intento encontrar la forma de minimizar el riesgo que ambos vamos a correr.

Charlie asintió.

—Entiendo lo que dices. Podría hablarte durante años de que puedes confiar en mí y de que estoy decidido a que superemos esto juntos, pero no son más que palabras. En última instancia, las palabras carecen de valor, y hasta que no estemos en esa situación, no puedo demostrar que son ciertas. No voy a añadir más presión al tema. Pero puedo preguntar: ¿qué hay de malo en dar un salto de fe? Podrías comprar una casa nueva y encontrarte con que necesita un montón de arreglos una vez que te hayas mudado a ella. Podrías comprar una casa con un novio y descubrir, una vez que conviváis, que es un vago. Sí, nos arriesgamos, pero ¿no es arriesgada la mayoría de las cosas buenas de la vida? Y tenemos las normas que con tanto cuidado has redactado. Has hecho mucho para mitigar el factor riesgo. Arriésgate a que hagamos esto con éxito. Confía en mí.

Antes de que pudiera responder, el camarero trajo nuestros platos principales.

—Festín de verduras para el caballero, y raviolis para la encantadora dama. ¿Puedo traerles parmesano extra?

Asentí con la cabeza de forma automática. Mi mente zumbaba con el apasionado discurso de Charlie. Había hablado con sensatez, pero ¿era yo lo bastante valiente para correr ese riesgo?

El camarero esparció una generosa ración de parmesano en cada uno de nuestros platos y se marchó corriendo a la mesa de al lado, murmurando en voz baja «Eso es *amore*».

—Nunca hay suficiente queso —dijo Charlie—. Bien, basta de charla seria hasta que terminemos de comer. Ahora charla general; si no, nos vamos a indigestar.

La comida estaba buena, pero la habría disfrutado más si la situación de la casa no hubiera estado pendiente. Mantuvimos la conversación a un nivel superficial, ambos recelosos de volver a meternos en un terreno que aún estaba por resolver, pero fue agradable pasar un rato charlando y cubriendo lo básico. Poco a poco, el nudo que tenía en el estómago pareció irse aflojando, aunque no sabía si era por la comida o por las palabras tranquilizadoras de Charlie.

Una vez que dejamos los cuchillos y tenedores en los platos prácticamente limpios, Charlie volvió a señalar el informe de la encuesta.

—Mira, sé que te dije que no te iba a presionar, y eso sigue en pie, pero creo que es justo que te diga que esta tarde me he tomado la libertad de enviarle un DM a tu abuelo y una copia del informe. —Levantó la mano—. Antes de que me regañes por involucrar a Arthur, te lo prometo..., no lo hice como una especie de chantaje emocional. Hemos hablado de muchas cosas técnicas acerca de la obra, pero, como has señalado, ninguno de los dos somos profesionales, mientras que tu abuelo realmente sabe de lo que habla. Me interesaba conocer su opinión.

—No iba a echarte la bronca —le dije—. Además, sería hipócrita por mi parte hacerlo, ya que también le envié una copia. —Charlie se rio—. El abuelo tiene mucho que hacer en este momento. Pensé que le interesaría leerlo para distraerse de sus preocupaciones —añadí rápidamente.

—Pero el hecho de que se lo enviaras debe de significar que no has descartado por completo seguir adelante con la compra de Oak Tree Cottage —insistió Charlie.

—Bueno...

—Solo que Arthur me contestó y me preguntó si queríamos hacerle una visita y hablar del informe con él en persona —dijo—. Parecía muy entusiasmado con el proyecto.

—No quiero que nuestros problemas le estresen.

—De ninguna manera. Es solo para que podamos tomar una decisión final desde una perspectiva informada, que sé que es importante para ti —respondió Charlie.

—Debería ser importante para ti también —señalé—. Bien, trato hecho. A ver qué opina el abuelo.

8

Llamé a la puerta de la casa del abuelo y entré directamente, a sabiendas de que él la habría abierto en cuanto recibió mi mensaje diciendo que estábamos de camino. Ted corrió hacia nosotros, con un peluche gigante de unicornio entre las mandíbulas, y saltó a nuestros pies con todo su pequeño cuerpo peludo contoneándose de alegría. Charlie se inclinó y le rascó detrás de las orejas, momento en el que Ted se puso bocarriba y estiró las patas, dejando al descubierto su barriguita para que le hiciéramos cosquillas. Estábamos encantados de complacerle.

—¿Quién es un buen chico? Sí, lo eres, un chico muy bueno —dijo Charlie para evidente deleite de Ted.

—Tranquilízate, chaval, no están aquí por el turno de paseos —dijo el abuelo, y se levantó del sillón con tanto cuidado que volví a preocuparme por sus problemas de movilidad.

—No deberías saberlo —le dije con una sonrisa, inclinándome para besar su suave mejilla.

Se dio un golpecito en la frente.

—Sé todo lo que está pasando. Pero no se lo digas a tu madre. Le gusta pensar que, para variar, me ha ganado, y no me gustaría decepcionarla. Charlie, muchacho, me alegro de verte en persona esta vez.

Nos acomodamos en los sillones a ambos lados de la chimenea, Ted se acurrucó en mi regazo y se durmió casi al instante. Debía de estar bien ser perro, no tener que preocuparse nada más que de lo que hay para cenar y de cuánto sofá puedes acaparar, pensé. Ted soltó un tremendo ronquido como respuesta.

—Habéis venido a consultar mi opinión profesional. Antes cobraba un buen dinero por esto, cariño, pero, al ser tú... —El abuelo me sonrió, se puso las gafas y miró el iPad, en el que tenía una copia del informe—. Este documento ha sido una lectura entretenida esta tarde. Desde luego, da mucho que pensar.

—¿Cuál es tu veredicto? —le pregunté.

Ted entreabrió un ojo y me miró fijamente, sobresaltado por la ansiedad de mi voz.

El abuelo frunció los labios.

—No es brillante. Pero he visto cosas mucho peores. La mayoría de los problemas que señaló el perito puede resolverse de manera sencilla. Dicho así, no creo que la casa vaya a derrumbarse y, con una planificación sensata, las reparaciones pueden llevar bastante tiempo, lo que te ayudará desde el punto de vista presupuestario. Y estoy seguro de que los dos podríais hacer gran parte del trabajo por vuestra cuenta con un poco de asesoramiento. Se pueden cambiar las ventanas y tratar la carcoma. Se pueden eliminar los roedores de forma no cruel. Con un poco de orientación, unos aficionados que sean un poco apañados pueden arreglar los suelos podridos y reforzar las escaleras.

Le lancé una mirada a Charlie. ¿Entrábamos nosotros en esa categoría? Me guiñó un ojo, divertido de que yo pusiera en duda su habilidad.

—Los problemas de electricidad y fontanería son harina de otro costal —continuó el abuelo—, al igual que la chimenea y las tejas sueltas del tejado, aunque parezca que solo hay unas pocas. La última vez que subimos a las colinas, recuerdo perfectamente que tardamos el doble de tiempo en bajar porque tenías que cogerme de la mano y querías ir con los ojos cerrados la mayor parte del trayecto.

—Abuelo, eso fue hace mucho —protesté, avergonzada de que sacara a relucir aquella historia delante de Charlie—. El propósito de esta visita era obtener la opinión de un constructor sobre la casa, no poner en evidencia mis debilidades delante de mi posible compañero de piso.

—Mmm, pero, aun así, no estoy seguro de querer que mi querida nieta trepe por un tejado, aunque diga que ya no le dan miedo las alturas.

—En general, ¿crees que es una mala idea entonces? —le pregunté, dirigiéndole una mirada llena de significado a Charlie.

Pero la respuesta del abuelo me sorprendió:

—Eso no es lo que he dicho. Creo que es posible convertir esto en una hermosa casa, si estás dispuesta a invertir en ella. Y no estoy hablando solo de la inversión financiera. Hay que tener en cuenta también todo el tiempo que te va a llevar, y no subestimes la energía física que vas a necesitar. He sido constructor toda mi vida y mira cómo estoy ahora. —Los ojos le brillaron cuando se señaló a sí mismo.

—No seas tonto. Sigues siendo mi superabuelo —repliqué.

Su expresión se volvió seria.

—Pero, dicho esto, si alguien puede hacerlo, esa eres tú. Eres una mujer decidida, Freya. Nunca te ha dado miedo el trabajo duro. Fue el trabajo duro lo que te dio tu título y tu puesto como profesora. Y será el trabajo duro lo que te permita descubrir el potencial de la casa. Si te lo propones, lo conseguirás.

—¿Y tú, Charlie? ¿Estás dispuesto a mostrar el compromiso y la determinación necesarios? —pregunté, aunque, a decir verdad, la pregunta iba dirigida tanto a mí como a él.

—Lo estoy. Estoy seguro de que entre los dos podemos hacerlo. A mí no me asusta aprender cosas nuevas, y estoy seguro de que a ti te pasa lo mismo. Y, quién sabe, una vez arreglada la casa, puede que nos guste tanto que acabemos viviendo en ella. —Se rio mientras yo fruncía el ceño ante su broma—. Una vez reformada, será una propiedad muy codiciada en una zona muy solicitada, y podríamos obtener suficientes beneficios como para establecernos cada uno por nuestra cuenta. Una oportunidad así no se presenta todos los días, y voy a hacer lo que haga falta para aprovecharla al máximo.

El abuelo me pasó el iPad y volví a mirar el informe, luego hice clic en el folleto de la casa. Pensé en todo el trabajo que habría que hacer y en el tiempo que llevaría, un tiempo que ya era escaso debido a las exigencias de mi trabajo. Pero, mientras miraba las fotos del viejo edificio, sentí una punzada de nostalgia. Pensé en la casa y en el día que fuimos a verla, cuando visualicé cómo podría llegar a ser. Por mucho que quisiera negarlo, sentía un vínculo emocional con el lugar, lo que quizá fuera mala idea, dado que no estaba destinada a convertirse en nuestro hogar, sino a ser una inversión para el futuro de ambos. Sin embargo, aparte de eso, la casa tenía mucho que ofrecerme: libertad, independencia, la oportunidad de alcanzar sueños largamente acariciados... Yo había sugerido que buscásemos otra opción más fácil, pero ¿hasta qué punto era realista? Los precios de la vivienda ya eran desorbitados, y el mercado era muy muy competitivo. ¿Qué probabilidades había de que encontrásemos otro lugar ubicado en un lugar tan privilegiado y que estuviese dentro de nuestra horquilla de precios? Normalmente no rehúyo el trabajo duro. Tal vez Charlie tenía razón. Tal vez debería arriesgarme con Oak Tree Cottage. Sin embargo, aún quedaban asuntos importantes por resolver.

—Pongamos que compramos la casa y nos ocupamos nosotros mismos de gran parte de la reforma —dije—, ¿de dónde vamos a sacar tiempo para llevarla a cabo? Tú tienes que encargarte de tu negocio, y no me digas que va a ser fácil compaginar la vida de empresario con este tipo de proyecto. Y, durante el curso, mi vida no es realmente mía. Si no estoy en clase, estoy preparándomelas o corrigiendo exámenes.

Charlie asintió y respondió:

—Los dos tendremos que hacer sacrificios. Mi trabajo quizá sea más flexible que el tuyo, porque yo me pongo mi propio horario y elijo cuántos clientes acepto. Pero al menos tú tienes vacaciones escolares. Y, antes de que digas nada, sí, seguro que sigues teniendo muchas cosas que hacer en ellas, pero podrías dedicar parte de ese tiempo a trabajar en la casa, si realmente quisieras.

—Tal vez, si nos la dieran en vacaciones de Semana Santa, podríamos hacer la parte más importante de la reforma durante las vacaciones de verano —dije despacio, pensando en voz alta.

Charlie se irguió, con expresión esperanzada.

Me armé de valor. Era hora de dar ese salto de fe:

—Espero no arrepentirme de decir esto, pero estoy dispuesta a comprar Oak Tree Cottage si tú lo estás.

Charlie dio un puñetazo al aire con entusiasmo, y su repentino movimiento hizo que Ted soltara un aullido de sorpresa.

—No te vas a arrepentir. Has tomado la decisión correcta, lo sé. Démonos la mano y sigamos con el papeleo.

Extendió la mano y me cogió la mía con las dos suyas. Yo había visto a políticos hacer eso en la tele, pero, a diferencia de ellos, no había duda de la sinceridad del gesto de Charlie.

El abuelo acercó su mano y la puso encima de las nuestras.

—Felicidades a los dos —dijo—. Y, no quiero aguaros la fiesta, pero tenéis que contratar un buen seguro. Siempre es sensato ocuparse de los aspectos prácticos.

—No te preocupes, abuelo —le dije—. El papeleo es mi especialidad. Me aseguraré de que estemos cubiertos ante cualquier eventualidad. Queda una última cosa por resolver. ¿Dónde vamos a vivir mientras hacemos toda la reforma?

A Charlie se le cayó la cara de vergüenza.

—Hubiera pensado que está claro. En Oak Tree Cottage, por supuesto.

Me quedé boquiabierta.

—Estás de broma, ¿verdad? Apenas es habitable.

—Es lo suficientemente habitable —afirmó él—. Y, como tú misma has señalado, el tiempo es oro. Desperdiciaríamos valiosas oportunidades de reforma si tuviéramos que desplazarnos de un lado a otro, por no hablar del dinero que tendríamos que tirar en alquiler si encontráramos un piso de alquiler a corto plazo cerca. ¿Dónde pensabas quedarte?

—Mmmm.

El problema era que él había hecho dos observaciones excelentes. Y mi única alternativa era quedarme en el sofá de Leila, lo cual era demasiado. Ella ya había sido más que generosa al aguantarme hasta ahora. Yo iba a tener que hacerme a la idea de que completar este proyecto iba a sacarme de mi zona de confort en más de un sentido.

—¿Dónde está tu espíritu aventurero, Freya? Será como ir de acampada. Muy divertido —dijo Charlie con confianza.

¿Muy divertido, o una verdadera pesadilla?

9

Por ironías de la vida, la fecha de nuestra mudanza fue el viernes, 1 de abril[1]. Cuando fuimos a recoger las llaves a la inmobiliaria, me pregunté por enésima vez si estaba completamente tonta por estar haciendo esto.

—Enhorabuena —dijo el agente inmobiliario, y dejó caer las llaves en mis manos, antes de darle una botella de champán a Charlie y estrecharle la mano con entusiasmo.

La amplia sonrisa del agente delataba a un hombre feliz de cobrar una comisión por una casa que probablemente nunca pensó que fuera a vender.

Las llaves pesaban y el metal deslustrado estaba frío. Eran llaves que habían sido manipuladas por varias generaciones, desgastadas por las idas y venidas de diferentes familias a lo largo de los años. Incluso olían a viejo. Cerré los dedos en torno a ellas, saboreando el momento. Eran mis llaves, pesadas y anticuadas, eran las llaves literales de mi futuro. O, más bien, eran nuestras llaves, las de Charlie y mías, las llaves del futuro individual de cada uno de los dos. Y, entre ahora y ese futuro anhelado, había mucho trabajo duro que hacer. Supuse que por la cabeza de Charlie debían de estar pasando pensamientos similares a los míos, porque su rostro tenía la misma expresión un poco aturdida que yo estaba segura de que tenía el mío.

Saqué un juego de llaves del llavero y se lo entregué.

—Aquí tienes. Las tuyas y las mías. Estamos haciendo esto de verdad.

---

[1] El día 1 de abril se celebra en Inglaterra el popular día de las bromas o *April Fools' Day*. Es similar a nuestro Día de los Santos Inocentes.

—De verdad. —Sonrió.

Y de repente me levantó, me echó a la espalda y empezó a girar en círculo mientras gritaba de forma desaforada.

—Bájame —dije, medio chillando y medio riendo mientras le daba golpecitos en el brazo para reforzar mi súplica—. Soy casi tan alta como tú. Y no podemos permitirnos que el cincuenta por ciento del equipo de la reforma se lesione antes de empezar a trabajar.

Charlie dio una última vuelta antes de soltarme suavemente. Le revolví el pelo en venganza mientras volvía al suelo.

—No me puedo creer que esto esté pasando de verdad. Hutch y Humph, el Dúo Terrible, copropietarios. Parece increíble, ¿a que sí?

—Bastante —acepté—. Después de todo el estrés de llegar a este punto, no me puedo creer que por fin lo estemos haciendo. De hecho, no sé si me haré a la idea hasta que no metamos la llave en la cerradura y entremos. ¿Qué te parece si vamos a casa a instalarnos? Como sigamos dando el espectáculo, los vecinos van a llamar a la policía para que nos echen.

—Adelante, compañera —dijo Charlie, y me dio una palmada en mitad de la espalda con tanto entusiasmo que me tambaleé hacia delante.

Regresamos al sufrido Land Rover de Charlie, que afortunadamente seguía aparcado donde lo habíamos dejado. Digo «afortunadamente» porque estaba lleno hasta los topes con nuestras pertenencias mundanas, lo esencial para sobrevivir durante estas primeras semanas cruciales en la casa. A pesar de mis recelos ante la idea de vivir en una obra, nos mudamos con una gran colección de herramientas de segunda mano, nuestra ropa, un hornillo de *camping*, un hervidor y unas cazuelas, además de un par de colchones hinchables y sacos de dormir para aguantar hasta que el lugar fuera lo bastante habitable para tener muebles de verdad. Mis padres nos habían prometido darnos un sofá que ya no necesitaban, como generoso regalo de inauguración, y Charlie dijo que podíamos elegir unos muebles que tenía guardados en un granero de la granja de sus padres.

A pesar de que había hecho este viaje en mi imaginación tantas veces en los últimos meses, no acababa de creerme que lo estuviéramos haciendo. Al doblar la esquina del pueblo y avanzar por la calle, el sol acuoso de la tarde emergió por fin de entre las nubes, enviando suaves rayos sobre los restos de una vivienda que era nuestra, toda nuestra. Bueno, nuestra y del banco.

—¿No es preciosa? —dijo Charlie.

El orgullo de ser los nuevos propietarios nos hizo mirar más allá de los desperfectos para ver solo la maravilla de la cálida piedra y el suave verde del musgoso tejado de pizarra. Charlie paró el motor y nos bajamos, en silencio, mientras vivíamos aquel momento tan especial. A lo lejos, un mirlo cantaba a su pareja, pero, aparte de eso y del suave crujido de las ramas del roble, todo se hallaba en silencio. Era como un delicioso bálsamo para el alma después de vivir tantos años alquilada en la ciudad. Por fin estaba en un lugar que podía llamar mío. Extendí la mano y la apreté contra la piedra, molestando a un par de arañas que se escabulleron por los huecos del enlucido.

—Vamos —dijo Charlie, señalando a la puerta principal—. Ya sé que, al ser gente de campo, lo normal es que usemos la puerta de atrás, pero me parece que para esta primera entrada deberíamos ir por delante y cruzar el umbral como es debido.

Subimos los escalones destartalados y sacamos las llaves. Durante un par de minutos dudamos sobre quién debería tener el honor de abrir la puerta ceremonialmente, cada uno de nosotros demasiado educado para decir que estábamos desesperados por ser el que lo hiciera.

—Vamos a jugárnoslo a piedra, papel o tijera —sugerí después de unas rondas incómodas de «No, después de ti, insisto».

—Venga —dijo Charlie.

—Tres, dos, uno, ya —dije, devanándome los sesos para ver si recordaba de la infancia por dónde solía tirar Charlie.

Extendí la mano en señal de papel, y él cerró los dedos en un puño y movía el pulgar arriba y abajo.

—Yo gano: el papel vence a la piedra —dije triunfante, envolviendo su mano con la mía.

Siguió moviendo el pulgar, haciéndome cosquillas en el centro de la palma hasta que la retiré.

—Te equivocas, no era una piedra, era un lanzallamas, que sin duda es mejor que el papel. —Hizo un silbido y luego simuló que mi papel se convertía en humo.

—Eres tan exasperante, Charlie Humphries. ¿Desde cuándo un lanzallamas forma parte del armamento de piedra, papel o tijera?

—Limitarse a tres elementos es aburrido —respondió Charlie—. Recuerdo perfectamente que inventaste el gesto de la granada de mano cuando estábamos en cuarto de primaria. Estuve días enfadado.

—¿Y ahora es cuando aflora tu resentimiento? Bien, si estás tan desesperado, abre tú la puerta —dije, haciéndole un gesto de floritura para que entrase, luchando por mantener la expresión severa en mi rostro.

Charlie me sonrió, se adelantó y pasó la mano por la vetusta madera de la puerta principal, como pidiéndole permiso para entrar. Luego se volvió hacia mí.

—Dame tus llaves. Yo abriré, pero lo haré con tu llave. Así estaremos los dos implicados —dijo, de pronto serio.

Se la pasé y Charlie quitó las telarañas de la cerradura. Examinó el juego de llaves, eligió la más grande y la metió en la cerradura.

—Allá vamos —dijo. Empezó a intentar girar la llave—. Está un poco dura. Puede que necesitemos el 3-En-Uno que nos dio tu abuelo. —Arrugó la cara mientras giraba con más fuerza.

—Ten cuidado; no querrás romper la llave —le dije.

—O hacerme daño —respondió, y se soltó un momento y estiró los dedos, antes de volver a intentarlo con creciente frustración.

Me apoyé en la pared para contemplar el espectáculo.

—Nos vendría bien tu lanzallamas ahora para calentar la cerradura y que fuera más fácil hacerla girar. —No pude resistirme a burlarme de él.

—Tal vez deberías intentarlo tú —dijo un poco enfadado; dio un paso atrás y se cruzó de brazos, sin duda previendo mi inminente fracaso.

—Sin querer parecer presumida, una de mis especialidades es abrir tarros de mermelada —dije, segura de que iba a poder abrir la puerta sin problemas.

Por supuesto, hablé demasiado pronto, ya que me di cuenta de que Charlie no había estado fingiendo. La cerradura estaba tan dura que temí que todo el mecanismo se hubiera oxidado hacía un siglo. Sin embargo, insistí. Parecía que superar este obstáculo era importante desde el punto de vista simbólico. No auguraba nada bueno para el resto de la reforma el que ni siquiera pudiéramos abrir la puerta principal.

—¿Ya has tenido bastante? —preguntó Charlie—. Te vas a hacer una ampolla como no tengas cuidado. ¿Por qué no añadimos la puerta principal a nuestra lista y lo arreglamos en otra ocasión? Siempre podemos entrar por la puerta de atrás, que al menos sabemos que funciona.

—No, tenemos que entrar por aquí —dije, mi determinación creciendo.

Sujeté la llave y volví a girarla con fuerza, ignorando el calor en mi carne, que me avisaba de que estaba a punto de desgarrarme la piel.

—Entonces déjame ayudarte —pidió Charlie.

Puso su mano sobre la mía y luchamos juntos contra la cerradura. De repente, la cerradura crujió de forma lúgubre y por fin la llave empezó a moverse.

—Lo hemos conseguido —dije—. Está abierta. Me pregunto cuándo fue la última vez que se abrió esta puerta.

—Y quién la abrió —añadió Charlie—. Quizá, cuando la casa nos conozca, nos revele algunos de los secretos de sus antiguos ocupantes. ¿Abrimos la puerta? Creo que también vamos a tener que hacerlo entre los dos.

Nos pusimos uno frente al otro, con un hombro contra la madera, y empujamos con fuerza. La puerta emitió un crujido estremecedor, digno de un mayordomo haciendo una entrada dramática en una película de misterio, pero finalmente se abrió lo suficiente para que pudiéramos entrar de lado.

—Hogar, dulce hogar —dijo Charlie cuando nos encontramos en la mugrienta oscuridad del salón. El tono nervioso de su voz no reflejaba la felicidad de sus palabras.

No era un día muy caluroso, pero el aire de la casa era aún más frío que el del exterior. Me estremecí, tanto por el frío como por la repentina y escalofriante conciencia de la magnitud de la tarea que habíamos emprendido. Desde la primera visita supe que reformar esta casa iba a ser un reto enorme, algo que el estudio había reforzado con toda claridad. Pero, de algún modo, durante las últimas semanas de penoso proceso de compra, mi mente había... minimizado sus recuerdos de la realidad del lugar, probablemente en forma de autoprotección. Ahora mis sentidos estaban a flor de piel, pues la vista y, sobre todo, el olor de la casa me recordaban lo mucho que había que hacer. Me pareció oír el correteo de algún bicho bajo las tablas del suelo, un sonido que me produjo un escalofrío. Era abrumador, y, de no ser porque costaba tanto abrir la puerta, creo que habría salido corriendo en la dirección contraria. Aspiré, esperando que Charlie lo atribuyera a una reacción al olor a humedad de la habitación, en lugar de reconocerlo como lo que en verdad era, una respuesta lacrimógena de terror y arrepentimiento.

Afortunadamente, Charlie se recompuso más rápido que yo y adoptó la actitud de persona segura de sí misma.

—Lo primero es lo primero. No hemos decidido quién se queda con qué dormitorio. ¿Quieres que nos lo juguemos a piedra, papel o tijera?

—No me importa, elige tú —dije con desgana.

Ni siquiera estaba segura de querer arriesgarme a subir las escaleras.

—Puedes quedarte con la habitación de delante, que es un poco más grande, y yo me quedo con la de detrás. Me parece justo que me quede con la más pequeña, ya que vamos a convertir el edificio anexo en una oficina para mí.

—Vale —acepté.

—Vamos, Freya, ¿en qué estás pensando? Un penique por tus pensamientos —dijo Charlie, pasándome el brazo por los hombros y apretándome.

Me permití unos momentos para consolarme con el calor de su cuerpo junto al mío, luego me recompuse y me alejé.

—Lo siento, Charlie. Ha sido un día muy largo, y todo me ha desbordado un poco. Pero, si hemos conseguido abrir la puerta principal, podremos solucionar cualquier cosa juntos. ¿Verdad? —Aún buscaba desesperadamente que me tranquilizaran.

—Por supuesto —dijo Charlie, con voz artificialmente segura de sí—. Creo que deberíamos brindar por nuestro futuro. Voy a por la botella de champán que nos dio el agente inmobiliario y empezaremos por donde queramos.

Por supuesto, resultó que ninguno de los dos recordaba si habíamos metido las tazas en la maleta o dónde, y mucho menos las copas de champán. Pero no dejamos que eso se interpusiera en nuestro camino. Yo hice los honores, girando la botella y sacando el corcho con cuidado para no derramar ni una gota. No es que derramar el champán fuera a estropear la moqueta del salón, que ya estaba muy manchada.

—Por nuestra reforma —dije.

—Salud —respondió Charlie, e imitamos el chocar de las copas antes de beber por turnos un trago directamente de la botella.

Las burbujas me hicieron cosquillas en la garganta y me hicieron reír, una risa medio risueña, medio ahogada.

Charlie me secundó y empezamos a reírnos de forma histérica sin saber muy bien por qué.

—¿Estamos completamente locos? —pregunté mientras me agarraba los costados, y le di otro trago generoso a la botella.

—Sin ninguna duda —respondió Charlie—. Estamos completamente idos. Ni siquiera hemos podido abrir la maldita puerta sin pelear. Pero ¿acaso no es divertido?

Ahora que mi horror inicial se había suavizado por el efecto anestésico de la bebida, tuve que admitir que Charlie tenía razón. Ya no estaba tirando cientos de libras para ayudar a pagar la hipoteca de otra persona. Estaba invirtiendo en mi propio futuro. Fueran cuales fueran los retos que nos esperasen, los afrontaríamos. Y, si teníamos que soportar algunas dificultades en el camino, entonces el resultado final sería un poco más reconfortante.

Di un último trago a la botella y se la pasé a Charlie para que se la terminara.

—¿Deshacemos las maletas? Tal vez deberíamos ver si podemos abrir la verja. A lo mejor es más fácil descargar nuestras cosas por la puerta trasera. Al menos se abre más que la delantera.

—Buena idea —dijo Charlie.

—Voy a tirar esto en la cocina y a empezar a formar una pila de reciclaje —dije, volviendo a coger la botella.

Charlie alargó la mano y me arrebató la botella.

—No, guardémosla para la posteridad. Podemos limpiarla y ponerla encima de la chimenea cuando la hayamos restaurado. Será un recuerdo de nuestro primer día en Oak Tree Cottage.

—No te tenía por un sentimental, Charlie.

—Echémosles la culpa a las burbujas. A pesar de mi apariencia de tipo duro, soy un blandengue sentimental. Además, no todos los días me mudo a mi propia casa.

Me reí.

—¿«Apariencia de tipo duro»? Eres tan duro como un oso de peluche. Y por eso me gustas —añadí con ligereza, cuando Charlie fingió sentirse dolido—. ¿Y quién se queda con la botella cuando vendamos?

—Nos preocuparemos de eso cuando llegue el momento —respondió—. Ahora, echemos un vistazo a esta verja antes de que empiece a oscurecer. Oso de peluche o tipo duro, el trabajo todavía tiene que hacerse.

Afortunadamente, la verja se rindió con más facilidad que la puerta principal. La abrimos a empujones, Charlie condujo su coche hasta el descampado que con optimismo llamamos entrada y empezamos a deshacer las maletas.

—Recuérdame por qué les dijimos que no a tus padres y los míos cuando se ofrecieron a ayudarnos con la mudanza —dijo Charlie, jadeante, mientras arrastraba otra caja de herramientas hasta la casa.

—No tengo ni la más remota idea —respondí, sin aliento, igual que él, mientras intentaba equilibrar sobre mis hombros cinco bolsas con diversos artículos de menaje del hogar—. ¿No pensamos que sería mejor hacerlo nosotros mismos, poner nuestro propio sello en el lugar y demostrar que somos personas independientes y capaces? Porque, si esa fue la razón, fue completamente estúpida y necesitamos recordarlo en el futuro. ¿Tiene tu coche alguna función de tipo Mary Poppins? Debemos de haber hecho unos cincuenta viajes cada uno y sigue tan lleno como cuando empezamos.

—Ya casi está —dijo Charlie, poniendo el tono de voz excesivamente positiva que yo solía utilizar cuando convencía a los alumnos de sexto de primaria para que terminaran sus proyectos de fin de curso.

—Al menos el tiempo acompaña —añadí, e inmediatamente me arrepentí de haberlo dicho en voz alta—. Lo siento, acabo de condenarnos a una gran tormenta o algo así, ¿no?

Charlie pasó con la caja que contenía el hornillo y el hervidor. Miró al cielo, ahora muy oscuro.

—Creo que aguantará unas horas. Pero quizá deberíamos dejarlo por hoy y comer algo. Tenemos los sacos de dormir y las cosas para cocinar dentro. El resto puede esperar hasta mañana.

—¡Qué buena idea! —convine, contenta de no ser la única que se moría de hambre. Entramos en la cocina. Estaba tan oscuro que casi no nos veíamos ni las manos—. ¿Probamos a dar la luz? —dije, con el dedo sobre el interruptor de la luz.

—¿Qué es lo peor que podría pasar? —preguntó Charlie.

—Prefiero no pensar en ello. —Cerré los ojos y presioné, preparándome para la enorme descarga eléctrica que inevitablemente vendría a continuación. Pero, aparte de un ligero chisporroteo en el interruptor, bastante inquietante, no sufrí ningún daño—. ¿Se ha encendido la luz? —pregunté sin atreverme a mirar.

—Que se haga la luz, y la luz se hizo —respondió Charlie.

Cuando abrí los ojos, Charlie estaba de pie frente a mí, con una gran lámpara de *camping* que funcionaba con pilas. Miré esperanzada hacia la luz del techo, pero la bombilla seguía apagada.

—Oh. No hay electricidad en la cocina entonces.

—¿Quién necesita electricidad cuando tenemos una superlámpara como esta? Mi hermana me la envió como regalo de inauguración. Esa es Alexa, la práctica abogada. Probablemente le preocupaba que me demandaras si te electrocutabas.

—Si me electrocutara, moriría y, por lo tanto, no podría demandar a nadie —repliqué pedante, molesta por la facilidad con que aceptaba que fuéramos a tener que pasar nuestra primera noche en aquel lugar sin luz.

Había olvidado lo oscura que podía ser la campiña, lo que hacía que cada ruido a nuestro alrededor pareciera más fuerte y desconcertante. Me dije que por la mañana todo se vería mucho mejor, pero por el momento habría dado casi cualquier cosa por una bombilla de 100 vatios que funcionara.

—Vamos a encender el hornillo —propuso Charlie, ignorando con tacto mi pequeño berrinche—. Pondremos a hervir el hervidor, nos tomaremos una taza de té cada uno y luego decidiremos qué preparamos para cenar.

—Yo encenderé la estufa; tú puedes abrir el grifo. A ver si tienes más suerte que yo con la luz.

—No problemo. —Charlie silbó alegremente mientras se acercaba al fregadero. El grifo emitió un chirrido como respuesta, luego un gemido y después un silencio espeluznante—. Es solo el aire que hay en las tuberías —dijo, aunque el tono de su voz no se correspondía con la seguridad de su conclusión—. Dale un minuto y empezará a correr como si nada. —El grifo dejó escapar otro chirrido, a lo que siguió un estremecimiento que parecía emanar de las mismas paredes de la cocina—. ¿Qué demonios pasa? —Esta vez la voz de Charlie había alcanzado el nivel del verdadero miedo, y adquirió un tono que me transportó instantáneamente a nuestros días de colegio.

Ahora me tocaba a mí mantener la calma. Alargué la mano y cerré el grifo. Al cabo de un rato las paredes dejaron de vibrar.

—Creo que esa es otra cosa que habrá que examinar por la mañana, cuando aparentemente todo será más brillante —dije—. Menos mal que el abuelo sugirió traer esos contenedores de agua. Iré a buscar uno y tal vez tú puedas comprobar si reparten comida a domicilio aquí. Creo que esta es la clase de noche que requiere una *pizza* de emergencia.

Pedir comida para llevar no entrañó ninguna dificultad, pero dirigir al repartidor hasta la casa sí, ya que tuvo problemas para encontrar la dirección. Al final llegó a la puerta de casa media hora más tarde de lo prometido con dos cajas de *pizza* fría.

—Si las pones de lado, deberían pasar por el hueco —dije, y él se espantó por el estado del lugar.

—¿Vives aquí? —me preguntó.

—Ah, sí —le contesté.

—Buena suerte —dijo.

10

A la mañana siguiente me desperté con dos sensaciones distintas, ambas preocupantes a su manera. La primera era que necesitaba de verdad ir al baño. La segunda, que algo me hacía cosquillas en el cuello. Me dije a mí misma que debía pensar en ello como un cosquilleo, en lugar de lo que probablemente fuera, un insecto que se arrastraba y me utilizaba como patio de recreo personal. Cuando me rocé la piel, una araña de patas muy largas y peludas cayó al suelo y empezaba a corretear.

Temblando, intenté ver el lado positivo. Al menos la había detenido antes de que se me acercara a la boca. Si me hubiera despertado con una araña bailando en los labios, me habría mudado a la sala de profesores de la escuela y le habría cedido mi mitad de la casa a Charlie sin pensármelo dos veces.

Me di la vuelta y ahogué un gemido cuando mis doloridos músculos protestaron. Estirándome, intenté en vano aliviar la rigidez de las extremidades. Aunque me había quejado en broma de que el sofá cama de Leila me había dado un calambre en el cuello, aquello no era nada comparado con lo incómodo que era pasar una noche en un saco de dormir en el suelo. Charlie y yo habíamos comprado camas hinchables, pero por desgracia la bomba para inflarlas era eléctrica, y, después de probar la luz de la cocina, ninguno de los dos nos atrevimos a conectar nada a un enchufe. La única función real que había cumplido el colchón de aire sin aire era proporcionar una capa de material limpio entre mi saco de dormir y la moqueta, cuyo estado era lamentable. Me asustaba pensar qué otros bichos espeluznantes anidarían allí. Mi único consuelo era que éramos dos a la hora de lidiar con cualquier otro ejemplar de la fauna que decidiera acercarse a nosotros. Sin necesidad de hablar de ello, acabamos durmiendo en el salón en lugar de retirarnos a nuestras habitaciones. Tras media botella de champán cada uno y las emociones del día, habíamos acordado de forma tácita no aventurarnos a subir las escaleras hasta el día siguiente. La primera noche en un lugar nuevo siempre era extraña, pero tener a Charlie en la habitación me había hecho sentir un poco menos rara, aunque se hubiera dormido irritantemente rápido y luego resultara que hacía molestos ruiditos suspirando mientras dormía. Solo los perros tenían el suficiente factor adorable como para salirse con la suya cuando eran ruidosos mientras dormían.

Me apoyé en el codo, las tablas del suelo bajo la fina capa de moqueta dándome un indeseado y firme masaje en la cadera, y miré por toda la habitación. Charlie seguía profundamente dormido, tan feliz, y ajeno al desastre que ahora iluminaban los fragmentos de luz solar que entraban por las ventanas. Ni siquiera sabía por dónde podríamos empezar para hacer este lugar habitable.

Pero la presión sobre mi vejiga obligó a mis pensamientos a centrarse en algo más urgente. Dado que no quería bautizar nuestro jardín orinando sobre las malas hierbas, iba a tener que probar el baño. Y, a juzgar por lo que sucedió, o, mejor dicho, no sucedió, cuando intentamos abrir el grifo de la cocina la noche anterior, no iba a ser una experiencia agradable. Saqué el móvil del zapato, donde lo había dejado al acostarme, y rápidamente busqué en Google «cómo tirar de la cadena sin agua corriente». Una vez más, agradecí que el abuelo Arthur insistiera en que trajéramos agua. Según mi rudimentaria investigación, un cubo de agua vertido en la taza me ayudaría a tirar de la cadena en esta ocasión. Pero la sugerencia de internet sobre cómo tratar los residuos más sólidos, que consistía en forrar el interior de la taza del váter con una bolsa, no me convencía. Había una razón por la que había elegido ser profesora en lugar de aventurera al aire libre. Incluso si todo nuestro presupuesto se iba literalmente por el desagüe para resolver este problema de fontanería, sería un precio que merecería la pena pagar.

Llené un cubo de uno de los contenedores de agua e intenté subir las escaleras lo más silenciosamente posible para no molestar a Charlie. Me dije a mí misma que era porque tal vez necesitaba dormir, aunque, si era sincera, era más porque sentía que era una prueba que tenía que superar por mí misma. Si no podía hacerlo, difícilmente iba a sobrevivir durante los próximos meses mientras intentábamos transformar este lugar.

Las escaleras sonaban muy muy fuerte en medio de la paz de la mañana, pero por fortuna Charlie no salió despeinado del salón a ver qué pasaba. Crucé a toda prisa la habitación que iba a ser la mía y llegué al cuarto de baño; mi creciente urgencia me hizo casi olvidar el olor putrefacto que había allí. Me acuclillé encima de la taza de porcelana sin sentarme (no quise arriesgarme hasta que el asiento no se limpiara a fondo). Ya tenía la fuerte sensación de que esta reforma de la casa iba a hacer maravillas con mi tono muscular. Una vez que terminé, probé con la manilla por si por algún milagro se producía una descarga de agua, pero, en lugar de eso, me quedé con la manivela en la mano, cosa esta que debería haber esperado. Menos mal que el cubo de agua funcionó y, cuando volví a colocar la palanca de la cisterna y me froté las manos con mi fiel botella de desinfectante, volví a sentirme casi humana.

Ahora que estaba arriba, decidí que podía tomarme el tiempo necesario para echar un vistazo a mi habitación (no podía dormir en el salón todas las noches): estaba en la parte delantera de la casa y ocupaba todo el ancho de la vivienda, con una chimenea tapiada en un extremo y dos grandes ventanales que daban al valle. Las tablas del suelo estaban desnudas y el papel de estrafalario estampado geométrico que cubría las paredes se estaba despegando, pero la habitación era muy luminosa a pesar de las mugrientas ventanas, y ya me veía acurrucada en un sillón junto a la chimenea, leyendo un libro o, lo que sería más realista, repasando ensayos sobre los Tudor y los Estuardo. Pintaría las paredes de un color pálido, quizá un crema cálido con un toque de amarillo, o tal vez el más suave de los grises, algo apacible y sereno, exactamente lo contrario de la gama intensa que ahora dominaba el espacio.

Cogí una esquina del papel pintado y le di un tirón a modo de prueba. Se despegó de la pared con una suavidad agradable, lo que me produjo una sensación de satisfacción parecida a la de reventar un plástico de burbujas. En cuestión de segundos, había arrancado toda la tira, dejando al descubierto el yeso descolorido que había detrás. Entusiasmada, fui a por el siguiente trozo. No tardé mucho en tener un montón de papel en medio del suelo. No todas las tiras fueron tan fáciles de arrancar como la primera, pero, si la decoración de todas las habitaciones iba a ser tan rápida de quitar, quizá podría replantearme el cuidadoso calendario de trabajo que había planeado antes de mudarnos.

Inevitablemente, aquel pensamiento tentó al destino y la siguiente tira de papel pintado que intenté quitar se llevó consigo grandes trozos de yeso, algunos de los cuales acabaron en mi pelo, mientras mi cara se rociaba con una fina capa de polvo. Me atraganté cuando las partículas se me metieron la nariz, obstruyéndome los pulmones y provocándome jadeos. Me maldije por mi exceso de entusiasmo. Provocarme un ataque de asma no era una buena manera de empezar que se diga y, por supuesto, mi inhalador seguía en el coche de Charlie, con bastante probabilidad, escondido en el fondo de las bolsas de cosas, que no nos molestamos en deshacer la noche anterior.

Cogiendo bocanadas de aire a duras penas, volví despacio a la parte superior de las escaleras y casi me caigo por la sorpresa cuando oí un sonido que nunca habría esperado oír. Un momento después, Charlie salía por la puerta de su habitación, secándose las manos en una toalla.

Al no tener suficiente aliento para hacer la pregunta que quería, señalé la toalla y luego en dirección al cuarto de baño, desde el que aún se oían los últimos chapoteos de la cisterna del váter.

—Encontré la llave de paso —dijo Charlie, leyéndome el pensamiento—. Es increíble que no se nos ocurriera anoche. ¿Por qué iba a seguir abierta la llave si hacía años que no vivía nadie en esta casa? Dentro de un rato echaremos un vistazo a la caja de fusibles, por si lo de la luz se arreglase igual de fácil. —Empecé a reírme, pero, gracias a la inoportuna reaparición de mi asma, sonaba más como si me estuvieran dando los últimos estertores de vida. Charlie dejó caer la toalla y se precipitó hacia delante, rodeándome la cintura con el brazo para sostenerme donde estaba—. Freya, ¿estás bien? Vamos a intentar que respires un poco de aire. —Me llevó a cuestas hasta mi dormitorio y me apoyó junto a la chimenea mientras forcejeaba con la ventana—. En dos segundos se abrirá y la brisa del campo te despejará los pulmones —me dijo, mirándome preocupado mientras intentaba averiguar cómo abrir la hoja.

—Con eso te refieres al maravilloso aroma del estiércol de vaca —intenté bromear, pero el esfuerzo que me costó pronunciar cada palabra estropeó el discurso.

—Tal vez debas dejar el club de la comedia para cuando no te estés asfixiando —dijo Charlie. Lo vi estremecerse y agitar rápidamente la mano antes de atacar la ventana con renovado vigor. Al final, la ventana no fue rival para su determinación. Todo cedió, el cristal y el marco se desprendieron de la pared y cayeron al suelo con un horrible estruendo. Pero no tuve tiempo de contemplar la destrucción, porque Charlie estaba de nuevo a mi lado, me cogió, me llevó y me colocó junto al enorme agujero—. ¿Tienes inhalador, o tengo que pedir ayuda? —preguntó con una nota de susto en la voz. Dije que no con la cabeza y conseguí decir dónde estaba mi inhalador con una mezcla de palabras sibilantes y mímica—.

Entendido. Descansa aquí y tómatelo con calma hasta que lo encuentre y lo traiga. —Corrió a la puerta y se volvió hacia mí para decirme—: Intenta no apoyarte demasiado en la piedra. Ahora que la ventana no sujeta la pared, a lo mejor la estructura no es muy estable.

—Pensé que intentabas hacerme sentir mejor —jadeé.

—Quédate con esa idea. Volveré en dos minutos —dijo Charlie.

Bajó las escaleras a toda velocidad. Parecía que no le preocupase que pudiesen desplomarse bajo sus pies. Intenté hacer lo que me había aconsejado y tomar bocanadas de aire fresco, pero era difícil obtener suficiente oxígeno cuando me sentía como si tuviera un elefante sentado encima de mi pecho. La visión de la ventana destrozada en el suelo no me ayudó a sentirme mejor. Era literalmente alérgica a este lugar.

Por suerte, Charlie cumplió su palabra y reapareció en un tiempo récord con el inhalador extendido de manera triunfal ante él.

Inhalé un par de dosis para mayor seguridad, y poco a poco sentí que la presión en los pulmones empezaba a aliviárseme. Me desplomé sobre el suelo, sin importarme lo sucio que estuviera, y traté de recuperar las fuerzas.

—Lo siento —dije, al sentirme un poco expuesta por el hecho de que Charlie me hubiera visto en un momento de fragilidad.

Sabía que ello no tenía sentido, pero no quería que él pensara que yo iba a ser el miembro débil de nuestra sociedad doméstica. Odiaba mostrarme vulnerable delante de otras personas, y aún no conocía lo suficiente al Charlie adulto como para saber cómo afectaría ello a la forma en que me veía.

Por desgracia, Charlie era más perspicaz de lo conveniente.

—Nada de eso, Freya —dijo—. No hay nada por lo que disculparse. Paula Radcliffe tiene asma, y eso no le impidió correr maratones. No te vas a librar del trabajo de la reforma por un poco de resuello. —Me sonrió, para que no me quedara ninguna duda de que me estaba tomando el pelo.

—Maldita sea, me ha salido mal el plan —logré replicar—. Gracias, Charlie. No sé qué habría hecho si no hubieras encontrado el inhalador. —Respondió con un pulgar hacia arriba, o más bien lo intentó, pero se estremeció al intentar hacer el gesto—. ¿Qué pasa? —le pregunté.

—Solo me preocupa cómo vas a reaccionar cuando descubras el desastre que he hecho mientras rebuscaba entre tus cosas para encontrar el inhalador. Tienes una colección bastante interesante de posesiones.

Noté que intentaba apartar la mano de mi línea de visión.

—Buen intento de distraerme. Ahora enséñamelo —dije, con la voz que solía reservar para los alumnos descarados de segundo de secundaria.

De mala gana, abrió los dedos y me enseñó una astilla que tenía clavada hondo y con muy mala pinta en la palma de la mano.

—No hay de qué preocuparse —dijo.

—Pues yo creo que sí. —Recorrí su piel con el dedo, tratando de palpar el extremo de la parte de la astilla clavada. Debía de medir al menos dos centímetros y estaba afiladísima. Se estremeció—. Quizá debería ir a llamar a la puerta de alguno de los vecinos a ver si me dan unas pinzas para sacar esto. Tal vez nos dejen usarlas en su casa también. Este no es exactamente un ambiente limpio para hacer una cirugía menor.

—No es buena manera de presentarnos a los vecinos —dijo Charlie. Vi la vergüenza que sentí antes, en mi momento de debilidad, reflejada en su cara ahora—. No te preocupes, Freya. Se caerá sola. No voy a dejar que me impida hacer las cosas.

Fruncí el ceño.

—No creo que se caiga sola. Déjame probar a ver si puedo sacarla. Seré supercuidadosa, te lo prometo.

—Más te vale —dijo Charlie, medio en broma. Luego su voz se volvió más seria—. Está bien, confío en ti.

Los dedos me temblaban un poco al intentar agarrar el extremo de la astilla, nerviosa por si con ello le hacía más daño.

Me sentía responsable de la herida. Si él no hubiera intentado abrir la ventana para ayudarme a respirar mejor, no se habría hecho daño.

—Necesitaría mis gafas para verlo bien —dije.

Me sentía cada vez más frustrada por no ser capaz de agarrar bien la astilla. Intenté levantarme, pero Charlie me obligó a quedarme sentada.

—Todavía estás recuperando el aliento de ese ataque de asma. No te preocupes; mi mano no corre peligro inminente de caerse.

Sin embargo, la tirantez de su voz delataba que el trozo de madera le preocupaba, así que no le hice caso y bajé a por otro recipiente de agua del piso de abajo. Aunque los grifos volvieran a funcionar, no iba a fiarme de que el agua que saliera de ellos estuviera limpia, y menos para una operación tan delicada. Vertí agua en un cazo de nuestro equipo de acampada y añadí un poco de desinfectante para las manos. Luego me puse las gafas y subí deprisa.

—Sumerge la mano aquí y déjala dentro del agua durante unos minutos —le indiqué—. Después lo vuelvo a intentar. —Respiró con dificultad mientras el desinfectante y el agua hacían su efecto—. Lo siento, sé que escuece, pero al menos esto la desinfectará. No puedes coger una infección por la antigua carpintería.

—Supongo que, si lo hiciera, podría vender mi historia a los periódicos, y aumentaría nuestro presupuesto para la reforma —dijo Charlie, siempre optimista. Nos sentamos uno al lado del otro, con las espaldas apoyadas en la pared ahora desnuda—. Ya has avanzado mucho aquí —dijo Charlie, señalando con la cabeza el montón de papel pintado del centro de la habitación—. ¿Qué ponemos en su lugar? Después de comprobar las humedades y de enlucir, por supuesto.

—Una ventana que cierre bien podría estar bien para empezar —dije intentando mantener un tono lo más positivo posible, aunque ya estaba calculando lo que ese desperfecto imprevisto podría suponer para nuestro presupuesto.

—Aunque sabíamos que en algún momento tendríamos que cambiar las ventanas, no había previsto que fuera tan pronto. Encontraremos la forma de cerrarla hasta que podamos permitirnos reemplazarla —dijo Charlie—. No es para tanto.

Ojalá fuera verdad.

—Supongo que, al menos ahora que tenemos agua corriente, podemos volver poner el fontanero más abajo en la lista de prioridades —bromeé.

—A juzgar por la eficacia de «Las Normas», imagino que será una lista codificada por colores en una tabla de Excel.

—Nunca subestimes el poder de una hoja de cálculo de Excel, Charlie —dije, incapaz de resistirme a morder el anzuelo—. Me gusta estar organizada y controlar la situación. No hay nada más satisfactorio que tachar algo de una lista de tareas pendientes.

—Se me ocurren cosas mucho más satisfactorias —dijo Charlie, con picardía en la expresión.

Me aclaré la garganta.

—¿Cómo está esa mano? Creo que ya lleva bastante tiempo en remojo. ¿Listo para que lo intente de nuevo?

Flexionó los dedos, sacudiéndose el exceso de agua, y luego apartó la mirada de mí.

—Haz la cuenta atrás para que me prepare para el daño que me vas a hacer.

—Tres, dos... —Saqué la astilla antes de llegar al uno, pensando que así estaría más relajado, tratando de hacerlo lo más rápida y suavemente que pude.

—Ayyyyyyy —gimió Charlie.

Rodó sobre un costado y se agarró la mano.

—Dios mío, lo siento mucho. ¿Estás bien? —dije.

Me arrodillé a su lado y le acaricié el hombro. Me sentí muy culpable por haberle quitado la astilla cuando no estaba preparado para ello.

—Mi mano, mi mano —gimió de un modo tan melodramático que no me cupo duda de que estaba fingiendo.

—Definitivamente serás el líder del grupo local de teatro aficionado, cobardica —dije, aliviada de que su actuación hubiera disipado la inesperada tensión que sentía. Le di una palmada juguetona en el costado mientras rodaba hacia mí y sonreía ampliamente—. O eso, o serás el fichaje estrella del equipo de fútbol local, intentando distraer al árbitro de tus sucias tácticas fingiendo estar mortalmente herido. Creo que estamos empatados en lo de las lesiones provocadas por la casa. Tal vez, ahora que hemos tenido nuestra cuota de drama por este día, y con suerte por esta semana, podíamos pensar qué vamos a hacer para desayunar.

—Bien, si no vas a besarlo mejor, como dice Rihanna, supongo que podemos poner el hervidor —dijo Charlie, y se levantó de un salto y extendió su mano herida para ayudarme a levantarme a mí también.

Puse los ojos en blanco y me levanté por mis propios medios. Enseguida me di cuenta de que compartir casa con Charlie iba a mantenerme alerta.

11

Charlie no me dijo que estábamos bebiendo agua del grifo hasta que yo ya había tomado mi segundo sorbo de café. Me apresuré a dejar la taza en el suelo y me relamí los labios experimentalmente mientras intentaba averiguar si sabía diferente a lo normal.

—Estaremos bien, Hutch. El agua estaba hervida. Eso ha acabado con cualquier bicho asqueroso —dijo él con confianza.

—Eso espero. Había planeado pasar las vacaciones de Pascua con las obras de la reforma, no acurrucada curándome el estómago.

Estábamos sentados en las sillas plegables de la cocina, con el hornillo preparado y un par de salchichas para cada uno que empezaba a chisporrotear en la sartén.

—Estarás bien. Y, si tienes diarrea, al menos funciona la cadena del váter.

Hice una mueca.

—Perfecto, gracias, Charlie. Preferiría no pensar en eso. Por cierto, ¿cómo vas con tu trabajo?

—Tengo que hacer algunos encargos para unos clientes, pero he intentado tener las próximas semanas de tus vacaciones lo más libres posible para que podamos empezar juntos. Iba a sugerirte que comenzáramos limpiando la mayor parte de la decoración, pero, después de lo que pasó con el papel pintado de tu habitación, no estoy seguro de que sea buena idea.

—Si nos ponemos mascarilla, todo irá bien —dije—. El problema de antes fue que me llené la cara de polvo. Mis pulmones no tardarán en aclimatarse al nuevo entorno. Creo que deberíamos llevar mascarilla. No creo que a ninguno de los dos nos haga ningún bien inhalar demasiada suciedad acumulada durante décadas. —Eché un vistazo a la cocina y suspiré—. Dondequiera que miro, cada vez veo algo más que vamos a tener que arreglar. Quizá no parezca tan desalentador cuando hayamos comido.

—Hablando de eso, creo que ya están hechas —dijo Charlie, inclinándose hacia delante y apagando el hornillo—. ¿Salsa roja o marrón en tu sándwich de salchicha?

—Charlie Humphries, vaya pregunta. Rojo, obviamente. Es un sacrilegio sugerir otra cosa.

Mientras yo preparaba los sándwiches, Charlie rebuscaba en nuestra caja de cosas de comer, que habíamos colocado sobre una encimera con la esperanza de que disuadiera a cualquiera de los habitantes de cuatro patas de la casa de explorarla.

—Y es una pregunta que voy a lamentar hacer, ya que parece que no empaqueté ninguna de las dos salsas. O las ratas ya se han llevado el kétchup. Bueno, al menos las salchichas están calientes. Que aproveche. —Chocó su sándwich contra el mío como si fueran copas, y luego nos dispusimos a disfrutar del desayuno—. La comida de los campeones —dijo Charlie un rato después.

—Pues sí. Y, como tú has cocinado, yo lavaré los platos.

—Qué civilizados somos. Perfectos compañeros de casa.

Por desgracia, el buen humor y la sensación de compañerismo se desvanecieron un poco a lo largo del día. Decidimos —tras una fuerte persuasión por mi parte— que la primera estancia que abordaríamos sería el cuarto de baño. No íbamos a cambiar los accesorios de inmediato, ni a abrir una puerta nueva en el pasillo de arriba, pero al menos podríamos dejarlo limpio y utilizable para que el uso de las instalaciones fuera un poco menos rudimentario. Pero lo que Charlie tenía de entusiasmo, lo tenía tristemente de falta de sentido común, pues iba de una zona de la habitación a otra mientras intentaba abordar de manera simultánea múltiples tareas, y añadía continuamente cosas a su carga de trabajo a medida que las iba viendo, pero sin terminar nunca nada. Yo prefería un enfoque más lógico, ocupándome de una cosa cada vez, y por eso fregué la bañera hasta dejarla impecable y me centré después en la ducha. Cada uno pensaba que su método era el mejor, y, después de varias horas de duro trabajo con muy pocos resultados, nuestros ánimos empezaron a crisparse a medida que nuestros enfoques, opuestos, se molestaban mutuamente.

—Charlie, por milésima vez, ¿podrías mover la pila de escombros para que no esté justo en medio del cuarto de baño? Cada vez que vas a meterte entre el váter y el lavabo, la sacas de su sitio de una patada y luego tengo que barrerla otra vez.

—¿Dónde sugieres que la ponga? —preguntó Charlie—. Porque, cuando estaba junto a la puerta de tu habitación, dijiste que te impedía salir, y, cuando la puse al lado de la puerta de mi cuarto, dijiste que también estorbaba ahí.

—¿Qué tal si no la pones en medio de todo? ¿Por qué tengo que ser yo la sensata que toma todas las decisiones? Ya tengo bastante con decirle a la gente lo que tiene que hacer en el trabajo. No quiero tener que hacerlo también en mi tiempo libre. —Sabía que sonaba petulante, pero estaba cansada y abrumada y me arrepentía de muchas cosas.

¿Por qué me había engañado a mí misma pensando que esta transformación de la casa era posible? ¿Y por qué me permitía sentirme así en nuestro primer día de trabajo?

—Perdóname, creía que te divertías mangoneándome —replicó Charlie. Parecía tan exasperado como yo—. Me estás tratando como a uno de tus alumnos traviesos.

—Si insistes en comportarte como uno de ellos, entonces es eso lo que debes esperar. —Nos miramos fijamente, furiosos y frustrados. Ninguno de los dos quería ser el primero en ceder. Un ruido repentino que venía del piso de abajo rompió la tensión—. Dime que no es otra ventana que se cae —dije.

—La de tu dormitorio tuvo algo de ayuda de mi parte —dijo

Charlie con timidez—. No creo que las cosas estén como para que las demás se lancen espontáneamente.

Se oyó otro traqueteo, seguido de un golpe.

—Bueno, sea lo que sea no es bueno. O algo se está rompiendo, o tenemos un intruso —dije.

—No hay mucho que merezca la pena robar —dijo Charlie, aunque me di cuenta de que había bajado la voz y ahora sostenía la escoba delante de él como si fuera un arma.

—Solo nuestras cosas personales, que aún están en cajas en el piso de abajo y en tu coche. Así es más fácil para el ladrón marcharse directamente.

—Supongo que será mejor que echemos un vistazo —opinó Charlie.

Asentí con la cabeza, sin atreverme a hablar. Empezaron a invadirme recuerdos de la noche en que Steve irrumpió en mi dormitorio. Aunque la situación era completamente distinta (no era de noche y no estaba sola), eso no impidió que el corazón empezara a latirme con ansiedad.

Bajamos las escaleras. Tardamos una eternidad en cada paso. Intentábamos ser tan silenciosos que el intruso no se diera cuenta de que nos acercábamos a él. Lo único que quería era esconderme y esperar a que el problema desapareciera, pero no podía dejar que el miedo me dominara, así que caminé al lado de Charlie para demostrar que éramos iguales en todo lo relacionado con la casa, incluso a la hora de hacer frente a los ladrones.

—¿Crees que deberíamos llamar a la policía? —susurró Charlie, con su aliento cálido contra mi oreja, tras acercarse a mí para que su voz no le llegara al intruso.

Antes de que pudiera responder, se oyó un crujido de patas, y un torbellino peludo se precipitó al pie de la escalera, dio tres vueltas y desapareció de mi vista.

Solté el brazo de Charlie.

—Creo que no nos va a pasar nada —dije. Bajé los dos últimos escalones y le hice señas a Charlie para que me siguiera—. Hola, abuelo —dije al entrar en la cocina—. Ten cuidado de en donde pisas; el suelo está bastante desnivelado. —Ted apareció de nuevo, esta vez con algo en la boca—. Por favor, que no sea una rata muerta —dije mientras Charlie se apresuraba a interceptarlo.

Ted lo dejó acercarse a una distancia desde la que podía agarrarlo y luego aceleró, con las patas traseras más a ras de suelo mientras salía zumbando de su alcance. Si fuera humano, sin duda se estaría riendo.

—Suéltalo, Teddy —dijo el abuelo en un tono que carecía por completo de autoridad.

Intentó agarrar a Ted cuando pasaba a toda velocidad, pero se tambaleó. Por un momento pensé que se iba a caer de bruces. Corrí hacia él y le cogí del brazo.

—Eh, no te asustes, cariño, tengo bastante estabilidad —dijo, aunque noté que no me soltaba.

Ted, sintiendo que la atención se había alejado de él, consintió en que lo atraparan, aunque siguió desafiando a Charlie al mantener la mandíbula apretada. Finalmente, Charlie consiguió abrírsela y sacó un plumero a medio masticar.

—No es una rata, por suerte. Creo que Ted se ofrecía a ayudarnos.

—Probablemente él lo haría mejor —le dije.

Ted respondió con una alegre sacudida, haciendo volar pelo y babas en todas direcciones.

—Gracias, colega —dijo Charlie, limpiándose la saliva de sus ya sucios vaqueros. Se agachó y rascó cariñosamente la cabeza de Ted—. Encantado de que le des a la casa un ambiente acogedor. Arthur, ¿quieres una taza de té? Estaba a punto de poner el hervidor. Limpiar el baño es un trabajo que da sed.

—Interesante uso de la palabra «limpieza», Charlie —no pude resistirme a interrumpir, mi frustración por su falta de eficiencia salía a la superficie una vez más.

Charlie fingió no haberme oído.

Ayudé al abuelo a acomodarse en una de las sillas plegables. Estaba un poco más baja de lo que me hubiera gustado y me preocupaba cómo íbamos a levantarlo de ahí, pero no teníamos otra opción.

—Estaría fenomenal. Gracias, Charlie. ¿Qué tal os va? ¿No os arrepentís de nada? —preguntó el abuelo, yendo al grano, como siempre.

—De muchas cosas varias —dije—. Hasta ahora se nos ha dado mejor ensuciar que limpiar.

El abuelo asintió con la cabeza y dijo:

—He visto los cristales rotos. Me temo que mi regalo de inauguración ha llegado un poco tarde.

—No tenías por qué regalarnos nada, Arthur. Todos los consejos y el apoyo que nos diste cuando llegó el informe han sido suficiente regalo —dijo Charlie, quitándome las palabras de la boca.

—Para nada, no estaría bien dejar de celebrar esta ocasión tan señalada con algo especial. Me he decidido por algo práctico. Habréis oído que lo han entregado hace un rato. —El abuelo nos hizo un gesto para que pasáramos al salón—. Echad un vistazo por la ventana delantera.

Yo iba delante, Ted iba y venía entre Charlie, el abuelo y yo, sin saber quién era el que estaba más emocionado.

Froté el cristal mugriento con la manga de mi sudadera y me arrodillé con cautela en el alféizar para poder echar un buen vistazo. Charlie se acercó a la otra ventana, pero se mantuvo un poco alejado de ella, afortunadamente más cauteloso después del drama con la de arriba aquella mañana.

—Abuelo, es el mejor regalo que nos podían hacer —dije volviendo a la cocina.

Si alguien me hubiera dicho hacía un año que estaría encantada de que me regalaran un contenedor alquilado, me habría reído, pero hoy aquel cacharro amarillo era una auténtica gozada.

—Es de la nieta de un antiguo colega. Ahora dirige la empresa familiar de construcción y lo he alquilado hasta que acabéis con la reforma. Cuando esté lleno, llamadla y lo sustituirá por uno nuevo.

—Me temo que vamos a tener que estar llamándola de cuando en cuando —dijo Charlie—. Bien, preparemos el té. Me vendrá bien un descanso.

Me sentó bien sentarme en la cocina con el abuelo y disfrutar de una bebida caliente, aunque me sentí culpable por tomarme un descanso, ya que apenas habíamos empezado. Hablamos de mi lista de trabajos y tomé notas mientras el abuelo me describía una manera menos arriesgada de quitar el papel pintado. Mientras tanto, Charlie entretenía a Ted lanzándole el plumero para que lo cogiera. El perrito husmeó por los recovecos de la habitación, sacando basura de los rincones oscuros junto con el plumero. No encontró criaturas vivas ni muertas, pero eso no significaba que no estuvieran al acecho. El abuelo no parecía tener prisa por volver a casa, aunque no fuera cómoda la silla baja de *camping* de la casa con corrientes de aire.

Finalmente, miró la hora en su teléfono y suspiró.

—Debería pedir un taxi e ir yéndome ya —dijo.

—¿No conducías, abuelo? Creía que habías aparcado a la vuelta de la esquina para dejar sitio a que el camión descargara.

—He pensado que sería más fácil coger un taxi con ese mismo propósito —contestó, aunque había algo sospechoso en su expresión que me hizo preguntarme si aquella era la verdadera razón. Tomé nota de que intentaría averiguarlo por medio de mamá. Tendría que ser sutil; no tenía sentido preocuparla inútilmente, pero al abuelo le encantaba conducir y, si en lugar de eso había optado por los taxis, debía de haber una buena razón. Él se esforzó por cambiar de tema—. ¿Ya tenéis internet? He buscado canales útiles de YouTube para hacer reformas. Pensé que os vendrían bien para seguir las instrucciones paso a paso cuando no pueda venir a ayudaros.

—Es muy amable de tu parte, Arthur —dijo Charlie—. Todavía dependemos de nuestros teléfonos móviles, pero conseguir que internet funcione está muy arriba en mi lista de prioridades.

—Una vez que el baño se pueda usar —dije—. Los dos nos vamos a sentir miserables muy pronto si no podemos desprendernos de la suciedad al final del día.

—Creo que otra hora de trabajo y el baño estará lo bastante despejado como para que podamos tomar una ducha. El agua no estará caliente, pero será mejor que nada.

Mentalmente añadí otro par de horas a la estimación de Charlie.

Fuera ululó el claxon de un coche.

—Ese parece que es mi chófer —dijo el abuelo—. Vamos, Ted, muchacho, es hora de que nos vayamos.

Hizo ademán de levantarse, pero, como me temía, la silla era demasiado baja. La lona suelta de los brazos tampoco ayudaba, ya que no tenía nada contra lo que empujarse para levantarse.

—¿Necesitas que te eche una mano, abuelo? —pregunté tímidamente, a sabiendas de que detestaría admitir que la respuesta fuera afirmativa.

—Me siento tan cómodo aquí que me cuesta separarme de vosotros —dijo el abuelo, con un tono de forzada alegría.

Charlie se adelantó.

—¿Me permite, señor? —preguntó, con tono educado y respetuoso, asegurándose de que el abuelo pudiera conservar la dignidad que tanto temía perder.

—Quizá solo por esta vez, gracias, Charlie —dijo el abuelo, con un suspiro de derrota en la voz.

Charlie lo ayudó a levantarse, esperando a estar seguro de que el abuelo se mantenía firme, y retrocedió en silencio, y siguió con las tareas de la cocina, permitiéndonos fingir que todo iba bien, cuando en realidad no era así. Pasé mi brazo por el del abuelo y caminé despacio con él hasta la puerta de la casa, donde esperaba el taxi. Debajo de su elegante chaqueta, sentía el brazo mucho más pequeño que antes y me disgustó darme cuenta de lo encorvado que caminaba. Me reprendí por estar tan absorta en mis propias necesidades egoístas que no me había dado cuenta de lo frágil que se había vuelto. Ted correteaba a nuestros pies, apresurándose entre olores interesantes. Sin embargo, a pesar de su afán por moverse deprisa, noté que aminoraba el paso cuando se acercaba al abuelo, intuyendo que no debía meterse bajo sus pies.

Con la mano, me despedí del abuelo y de Ted y caminé despacio hacia la parte trasera de la casa, arrastrando los dedos entre la maleza.

—¿En qué estás pensando? Un penique por tus pensamientos —dijo Charlie.

Levanté la vista y lo vi apoyado en la puerta trasera, con los brazos cruzados mientras me observaba con atención.

—Parece que ha envejecido de repente —dije—. Quiero decir, objetivamente es viejo. Pero nunca lo había parecido hasta ahora.

Charlie asintió con la cabeza.

—Estaremos pendientes de él. Sé que estás haciendo la ronda de paseo del perro, pero estoy seguro de que hay más que podemos hacer para ayudarlo.

Intenté recomponerme.

—Gracias, Charlie, eres muy amable. Pero no deberías preocuparte por él. No es tu responsabilidad.

Frunció el ceño.

—No creo que a Arthur le guste que le llamen «responsabilidad».

—Ya sabes a lo que me refiero —le solté.

Sabía que no estaba siendo razonable, que él solo intentaba ayudar, pero mi preocupación por el abuelo me estaba haciendo arremeter contra él. Charlie era la persona que estaba recibiendo los golpes.

—No tienes que cargar con todo sobre tus hombros, Freya —dijo Charlie en voz baja, negándose a morder el anzuelo—. Sé que te gusta tener el control, desde «Las Normas» hasta tus listas de cosas por hacer. Pero hay cosas que no se pueden controlar. Y con ellas solo tienes que hacer lo que puedas para reaccionar de la forma que te parezca más factible en ese momento.

—Sí, sí, lo sé. «Dame la sabiduría para distinguir entre las cosas que puedo cambiar y las que no», bla, bla. En teoría está muy bien, pero en la práctica es mucho más difícil.

Subí las escaleras y me dirigí al cuarto de baño para seguir descargando mi frustración contra los accesorios y la grifería. ¿Desde cuándo se había convertido Charlie en un maestro del zen?

Al final me puse en cuclillas y examiné mi trabajo. El aguacate de la habitación brillaba ahora en todo su esplendor y, aunque el suelo necesitaba urgentemente ser sustituido, al menos se hallaba libre de escombros. Estaba segura de que ninguno de los dos pondría en peligro su salud bañándose aquí. Solo esperaba que el reparto de trabajo del resto de nuestra reforma no fuera a continuar de la misma manera.

Sin embargo, cuando llegué abajo, me di cuenta de lo que Charlie había estado haciendo las últimas dos horas en lugar de ayudar en el cuarto de baño. Mi cama de aire había sido instalada en el salón, y esta vez tenía aire de verdad. Encima tenía el saco de dormir y la almohada. Después de un duro día de trabajo físico y tensión emocional, la improvisada cama resultaba muy acogedora.

Sin embargo, no había ni rastro de Charlie. Entré en el comedor, conteniendo la respiración para prepararme para el penetrante olor de la estancia, pero había abierto las ventanas, y el aire fresco que entraba marcaba la diferencia. Finalmente, salí y descubrí a Charlie inspeccionando la habitación.

—Aquí estás. Te alegrará saber que el baño ya no es un peligro para la salud —le dije.

—Perfecto. Pensé que, como tenías un sistema tan bueno, sería mejor dejarte con él. Pero no he estado ocioso mientras tanto, te lo prometo.

—Sí, gracias por prepararme la cama. ¿Cómo lo has hecho? ¿Significa eso que la electricidad funciona?

—Eché un vistazo a la caja de fusibles, pero eso es lo único que me he atrevido a hacer. Es como cuando le doy patadas a los neumáticos de mi coche para fingir que sé de vehículos. Me temo que no tengo ni idea de lo que estoy haciendo, y la electricidad, junto con los motores de los coches, son cosas que es mejor dejar a los profesionales.

—¿Así que el aire...?

—Como me ha dicho mi hermana muchas veces, estoy lleno de aire caliente. Mientras tú te peleabas con el baño, yo hinchaba el colchón como un globo. De nada. —Él fingió hacer una reverencia.

—Ostras, Charlie, realmente debes de estar lleno de aire caliente para conseguirlo. Te lo agradezco. ¿Te las arreglaste para hacer lo mismo con el tuyo?

—Ya me he ocupado de lo de dormir —respondió él, esquivando la pregunta—. Me sentía culpable por haber sido el responsable del indeseado aire acondicionado que ahora tiene tu habitación, así que pensé que lo mejor era arreglar la sala de estar para ti.

—Hablando de aire acondicionado no deseado, ¿qué vamos a hacer con el agujero de la pared? Aparte de la corriente de aire, lo mismo eso invalidaría nuestra seguridad.

—Dudo mucho que un ladrón se atreva a trepar por el lateral de la casa e intentar entrar por la ventana de tu habitación.

—Cosas más raras se han visto. Pero en serio tenemos que encontrar una manera de taparla hasta que podamos instalar nuevas ventanas.

Charlie asintió con la cabeza.

—A ver qué se nos ocurre —contestó.

Lo que conseguimos fue una persiana improvisada con varias cajas de cartón aplastadas sujetas con una gran cantidad de cinta adhesiva.

Me senté sobre los talones y examiné el resultado.

—No estoy segura de que aporte mucho a la estética de la habitación, pero supongo que de momento servirá. Esperemos que no llueva pronto.

12

El ruido de unos golpes en la puerta de entrada me sacó de un sueño profundo a una hora intempestivamente temprana. Hundí la cara en la almohada, tratando de convencerme de que el ruido era uno más de la orquesta de sonidos que la casa parecía producir de forma permanente, mientras las vigas crujían y las paredes suspiraban en sintonía con el viento del exterior. Sentía cada músculo de mi cuerpo agarrotado después del duro trabajo de ayer, y eso solo había sido el principio. Era demasiado para contemplarlo. Solo cinco minutos más en la cama y luego afrontaré el día, me dije. Pero el golpeteo rítmico persistía y, como Charlie no reaccionaba bajando las escaleras para abrir la puerta, suspiré y... me levanté para hacerlo yo misma.

Después de pasarme los dedos por el pelo para intentar adecentar un poco mi aspecto, conseguí abrir la puerta unos centímetros. Perversamente, parecía que se estaba poniendo más rígida en lugar de aflojarse con el uso, lo que parecía típico de la excentricidad de Oak Tree Cottage. Asomé la cabeza por el hueco y esperé no parecer maleducada por no poder emerger del todo.

—Buenos días, buenos días, bienvenidos al pueblo —saludó una mujer sonriente en la puerta. Le tendió la mano—. Soy Sheila, una de vuestras nuevas vecinas. Bueno, casi vecina. Estamos al final del camino, pero creo que eso cuenta, ya que Oak Tree Cottage está bastante aislada.

—Hola, Sheila, encantada de conocerte. Soy Freya. —Conseguí abrir la puerta un poco más para poder pasar el brazo por el hueco y darle la mano.

Me impresionó que hubiera hecho el esfuerzo de visitarme. En todos los años que había vivido de alquiler en la ciudad, nunca había pasado de las relaciones cordiales con los vecinos. Me sentía inexplicablemente nerviosa, deseosa de causar una buena primera impresión.

—Y yo soy Charlie —dijo él cuando apareció detrás de mí, con un irritante aspecto de estar mucho más descansado de lo que yo me sentía.

Pero, de nuevo, yo había hecho la mayor parte de la limpieza del baño el día anterior. Tendió la mano por encima de mi hombro para estrechársela también a Sheila.

Sonrió encantada.

—Qué maravilloso, una bonita pareja joven mudándose al pueblo.

—No vamos a... —empecé a decir, pero me callé cuando Charlie me golpeó el talón.

—¿Por casualidad conoce al bróker hipotecario Philip Andrews? —preguntó Charlie.

Sheila pareció confusa.

—No me suena —respondió.

Sentí que los hombros de Charlie se relajaban.

—Alababa este pueblo cuando nos ayudaba —dijo, ocultando con habilidad el verdadero motivo de su pregunta—. Freya y yo somos viejos amigos y decidimos arreglar el lugar juntos.

—Qué proyecto tan emocionante —dijo Sheila—. Estamos muy contentos de que por fin alguien vaya a darle un poco de cariño a la casa. Estoy segura de que tendréis mucho de lo que ocuparos, pero, además de presentarme, quería invitaros a los dos a la caza de huevos de Pascua del pueblo. Es un poco pronto, claro, pero a los niños les hace tanta ilusión que pensamos en hacerlo al principio de las vacaciones escolares para que no tuvieran que esperar.

—La verdad es que tenemos bastante que hacer —dije, mientras Charlie respondía simultáneamente:

—Nos encantaría ir.

Sheila parecía satisfecha.

—Excelente. O, mejor dicho, genial. Bien, empieza a las once de la mañana, aquí tenéis un folleto con toda la información, y nos vemos allí. Todo el mundo está deseando conoceros.

—Nosotros también estamos deseando —dijo Charlie, lo que le valió un codazo en las costillas.

Sheila rio encantada.

—Os tendremos en el comité del ayuntamiento en breve; justo lo que necesita esta zona: sangre nueva. Nos vemos —dijo ella.

Nos despedimos a través del hueco de la puerta mientras ella se marchaba, y luego conseguimos cerrarla de nuevo con un poco de fuerza bruta conjunta.

—Sin querer sonar terriblemente antisocial, ¿por qué has aceptado ir a la caza de huevos de Pascua? —le pregunté—. Seguro que está genial, pero está dirigido a los niños del pueblo; además, tenemos mucho que hacer. No podemos perder ni un segundo. Esto alterará por completo el plan de trabajo para hoy.

—¿Y tan malo es eso? —dijo Charlie—. Relájate, sé espontánea por una vez.

—Agoté mi cuota de espontaneidad cuando me convencieron de comprar esta ruina —repliqué—. Por favor, no me obligues a ser la aburrida, pero tenemos que concentrarnos. Sheila ha sido muy amable al invitarnos, pero ya tenemos bastante con nuestros trabajos y este lugar. Las vacaciones de Pascua terminarán antes de que nos demos cuenta y, cuando vuelva a la escuela, no tendré tiempo de hacer muchas tareas de restauración.

Charlie se encogió de hombros.

—Puede ser divertido. Nos ayudará a integrarnos en la comunidad local.

—Odio decir esto, pero no estamos aquí para integrarnos en la comunidad local. No es justo para ellos que nos involucremos en la vida del pueblo cuando sabemos que no vamos a quedarnos aquí mucho tiempo.

—¿No crees que le estás dando más importancia de la que tiene? —dijo Charlie—. Solo es una caza de huevos de Pascua.

—Una caza de huevos de Pascua hoy, el comité del ayuntamiento mañana, ya has oído lo que ha dicho Sheila.

Sabía que sonaba fría e insensible, pero uno de los dos tenía que ser sensato y pensar en el futuro. Charlie parecía dejarse llevar jugando a las casitas.

—¿Qué tal si llegamos a un acuerdo? Veamos cuánto conseguimos hacer antes de las once y luego decidimos —dijo Charlie.

—Vale —dije—. Pero no me culpes si llegamos a Navidad y seguimos viviendo en una obra.

Inevitablemente dieron las once y me encontré caminando por la calle principal hacia el parque del pueblo acompañada por Charlie, que había decidido que sería divertido disfrazarse de conejo de Pascua con un bodi rosa brillante y un par de orejas de cartón. No había forma de pasar desapercibida mientras él estuviera cerca. Protestando, le permití que me dibujara unos bigotes en la cara con lápiz de ojos. Mientras él se preparaba con aplomo, yo estaba convencida de que tenía un aspecto ridículo. Respiré hondo y me dije a mí misma que tenía que intentar relajarme. Si Charlie podía estar tan relajado paseando en público con un bodi acolchado, yo podría saludar a algunos vecinos con un mal intento de cara pintada.

—Me alegro mucho de que hayáis venido. Os voy a presentar a todo el mundo —dijo Sheila, abalanzándose sobre nosotros en cuanto llegamos al parque del pueblo.

Toda la zona se hallaba adornada con banderines de colores pastel y, a pesar del frío, estaba llena de gente. Había un par de puestos de bebidas calientes y una barbacoa con una nube de humo negro sobre ella. Los niños corrían de un lado a otro jugando a perseguirse mientras una persona de aspecto acosador disfrazada de pollito de Pascua intentaba llamarlos al orden con un megáfono. Por un horrible momento, pensé que Sheila iba a apoderarse de él para cumplir su promesa de presentarnos literalmente a todo el mundo. Por fortuna, decidió adoptar un enfoque más personal, haciéndonos desfilar entre la multitud como un padre orgulloso. Charlie estaba a gusto, riendo y bromeando, mientras yo intentaba desesperadamente recordar los nombres de todos. Recibimos una calurosa bienvenida, aunque fue preocupante ver cómo muchos ponían cara de asombro cuando les decíamos que habíamos comprado Oak Tree Cottage. En algún momento de las presentaciones, nos separamos y me quedé sola para responder a las preguntas sobre nuestros planes. Sabía que intentaban ayudar contándome sus experiencias con la decoración, pero me hubiera gustado que tuvieran más historias positivas en lugar de las historias de terror que me contaron. No me sentía lo bastante segura de mi decisión como para estar constantemente defendiéndola ante extraños. Al final conseguí escabullirme a una zona tranquila que había detrás de los puestos de comida y llamé a Leila.

—Hola, desaparecida, ¿ya me echas de menos? —respondió ella contenta.

Me la imaginé descansando en su pulcro pisito con calefacción central y electricidad y deseé por enésima vez haberme mantenido firme en mi decisión de quedarme en otro sitio mientras hacíamos la reforma.

—Desde luego. Y siento una gran nostalgia por tu lujoso y cómodo sofá cama.

—Mi piso siempre está aquí esperándote si necesitas hacer una escapada.

—Cuidado, podría aceptar tu ofrecimiento.

—¿Ya? Pensaba que estarías en la maravillosa fase de luna de miel de la casa en propiedad.

—Eso desapareció tan rápido como el efecto del champán que nos dio el agente inmobiliario. Oak Tree Cottage no tiene nada de maravillosa y, si Charlie tiene que participar, seguirá sin serlo. —Me apresuré a explicarle lo de la caza de huevos de Pascua y los comentarios bienintencionados pero poco útiles de mis nuevos vecinos—. Me siento como si me hubiera subido a una montaña rusa y no supiera cuánto va a durar el viaje o si es seguro.

—Mi consejo es que disfrutes del viaje y no te fustigues si no te pasas cada minuto del día trabajando en la casa. Al final lo conseguirás. No tiene sentido que te vengas abajo durante el proceso.

—Me conoces demasiado bien. No puedo evitar preocuparme cuando pienso en el gran reto que hemos asumido. Y no quiero acabar mangoneando a Charlie, pero él parece mucho más relajado que yo con todo este asunto. Me está resultando bastante frustrante, si te soy sincera.

—Siempre he admirado tu ética de trabajo, pero considera esto tu permiso para relajarte un poco. Deja que Charlie tire de su peso a su manera. Para eso tienes «Las Normas», ¿no? Puede que tengáis enfoques diferentes, pero el mismo objetivo, y tengo fe en que lo conseguiréis. Así que ¿por qué no vas a tomarte un café y disfrutas de la vida del pueblo?

Con las palabras de ánimo de Leila resonándome en los oídos, cogí un par de bebidas y localicé a Charlie. Al menos el bodi luminoso hacía que fuera fácil encontrarlo.

—Freya, aquí estás —se acercó saltando, lleno de entusiasmo—. Es una pena que te hayas perdido la diversión, pero no te preocupes: te he guardado un huevo de Pascua. Tienen suficientes tanto para los adultos como para los niños. Por cierto, pensé que te gustaría saber que me he ofrecido voluntario para ayudar con las cuentas de redes sociales del ayuntamiento a cambio de algo de ayuda del marido de Sheila, Frank, que al parecer es un experto alicatador.

—Oh, gracias —dije, recordando el consejo de Leila—. Chocolate y un obrero amable. Tenías razón, merecía la pena venir después de todo.

Charlie movió sus orejas de conejo.
—Gente de poca fe. Confía en mí: siempre hay método en mi locura.

13

El resto de las vacaciones de Semana Santa lo pasamos trabajando duro, hasta el punto de que estaba deseando volver al trabajo en el colegio porque, en comparación, me iba a parecer un descanso. El primer contenedor se había llenado de basura en tres días y estábamos a punto de llenar el siguiente, ya que Charlie había llamado al contacto del abuelo y había conseguido convencerles de que vinieran más rápido de lo normal. Pero, por mucho que arrancara y tirara, parecía que seguía habiendo más que tirar cada vez, y mi lista de tareas pendientes se hacía aterradoramente larga con trabajos que yo nunca habría pensado que hubiera que hacer cuando la empecé.

A medida que nos acercábamos al final del trimestre, tenía que compaginar la reforma con la preparación de las clases, y mi frente empezó a tener una marca permanente por la linterna que llevaba para hacer mi trabajo por las tardes, cosa de la cual se burlaba Charlie. Habíamos acordado dejar la electricidad en manos de profesionales, pero resultó que los de aquella zona estaban tan solicitados que tenían lista de espera, y pasarían tres semanas antes de que pudieran venir a darnos presupuesto, a pesar de que los contactos de Charlie en el ayuntamiento del pueblo habían intentado mover algunos hilos por nosotros. Al menos, las tardes primaverales iban iluminándose poco a poco, pero hubiera preferido no tener que vivir como en una recreación histórica. Me ponía nerviosa utilizar velas porque temía que prendiéramos fuego a la casa sin querer, e incluso con las lámparas de pilas más potentes seguían molestándome los ojos al final de la noche.

Y, aunque habíamos conseguido abrir el grifo, el agua seguía saliendo fría, a pesar de nuestros esfuerzos. Había perfeccionado el arte de la ducha de dos minutos, pero aún no había logrado dejar de gritar de dolor por el frío al ducharme. La primera noche que grité, Charlie subió corriendo las escaleras, pensando que se me había caído algo encima. Por suerte, conseguí explicarle la verdadera razón del jaleo antes de que entrara en el baño en plan salvador. Se pasó una hora burlándose de mí hasta que probó la ducha él mismo, tras lo cual guardó un sospechoso silencio sobre el tema.

Por desgracia, a Charlie se le daba tan bien no hacer ruido en la ducha helada que un día irrumpí cuando se estaba bañando.

—Ostras, lo siento, Charlie —dije, cubriéndome rápidamente los ojos.

Sin embargo, no pude evitar ver su torso reluciente de agua, además del resto de su físico inesperadamente atractivo. Aquella imagen quedó grabada en mi cerebro. Tragué saliva, con la boca seca de repente.

—¿Querías algo? —preguntó Charlie—. ¿Puedes pasarme una toalla?

Tanteé a mi alrededor con la mano todavía tapándome los ojos, hasta que encontré una y la lancé en lo que esperaba que fuera la dirección correcta. Hubo una pausa y la ducha se detuvo.

—Puedes abrir los ojos, ya estoy visible —dijo—. ¿Qué buscabas? —Tartamudeé, en un intento por volver a poner mi mente en modo sensato y manteniendo los ojos cerrados con fuerza. ¿Por qué mis pensamientos iban en una dirección tan inesperada? Era desconcertante ver a mi viejo amigo de esa manera—. ¿Freya? ¿Estás incubando algo? Estás muy colorada —dijo Charlie, con una nota de diversión en la voz.

Sabía que me estaba tomando el pelo, pero esperaba que sus poderes de percepción no hubieran detectado el aumento de mi ritmo cardiaco.

—¡Estoy bien! —chillé.

Sin embargo, arreglar la disposición del baño compartido subió en aquellos momentos muchos puestos en mi lista de prioridades. Eso o poner pestillos en las dos puertas. Salí de allí tanteando con una mano, mientras con la otra me cubría los ojos, con la carcajada de Charlie resonando en mis oídos.

Pero el problema del baño no tardó en volver a presentarse. Faltaban dos días para que empezara el nuevo trimestre y yo estaba cansada, mugrienta y dolorida después de estar en pie desde el amanecer y de pasarme el día quitando la moqueta de la cocina. Era bastante dura de despegar, sujeta por hileras de grapas con púas letales, además de una buena cantidad de pegamento. En otras palabras, la realidad no se parecía en nada al tutorial de YouTube que había estudiado al detalle. La sonriente estadounidense, que por cierto se mantenía antinaturalmente impoluta durante todos los proyectos de bricolaje, sin una sola de sus cuidadas uñas rota o astillada, quitaba la moqueta de demostración con facilidad, tranquilizando a los suscriptores con los pulgares hacia arriba, seguido de «Esto funciona literalmente siempre, lo prometo». El hecho de que ni siquiera hubiera sudado me había llenado de confianza, la cual resultó ser muy falsa y por ello me preguntaba en qué me había equivocado. Pero la sonriente americana probablemente habría sonreído mucho menos si se hubiera encontrado con la obstinada decoración de Oak Tree Cottage. Cada vez que creía que empezaba a avanzar, descubría otro pegote de pegamento y tenía que empezar a raspar.

Mientras tanto, Charlie se había concentrado en las paredes, raspando capa tras capa de papel pintado en un intento de llegar al yeso original. Su técnica distaba mucho de la guía paso a paso que yo había encontrado en internet y le había enviado; no obstante, a pesar de su desordenado sistema, había conseguido eliminar tantas capas de las paredes que juraría que habíamos ganado varios centímetros más de espacio. Estaba haciendo su truco habitual de ir de un lado para otro de la habitación, decidiendo qué sección de la pared parecía mucho más fácil que aquella en la que estaba, pero no me iba a quejar. Parecía que él estaba progresando más que yo con la miserable moqueta, a pesar de que mi técnica fuera mucho más metódica y precisa.

Me senté sobre los talones y observé el desorden que nos rodeaba, todavía extrañada de que todo tuviera mucho peor aspecto que antes de que nos pusiéramos con ello.

—Odio admitirlo, pero creo que me rindo con la moqueta por hoy. Lo que más deseo en el mundo es meterme en una bañera caliente —dije, masajeándome la parte baja de la espalda en un vano intento de que dejara de dolerme.

—No quería decírtelo, pero... —dijo Charlie, dejando que se le escaparan las palabras y pellizcándose la nariz como si oliera fatal.

—Muchas gracias. Tú también hueles bastante.

—El olor de un hombre de verdad —respondió Charlie, flexionando los músculos como un culturista en un certamen.

El efecto se estropeaba un poco por el hecho de que llevaba un mono blanco que le hacía parecer el lacayo de un villano de Bond; además, tenía una telaraña gigante en el pelo.

Le arrojé un trozo de moqueta raída, que él atrapó hábilmente con una mano y me devolvió el tiro, dándome de lleno en el hombro. Una nube de polvo me salpicó el peto, lo que se añadió a la capa de mugre que ya cubría la tela vaquera.

Fingí toser, aunque mi nariz y mi boca estaban protegidas por la mascarilla industrial que llevaba.

La expresión alegre de Charlie se convirtió inmediatamente en una de remordimiento.

—Lo siento, Freya, no lo he pensado bien. ¿Necesitas el inhalador?

Ya estaba cruzando la habitación para ir a traérmelo.

—No te preocupes, nada sospechoso va a traspasar esta cosa.

Me quité la mascarilla y aproveché para rascarme la nariz. Charlie se echó a reír.

—¿Qué? ¿Tengo algo en la cara? —dije, acariciándome la piel y preguntándome qué me hacía cosquillas.

—Solo una marca muy clara entre donde tu piel ha estado cubierta por la mascarilla y donde no. Como no he llevado mascarilla, seguro que tengo toda la cara sucia.

—Ahora me apetece aún más un baño caliente. Incluso las duchas de los vestuarios del colegio me parecen una buena opción en este momento.

Charlie consultó su reloj.

—No tardará mucho en oscurecer, así que creo que podemos dar por finalizado el día. ¿Por qué no hervimos agua en el hornillo para darnos el baño caliente de tus sueños? —Enarqué una ceja y la imagen de Charlie en la ducha reapareció en mi mente—. Por separado, por supuesto —se apresuró a añadir—. No sé si deberíamos arriesgarnos dos en la ducha. A lo mejor atravesábamos el suelo. —Había un brillo malvado en sus ojos. Sabía que se estaba metiendo conmigo; aun así, sentí que tenía que decirle algo, no fuera a ser que me leyera el pensamiento inapropiado que yo acababa de tener.

—Y las duchas compartidas no están para nada en «Las Normas».

—Por supuesto. Las normas deben cumplirse —contestó.

Se juntó los talones y formó un saludo militar simulado en mi dirección.

Puse los ojos en blanco.

—En cuanto tengamos paredes que no estén cubiertas de horribles adornos, voy a enmarcar un ejemplar de «Las Normas» y colgarlo.

Charlie sonrió.

—Lo espero con impaciencia. Eso no significa que prometa seguirlas. —Levantó la mano para detener la interrupción que sabía que yo estaba a punto de hacer—. Es broma. Bueno, ¿quieres ayudarme a llenar unos cubos?

—No quiero ser aguafiestas, pero prefiero que no nos molestemos. No estoy segura de tener suficiente energía. Tardaríamos casi toda la noche en hervir agua suficiente para conseguir algo que se parezca a un baño caliente, y no tengo ni idea de cómo equilibrar los cubos sobre el fuego. Debería haber prestado más atención en las *scouts*. No, ya me he hecho a la idea de otra ducha fría. Se supone que es bueno para la circulación, después de todo. ¿No confían ciegamente los escandinavos en la inmersión en agua fría?

—Así es, pero también lo completan sudando en una sauna. Ahora que has mencionado la idea de un baño caliente, no pienso en otra cosa. ¿Crees que Leila nos dejaría usar su baño? —preguntó Charlie.

—Bueno, me dijo que yo estaba invitada a pasarme cuando quisiera. Y estoy segura de que te extendería la invitación a ti también. Pero es un poco exagerado aparecer un sábado por la noche y de repente exigir usar toda su agua caliente. ¿Qué haces? —Charlie había cogido mi móvil y parecía a punto de teclear un mensaje—. Oye, caradura, suelta ese teléfono. Si piensas que te voy a decir la contraseña, ¡estás muy equivocado! —le dije, y le tiré de nuevo el trozo de moqueta.

Consiguió atraparlo sin levantar la vista, lo que le sorprendió incluso a él mismo.

—¿Has visto eso? Apuesto a que, si lo intentamos cincuenta veces más, nunca seré capaz de hacerlo de nuevo. Deberíamos empezar un dúo cómico.

—Deja de intentar distraerme. Devuélveme el teléfono.

—Oblígame —dijo, con una sonrisa cada vez más amplia—. Creo que podría adivinar tu contraseña. Olvídate de lo de mandar un mensaje a Leila para usar su baño, ¿qué tal a tu encantador jefe, el señor Rhys? Apuesto a que tiene un montón de baños. Estoy seguro de que estaría encantado de compartir sus instalaciones con su mejor miembro de la plantilla. —Típico de Charlie, siempre un cumplido escondido entre las burlas. Pero no estaba dispuesta a arriesgarme a que cumpliera su amenaza, aunque estaba al noventa y nueve por ciento segura de que se trataba de otra de sus bromas. Me apresuré a cruzar la habitación y lo agarré por la cintura mientras sostenía el teléfono en alto—. Al menos esfuérzate un poco, Hutch —dijo, manteniéndolo fuera de mi alcance con un esfuerzo considerable—. ¿Crees que el señor Rhys me prestará un albornoz? ¿Qué estilo crees que le va? ¿Tal vez un *look* de seda a lo Hugh Hefner?

Fingí vomitar, lo que, por supuesto, le hizo reír aún más, encantado de sacarme de quicio. Decidí seguirle la corriente, ya que él quería que volviéramos a los niveles de comportamiento de la escuela primaria.

—Tú te lo has buscado —dije.

Le solté la cintura y empecé a hacerle cosquillas debajo de la axila derecha, recordando que eso provocaba paroxismos en el Charlie de once años. Resultó que el Charlie adulto era igual de vulnerable. Intentó zafarse, pero yo estaba decidida a ser tan implacable como él había sido conmigo. Al final, consiguió librarse de mi agarre y los dos acabamos llorando de risa. Me sentí bien al relajarme después de días de duro trabajo y preocupaciones.

—Vale, vale, me rindo —dijo Charlie al final—. Te devuelvo el teléfono. El señor Rhys está completamente descartado, lo acepto. Pero ¿qué tal si te tragas tu orgullo y le envías un mensaje a Leila? No habría hecho una invitación abierta si no lo pensara de verdad.

—Sigo pensando que es un poco injusto para ella. Probablemente llevará a Nim. Lo último que querrá es que nosotros dos le estorbemos y le dejemos todo su inmaculado piso lleno de pisadas de suciedad.

—Deja de poner excusas. Es tu amiga y estará encantada de ayudarte. Deja de pensar que no mereces ser ayudada por una amiga. Coge ropa limpia. Igual que los antiguos romanos, vamos a la casa de baños, también conocida como el piso de Leila.

Charlie estrujó el trozo de moqueta que había utilizado como arma original y lo tiró a la papelera.

—¿No estarás hablando en serio? —le pregunté mientras sacaba las llaves del coche del tablero contrachapado.

—Nunca bromeo con los baños calientes. Puedes enviarle un mensaje por el camino. Además, estoy haciendo esto por razones puramente egoístas. Espero que, una vez que hayas terminado en el baño, ella me deje entrar también. Una vez que esté llena de agua caliente de nuevo, claro. Me da miedo pensar lo sucia que estará el agua cuando hayas terminado de bañarte.

—Vale, me rindo. Si insistes. Pero sigo pensando que estamos teniendo un poco de cara por autoinvitarnos.

—Deja de ser una mártir de la reforma, que esto va para largo. No veo por qué no podemos darnos un capricho de vez en cuando.

Asentí con la cabeza, imaginando ya la maravillosa sensación de hundirme en burbujas calientes con perfume floral. Le envié a Leila un breve mensaje de súplica al que, por suerte, respondió con un «sí» en mayúsculas y con muchos signos de exclamación; después cogí ropa interior limpia, unos vaqueros y un top, nada de lo que me pondría para la reforma de la casa, y fui al camino de entrada, donde Charlie estaba arrancando el Land Rover.

Incluso estar sentados en el modesto vehículo con la ruidosa calefacción encendida me parecía el mayor de los lujos comparado con lo mal que lo habíamos pasado los últimos días. Mientras avanzábamos hacia casa de Leila, miré con nostalgia las otras casas, las que no se caían a pedazos como la nuestra. Me di cuenta de que desde que nos habíamos mudado no había puesto un pie más allá de los límites del pueblo, y quizá por eso había empezado a olvidar que existía un mundo pasados los muros derruidos de Oak Tree Cottage.

—Algún día lo conseguiremos —dijo Charlie. No sé cómo sabía exactamente lo que pasaba por mi mente en ese momento—. No podemos pretender hacer una reforma completa en las dos semanas de vacaciones de Semana Santa.

—Lo sé. Pero me temo que he subestimado la magnitud de este reto, a pesar de haber hecho una lista de tareas codificada por colores. Y empiezo a estar preocupada por cuando vuelva a la escuela. ¿Cómo me las arreglaré? Está muy bien bromear sobre ducharse con agua fría y cocinar en un hornillo, pero va a ser mucho más difícil cuando tenga que compaginar todo eso con las notas, la preparación de las clases y la reforma.

—Si te sientes mejor con ello, te diré que me preocupa cómo voy a mantener mi negocio mientras hacemos toda la obra. Encima, yo no tengo el hermoso edificio acogedor de una escuela esperándome.

Miré a Charlie.

—Eso no me hace sentir mejor. De hecho, me hace sentir mucho peor. He estado demasiado ocupada centrándome en mí misma, sin tener en cuenta lo que conlleva para ti. Lo siento, soy una pésima compañera.

—No, me has malinterpretado. No lo he dicho porque buscase compasión. Y tú eres cualquier cosa menos una mala compañera de casa. Eres la compañera de piso perfecta porque tienes una amiga que está dispuesta a dejarnos pasar a su casa y usar toda su agua caliente. —Apartó la vista de la carretera durante unos brevísimos segundos para dedicarme otra de sus irritantes sonrisas—. Pero, en serio, estamos juntos en esto, y la única manera de superarlo es juntos. Los dos vamos a tener momentos de bajón. Lo importante es que sigamos hablando de ellos: así nos ayudaremos mutuamente a superarlos. Y, si eso no está en «Las Normas», deberías añadirlo de inmediato.

—Eso y la necesidad de un baño caliente al menos una vez a la semana.

—Suena como una subsección a la que sin duda podría apuntarme. Bien, tendrás que dirigirme a casa de Leila desde aquí.

Guie a Charlie por las últimas calles y paramos delante del piso de Leila. Nos esperaba junto a la puerta con un par de toallas de baño muy grandes.

—Caray, ¿acabáis de llegar de una zona en guerra? —preguntó—. Está el estilismo artísticamente desarreglado y está el estilismo catastrófico, y me temo que el vuestro está claro que es el segundo. Si los vecinos os ven, van a pensar que estoy acogiendo a un par de vagabundos.

—Gracias, Leila, yo también me alegro de verte —repliqué—. Y «vagabundos» es una definición bastante precisa para nosotros. Venga, Charlie, ¿nos jugamos a piedra, papel o tijera quién entra primero al baño?

—Las damas primero —dijo Charlie.

—En este caso, renuncio a mis principios feministas y acepto el ofrecimiento sin rechistar. Y me temo que no voy a darme prisa, así que, si Leila pone un periódico en el sofá, puedes sentarte en él y esperarme.

—Siempre podéis compartir el baño —dijo Leila.

—No empieces tú también —dije y pasé a su lado a toda prisa.

—Interesante —comentó, y nos miró primero a mí y luego a Charlie con una expresión curiosa en el rostro.

Dudé en la puerta del baño, pues me imaginaba que Charlie quedaba a merced de uno de los interrogatorios típicos de Leila. Pero el agua caliente me llamaba demasiado fuerte. Si Charlie conseguía navegar por el traicionero entorno de las redes sociales para ganarse la vida, entonces sería capaz de resistir a Leila. Quizá.

Debí de echar media botella de espuma de baño y apenas abrí el grifo de agua fría, y el agua caliente salía a toda presión. Antes de meterme en la bañera, me enjuagué un momento en la ducha, y creo que hice bien en hacerlo, dado el color que tenía el agua que se iba por el desagüe, luego cerré los ojos y me sumergí en las burbujas de modo que solo mis fosas nasales quedaban por encima de la línea de flotación.

Casi una hora después, emergí del baño con la circulación restablecida y la piel resplandeciente, sintiéndome como un ser humano de verdad por primera vez en casi dos semanas.

Charlie me miró de arriba abajo.

—Hola, ¿y tú quién eres? Supongo que no habrás visto a mi compañera de piso, Freya. Ella es como así de alta, está bastante sucia y se le da bien tirar cosas a un contenedor.

—Aléjate, Charlie, no dejaré que te acerques a mí mientras sigas cubierto de mugre. Venga, disfruta de tu baño. Si queda algo de agua caliente...

Él fingió abalanzarse sobre mí, extendiendo sus manos mugrientas. Luego se dio media vuelta y se metió en el cuarto de baño, todavía riendo.

—¡Qué bien os lleváis!, ¿no? —dijo Leila con segundas.

—¿Qué quieres decir con eso? Por cierto, ¿te importa si pongo el hervidor? Quiero disfrutar del lujo de enchufar algo y ver cómo calienta agua milagrosamente, en lugar de tener que encender una cerilla y batallar con un hornillo de *camping*.

—Por supuesto. Y no quiero decir nada. Solo hago un comentario espontáneo de que parecéis muy amigos. Si no fuera Charlie, casi diría que estáis flirteando.

—No estamos flirteando para nada. Compartimos casa. Es de ayuda que hayamos retomado nuestra amistad en el punto donde la dejamos. Él puede ser bastante exasperante a veces, pero lo considero prácticamente un hermano.

—Recuérdame cómo va eso en ese libro de Jane Austen. *Emma*, ¿verdad? —Al decir esto, Leila tenía una inquietante expresión alegre en el rostro, pero no mordí el anzuelo. Cuando guardé un obstinado silencio, ella se encogió de hombros—. Bueno, me alegro de que las cosas vayan bien. No estáis en la fase de que os matéis, ni en la de que os beséis. Todavía. Estoy orgullosa de ti. ¿Y cómo es Oak Tree Cottage?

—Tiene mucho carácter. Lo que conlleva que por cada problema adicional con el que nos encontramos mi esperanza de vida se reduce un año. Pero al final lo conseguiremos. O eso es lo que me digo a mí misma. Y, por supuesto, Charlie y yo no vamos a acabar matándonos. Ni tampoco besándonos.

Sabía que Leila solo lo había dicho para provocarme; aun así, sentí la necesidad de corregir su suposición tan equivocada. El hecho de que ahora ella estuviera enamorada de Nim no significaba que el resto del mundo tuviera que ajustarse a su punto de vista de color de rosa de «la vida es un gran romance».

—¿A quién van a besar? —preguntó Charlie, saliendo del baño mucho antes de lo que yo esperaba y en el momento menos oportuno.

—A nadie —dije, mientras Leila se echaba a reír.

14

—Bien, ¿qué es lo siguiente en la lista de tareas de la reforma? —quiso saber Charlie, al tiempo que se frotaba las manos y miraba expectante.

—Será mejor que aprovechemos nuestro último día de libertad antes de que la vida real nos llame de nuevo. He pensado en ocuparme de los escalones de la entrada —respondí—. He estado leyendo algunas técnicas de albañilería y el abuelo me ha explicado todo, así que espero que todo salga bien.

Me miró con admiración.

—¡Qué valiente!

—Gracias por el voto de confianza, Charlie. En realidad, es una elección cobarde porque, si relleno mal los agujeros de los escalones de la entrada y coloco mal las losas nuevas, no será el fin del mundo, mientras que, si refuerzo mal la escalera dentro de la casa, nos causará un montón de problemas. Rellenar y sustituir la mampostería es más fácil que trabajar la madera. Estudiar técnicas de carpintería es mi próximo objetivo, aunque espero que las escaleras aguanten un poco y no tengamos que ocuparnos de ellas hasta dentro de unos meses.

—Eres la Mujer Maravilla del bricolaje —me dijo mientras yo colocaba mis herramientas—. Me dejas en ridículo con tus habilidades. Los dos somos voluntariosos, pero, de los dos, tú eres mucho más eficaz en tu trabajo.

—Si te pones a ello, lo conseguirás —le dije, sin poder resistirme a burlarme de su caótico enfoque de la reforma.

Charlie miró a su alrededor, como buscando inspiración.

Para ser justa con él, había tanto que hacer que era difícil saber dónde centrar la atención.

—No estoy seguro de que haya suficiente espacio para intentar ayudarte. ¿Qué hay en la lista para mí? —preguntó—. Me temo que he perdido la copia que me diste.

Tuve que contar hasta diez, una técnica que solía emplear en clase cuando me enfrentaba a un alumno muy difícil.

—Has perdido la lista —repetí en voz baja.

—Sí —dijo.

—¿Y qué esperas que haga yo? —le pregunté.

—¿Podría imprimir otra copia? —Sonrió—. Lo tienes todo en tu portátil. Y, conociéndote, lo tendrás guardado en alguna carpeta cuidadosamente identificada como «Tareas domésticas» o algo parecido.

En eso fue irritantemente preciso.

—No creo que la lista sea el problema aquí, Charlie —dije, y me alejé de él, decepcionada de que no pudiera verlo por sí mismo.

Me instalé en los escalones delanteros y solté las losas que se estaban desmoronando; a continuación, raspé la suciedad y la basura que había debajo de ellas. Cuando dejé la superficie lisa y limpia, volví a centrarme en las losas y traté de ver cuáles se podían salvar. Cuando estaba a punto de preparar el cemento para volver a colocarlas en su sitio, Charlie volvió a aparecer y se aclaró la garganta para llamar mi atención.

—Pareces avergonzado —dije levantando la vista—. Tienes esa expresión en la cara que solías poner cuando fingías que no te quedaba chocolate, pero en realidad te habías metido el último trozo en la boca.

—A veces era un poco egoísta —reconoció con una sonrisa irónica—. Por desgracia, quizá no haya cambiado tanto como creía. —Me acuclillé y esperé a que continuara—. He venido a disculparme —dijo—. Tienes razón, la lista no es el problema. Somos compañeros de casa, con énfasis en la palabra «compañeros». Mis libros siguen en cajas, pero no necesito mi diccionario para saber lo que significa esa palabra. Deberíamos ser iguales en esta empresa que hemos emprendido y, sin embargo, estoy acostumbrándome a dejar que lleves la mayor parte de la carga haciendo que me digas lo que tengo que hacer. Vengo a decirte que me he dado cuenta de mi error. No necesito tus listas, Freya, y no quiero que sientas que tienes que hacerlas. Estamos juntos en esto y te prometo que a partir de ahora tomaré la iniciativa y me esforzaré más. Aunque no puedo prometerte que mis esfuerzos tengan tanto éxito como los tuyos.

—Lo importante es que los dos pongamos de nuestra parte —contesté.

Él era quien hablaba, y yo me reservaría mi opinión hasta que cumpliera lo prometido.

—Según «Las Normas» —añadió Charlie con una sonrisa—. Ahora déjame hacer el cemento mientras tú descansas. No tiene sentido que estés completamente exhausta cuando vuelvas al colegio, donde tienes que enfrentarte a los niños. En cambio, si tengo que echarme una siesta durante mi jornada laboral, a mí nadie me lo va a reprochar.

Los dos pasamos el resto del día arreglando los escalones. Y, cuando me fui a la cama aquella noche, encontré una nota manuscrita en mi almohada, una copia de la lista de trabajo que Charlie había recopilado para sí mismo. Había una carita sonriente al final de la nota y un dibujo de un hombre y una mujer haciendo malabarismos con un montón de herramientas de trabajo. Puse los ojos en blanco ante la imagen infantil y arrugué el papel, dispuesta a tirarlo al contenedor de reciclaje. Pero algo me hizo dudar y me encontré alisando el papel de nuevo y metiéndolo entre las páginas de mi libro.

A la mañana siguiente, sentí una punzada de ansiedad por tener que separarme de la casa mientras me preparaba para ir a trabajar.

—¿Necesitas ayuda para preparar el almuerzo? —dijo Charlie mientras yo corría por la cocina, intentando no tocar ninguna superficie ahora que llevaba puesta la ropa de trabajo.

Se me hacía raro volver a ponerme el traje pantalón en lugar de la ropa de la obra, compuesta por petos antiguos y con el pelo envuelto en un pañuelo.

—Gracias por preguntar, pero me dan el almuerzo en la escuela. Una gratificación del trabajo. Y, si tuviera que guardar el almuerzo, te aseguro que lo habría hecho anoche.

—Claro que sí, señorita organizada. Bueno, que tengas un buen día en el trabajo, cariño, nos vemos luego —dijo Charlie, poniendo el tono de una elegante ama de casa de los años cincuenta.

—Gracias, espero con impaciencia mi té en la mesa cuando regrese —dije, fingiendo ajustarme una corbata invisible. Luego dejé de fingir—. En serio, Charlie, ¿estás seguro de que vas a estar bien trabajando desde aquí hoy? Sé que es tu primer día de vuelta con tu carga de trabajo normal, y este no va a ser un entorno de trabajo cómodo que se diga. Tenemos ratoneras humanas por todas partes, y todavía se parece más a un *camping* que a otra cosa. ¿No crees que estarías mejor en la biblioteca local?

Charlie tocó el USB que ahora nos suministraba banda ancha.

—Tengo wifi, puedo trabajar. Además, ¿por qué iba a ir a otro sitio cuando puedo trabajar desde mi propia casa?

—Pero no hay electricidad, y solo hay una silla de *camping* para sentarte.

—Ah, pero tengo una batería, y la silla de *camping* es perfecta para lo que tengo planeado. He pensado en sentarme un rato en el jardín y aprovechar la luz del día. Hace un día precioso.

Me asomé a la ventana.

—Humm, el tiempo parece un poco inestable para eso. Y ya sé que en teoría estamos en el semestre de verano, pero no estoy segura de que la temperatura acompañe.

—Te preocupas demasiado. Estaré bien. —Consultó su reloj—. ¿No sería mejor que te dieras prisa? El autobús sale en menos de diez minutos, lo que en tiempo de Freya significa que llegas tarde. Que tengas un buen día en el colegio. Nos vemos luego.

Estaba bien regresar al trabajo, hablar con la gente de temas distintos a las tareas de la reforma y no hacer nada más agotador físicamente que estar de pie al frente de mi clase y escribir en la pizarra. Sin embargo, entre clase y clase, mis pensamientos volvían una y otra vez a Oak Tree Cottage, y me preguntaba cómo se sentiría Charlie estando allí solo o si estaría consiguiendo hacer el trabajo que quería. Y cuando, justo después del mediodía, empezó a llover con fuerza, no era solo el trabajo de Charlie lo que me preocupaba. A pesar de ser abril, un mes en el que era típico que lloviese, era la primera vez que llovía desde que nos mudamos. El informe del perito decía que el tejado era sólido en su mayor parte, pero ¿y si no lo era? No podía soportar la idea de que entrara agua, estropeara el cuarto de baño que tantas horas había pasado limpiando y destruyera todas las herramientas y el equipo que teníamos en la casa. Además, el hueco en el que antes estaba la ventana de mi dormitorio seguía estando tapado por mero cartón, nada resistente, que probablemente se haría papilla con aquel tiempo. En mi imaginación, veía la lluvia entrando de lado, destruyendo el cartón y abriéndose paso a través de las tablas del suelo hasta la sala de estar, filtrándose en las cajas de mis artículos personales que se hallaban allí alineadas.

Mientras mis alumnos de segundo se sentaban para leer el siguiente capítulo de su libro de texto, le envié con disimulo desde debajo de mi escritorio un mensaje de texto a Charlie para asegurarme de que no se le hubiera caído la casa encima. Sin embargo, no contestó y ni siquiera pude saber si había leído el mensaje. Me dije a mí misma que quizá estuviera ocupado con el trabajo, pero no podía evitar preocuparme de que hubiera una razón de peso detrás de su falta de respuesta; mi imaginación hiperactiva me decía que la casa se estaba inundando o, peor aún, que el techo se había derrumbado, y que Charlie estaba atrapado entre los escombros. Sabía que estaba siendo melodramática, por sacar conclusiones precipitadas, y paranoica, pero su silencio telefónico me preocupaba. No es que estuviera obligado a responderme, pero normalmente se le daba muy bien comunicarse, aunque fuera en forma de *gifs* y memes tontos que él creía que me harían gracia. Este retraso en la respuesta no era propio de él y alimentó mi inquietud de que había ocurrido algo horrible.

Cuando sonó el timbre para el recreo, decidí ir directa a la sala de profesores para llamarlo, pero el señor Rhys me abordó en cuanto salí de clase.

—Señorita Hutchinson, ¿podemos hablar un momento?

—Mmm, ¿tiene que ser ahora mismo? —dije, todavía con ganas de llamar a Charlie para ver si todo iba bien.

Normalmente no me hubiera atrevido a contrariar al señor Rhys, pero a esas alturas ya me estaba imaginando toda la casa hecha escombros, a Charlie inmovilizado bajo una viga del techo, pidiendo ayuda desesperadamente, pero sin que nadie oyera sus gritos. Lo último que quería era tener que lidiar con una conversación desafiante con mi jefe. Nunca salía nada bueno de una invitación a una charla.

—Sí, claro, ahora. ¿Tiene que ir a algún sitio? —Me miró con el ceño fruncido, de una manera que en circunstancias normales me pondría nerviosa, si mis niveles de ansiedad no estuvieran ya por las nubes debido a mi preocupación por Charlie y por la casa.

—No, claro que no —dije, recuperando la compostura con esfuerzo—. Discúlpeme, ¿en qué puedo ayudarle?

Resultó que el señor Rhys necesitaba urgentemente hablar conmigo para anunciarme por sorpresa que pensaba jubilarse de forma anticipada cuando finalizase el siguiente curso escolar. No solo eso, sino que me informó de que me lo decía antes que a los demás para que tuviera más tiempo de presentar una solicitud para el puesto que él iba a dejar. Me quedé boquiabierta. Apenas me había permitido soñar con ser ayudante de departamento, y mucho menos jefa. Además, que el señor Rhys me lo propusiera era un giro aún más inesperado.

—Creo que tiene muchas posibilidades, señorita Hutchinson —dijo. Sentí un cálido resplandor de orgullo ante el inesperado elogio. Tal vez todo mi trabajo no había pasado desapercibido. Quizá era lo bastante buena como para optar al puesto—. Después de todo, dado que usted tiene mucha menos experiencia... que yo, sus expectativas salariales deben de ser mucho menores, y ello sería más rentable para la escuela —añadió, aplastando de inmediato la semilla de esperanza que había empezado a brotar en mi interior. En ese momento, sentí el zumbido de mi teléfono en el bolsillo. Esperaba que fuera Charlie, que por fin me ponía al día sobre la casa—. Entonces, ¿lo pensará, señorita Hutchinson? —me presionó el señor Rhys. Dudé. No sabía qué responder. Debería pensarlo con detenimiento, incluso sin tener en cuenta la carga de trabajo de Oak Tree Cottage—. Las entrevistas se celebrarán en otoño, pero, como siempre ocurre en estos casos, los responsables de tomar la decisión vigilarán muy de cerca el comportamiento de los posibles candidatos internos a partir de ahora. Y, por supuesto, mi opinión contará mucho. —Se miró el reloj—. Bien, me voy. Tengo una reunión con un padre. Por cierto, el Departamento de Inglés necesitaba ayuda para vaciar la sala de libros y trasladarlos a su nuevo despacho. Les he dicho que usted estaría encantada de supervisarlo. Que pase buena tarde.

—Gracias, usted también, señor Rhys —dije, insuflándole a mi voz toda la positividad posible para compensar el dilema que me asaltaba por dentro.

Así que, tras mudarme de casa, ahora iba a tener que gestionar también una mudanza en el trabajo, mientras me sometía al intenso escrutinio de un grupo de entrevistadores para un trabajo para el que, según parecía, sería perfecta porque era barata. Fantástico.

Fingí que me dirigía al Departamento de Inglés, pero, en cuanto doblé la esquina del pasillo, saqué el móvil del bolsillo. Por desgracia, no había ningún mensaje tranquilizador de Charlie esperándome. En su lugar, había un presupuesto de los instaladores de ventanas que me provocó un dolor de cabeza instantáneo. Teníamos suerte de que Oak Tree Cottage no fuera un edificio protegido, con todas las normas y reglamentos añadidos para proteger su aspecto y estructura, pero aun así queríamos hacerlo bien, y eso implicaba restaurarlo con los materiales de la mejor calidad que pudiéramos permitirnos. Las ventanas que queríamos eran réplicas exactas de las actuales, solo que fabricadas con un material mucho más duradero, y, a juzgar por aquel primer presupuesto, nos iban a costar un ojo de la cara.

Le reenvié el mensaje a Charlie, junto con una súplica para que me hiciera saber que tanto él como la casa se encontraban bien. Seguro que respondería. Pero mi teléfono permaneció en un silencio frustrante durante toda la tarde, y, cuando al final del día aún no había respondido, pensé que a lo mejor no estaba siendo tan paranoica. Y, a pesar de saber que debía comportarme lo mejor posible después del anuncio del señor Rhys, convencí a Leila para que me recogiera la supervisión extraescolar y salí del trabajo en cuanto sonó el timbre. Luego esperé en la parada del autobús, con el estómago revuelto, temerosa de lo que me encontraría al llegar a Oak Tree Cottage.

15

Prácticamente fui corriendo por el camino desde la parada del autobús, esquivando charcos y tratando de evitar que mi paraguas saliera volando por los aires, todo el tiempo preguntándome a qué me enfrentaría cuando doblara la esquina. Por suerte, la casa seguía en pie, aunque no había ni rastro del Land Rover de Charlie en el camino de entrada. Tal vez se había ido a trabajar a la biblioteca y por eso no había contestado a mis mensajes. Me sentí aliviada. Entré por la puerta trasera y cogí la linterna frontal de la encimera para ver bien. Me abrí paso con cautela entre los montones de escombros y merodeé por las habitaciones de la planta baja, apoyando las manos en varias superficies para comprobar que estaban secas. Luego respiré hondo y subí, temiendo que las cosas fueran muy diferentes arriba.

Las escaleras hicieron su habitual truco de crujidos y gemidos mientras subía. Entonces percibí otro sonido, el característico tintineo del agua goteando en un cubo de metal. Vale, podía soportar vivir con un cubo en el rellano. Pero ¿y si eran muchos? Inspeccioné mi dormitorio y comprobé el sellado de la cubierta de la ventana; afortunadamente todo estaba bien allí, y el baño también estaba despejado. Una vez en el umbral del dormitorio de Charlie, dudé. Me parecía que entrar allí cuando él no estaba era invadir su intimidad. Pero ¿y si entraba agua por una grieta del techo y estropeaba todas sus cosas? Respiré hondo y entré, disculpándome en silencio con mi compañero de piso. Por suerte, la habitación tampoco parecía tener goteras, aunque me sorprendió encontrar deshinchado su colchón inflable. Por lo que parecía, había estado durmiendo sobre una esterilla de yoga en el suelo. No me pareció precisamente cómoda, pero quizá Charlie prefería una superficie firme. Había decorado la habitación de la forma más acogedora posible dadas las circunstancias, con varios cuadros enmarcados en el suelo, tal vez anticipando que los colgaría en la pared una vez que la volviera a revocar y decorar.

Había uno de la familia de Charlie, con sus padres posando orgullosos, sus hermanos mayores riendo y su hermana melliza Alexa poniendo los ojos en blanco ante la persona que estaba detrás de la cámara, que supuse que debía de ser el propio Charlie. También había una copia de una vieja foto en blanco y negro de Oak Tree Cottage con un aspecto impecable, fotografía que Sheila había rescatado para nosotros del archivo del pueblo el día después de la caza de huevos de Pascua. Supuse que la foto le serviría de inspiración y le recordaría por qué nos estábamos tomando tantas molestias. Había una última instantánea que me sorprendió ver y me transportó al pasado. La última vez que vi una copia de esa foto estaba en un álbum de casa de mis padres. En ella salíamos Charlie y yo con el uniforme del colegio. Debíamos de tener apenas cinco años y parecíamos un poco torpes e incómodos con el uniforme, que nos quedaba grande, y los zapatos relucientes, de pie en el umbral de la clase para la foto obligatoria del primer día. Charlie me sujetaba de la mano como si su vida dependiera de ello, con la cara un poco girada hacia la mía, como si me buscara para tranquilizarse.

De repente, me trasladé a aquel día y recordé lo preocupado que estaba cuando lo separaron de su hermana por primera vez. Habían estado toda la guardería en la misma clase y, al ser mellizos, tenían un vínculo muy especial. Mi amigo Charlie era un niño seguro de sí mismo, extrovertido y muy divertido, y recordé lo mucho que me había impresionado verlo casi llorando cuando su hermana se fue por un pasillo del colegio y él tuvo que ir por otro sin ella. Entonces le prometí que cuidaría de él yo, una niña normalmente tímida que sacaba fuerzas de flaqueza porque no podía soportar ver a su amigo pasándolo mal. Él me había devuelto aquella promesa una docena de veces a lo largo de los cursos en la escuela primaria y secundaria. Y ¿acaso no seguíamos cuidándonos el uno al otro al comprar esta casa juntos? Sentí una oleada de cariño por mi viejo amigo, contenta de que estuviéramos juntos en este momento tan crucial.

Y, a propósito de estar el uno al lado del otro, ¿dónde estaba Charlie?, y ¿por qué no había respondido a mis mensajes? No era muy propio de él no comunicarse, a menos que le hubiera ocurrido algo malo. Miré por la ventana de su habitación, y fue entonces cuando vi el tejado derrumbado de la parte que iba a convertirse en su oficina. Yo había pasado de largo al volver de la escuela, ya que la zona donde se había derrumbado el tejado se hallaba en la parte trasera de la casa, por lo que un transeúnte a nivel del suelo no lo percibía, pero la vista desde arriba mostraba con demasiada crudeza la destrucción causada por las fuertes lluvias. Una de las vigas de soporte se había desprendido de la construcción. Un extremo sobresalía hacia donde antes estaba esa parte del tejado, mientras que el otro se hallaba enterrado bajo un montón de escombros, formado por tejas de pizarra rotas del tejado y cascotes y ladrillos de donde se había desprendido la viga.

El corazón empezó a latirme más deprisa. De repente, los temores de mi hiperactiva imaginación quizá no fueran tan descabellados. Hice caso omiso de toda lógica, olvidé que el coche de Charlie ni siquiera estaba aquí y entré en pánico. ¿Y si Charlie, al final, había decidido trabajar allí hoy y ahora estaba atrapado, clavado en el suelo por el gran peso de los restos?

Bajé corriendo las escaleras, sin apenas poder respirar, con el miedo oprimiéndome el pecho. Si le había pasado algo a Charlie, nunca me lo perdonaría. Me dirigí a la parte trasera de la casa, abriéndome paso entre la maleza, sin importarme siquiera que las zarzas me desgarraran la ropa y las altas ortigas me picaran toda la piel expuesta que pudieran tocar.

—¡Charlie, ¿estás ahí?! —grité.

Me metí entre las ruinas, ignorando los amenazantes ruidos que se oían..., procedentes de los puntales del techo que quedaban en pie.

—¿Charlie? ¿Me oyes?

Las gotas de lluvia se me acumulaban en los cristales de las gafas, oscureciendo mi visión. Me las quité y me las metí en el bolsillo. Luego examiné cada centímetro del derrumbe, apartando montones de escombros con las manos, escarbando entre las piedras, aterrorizada por lo que podía estar a punto de encontrar. Finalmente, llegué al nivel del suelo y solo entonces mi ritmo cardiaco empezó a normalizarse poco a poco. Dondequiera que estuviera Charlie, no yacía debajo de todo aquello. Cerré los ojos y respiré hondo varias veces, con una sensación de alivio abrumadora. La idea de perder a mi mejor amigo era demasiado horrible para contemplarla.

Al final, reuní fuerzas para levantarme, avergonzada por haberme metido en semejante lío y aliviada de que nadie hubiera sido testigo de mi ataque de pánico. Estaba empapada, llena de arañazos y picaduras de ortiga, y me dolía todo el cuerpo. Había sido una estupidez ponerme así. Entré tambaleándome y me quité la ropa del trabajo estropeada, frotándome enérgicamente con una toalla para recuperar la circulación y limpiándome los arañazos lo mejor que pude. Luego me vestí con un peto raído y un top con mangas tan largas que me ocultaban los arañazos de las manos, y me puse a examinar con cautela los daños causados en el techo por la gotera de la escalera, en un intento de distraerme de mi ridículo comportamiento y de las emociones que había despertado en mí la idea de que Charlie estuviera herido.

Un rato después oí el ruido de un coche que se detenía fuera. Me dirigí despacio a mi dormitorio y me asomé por la única ventana que me quedaba. Un elegante coche deportivo con techo solar estaba aparcado delante de la casa. Por supuesto, dado el mal tiempo, el techo no estaba abierto, pero pude ver a través de él; reconocí a Charlie en el asiento del copiloto por el pelo despeinado. Estuve a punto de abrir la ventana para llamarle, aliviada de que por fin hubiera aparecido; en cambio, algo me hizo dudar. Y entonces vi a la mujer del asiento del conductor inclinarse y darle una palmada en la pierna. Él echó la cabeza hacia atrás como si se estuviera riendo de algo que ella le había dicho, después salió del coche y se quedó de pie haciéndole señas con la mano mientras avanzaba a toda velocidad por el camino, a pesar de que la lluvia seguía cayendo con fuerza a su alrededor. Sentí una punzada de pérdida que no pude, o no quise, examinar más a fondo.

Cuando Charlie entró en la cocina, yo estaba sentada en mi silla de *camping*, fingiendo estar completamente absorta en los exámenes.

—¿Un buen día en la oficina, cariño? —me dijo, continuando con la broma que habíamos tenido antes de que me marchara a trabajar esa mañana.

—Como siempre —dije, sin muchas ganas de participar en la broma. Me parecía injusto que estuviera de tan buen humor cuando yo había pasado por semejante trauma al volver del colegio. Racionalmente sabía que él no era responsable de cómo había reaccionado yo, pero la fuerza de mi respuesta emocional me había conmocionado y me había puesto a la defensiva—. Y a ti ¿cómo te ha ido el día? ¿Has hecho algo emocionante?

Me contuve de preguntar quién era la mujer del deportivo, diciéndome que no era de mi incumbencia con quién quisiera Charlie pasar el día. Él no tenía por qué darme explicaciones de sus amistades, ni tenía por qué hablarme de otra amiga.

—He tenido un pequeño percance a la hora de comer, cuando empezó a llover, y el cobertizo se ha venido abajo, pero creo que hemos salido bien parados en la casa. Como descubrí cuando miré más de cerca, la gotera de la parte superior de las escaleras se debe a un par de tejas que se han salido de su sitio; no es gran cosa. Y mi padre llamó preguntando si podía usar el Land Rover mientras su coche está en el taller. Pero, pese a todo, me las he arreglado para trabajar un poco.

—Muy bien —dije, evitando preguntarle por la mujer del coche. Y entonces caí en la cuenta de otra cosa que él acababa de decir—. ¿Qué has querido decir con que has mirado más de cerca el tejado de la casa? Supongo que con prismáticos.

Charlie se aclaró la garganta.

—Bueno, en realidad...

—Dios mío, dime que no te has subido allí estando solo en casa.

—En ese momento me pareció buena idea.

—Cielos, Charlie. Podría haberte pasado algo. Sobre todo, con la que estaba cayendo. Podrías haber resbalado por los peldaños de la escalera y haber caído al suelo. Podrías haberte roto una pierna. Maldita sea, podrías haberte roto el cuello. Y los vecinos están tan lejos que no te habrían oído pedir auxilio. —Me levanté de un salto y empecé a pasear ansiosa por la cocina—. Esto es exactamente lo que me preocupaba.

—Oh, Freya, ¿estabas preocupada por mí? —La voz de Charlie se había suavizado, la gravedad de sus tonos bajos despertaba en mí una extraña sensación de ternura y algo más.

Sentí que se acercaba a mí. Por un momento deseé girarme y abrazarlo, estrecharlo y sentir sus brazos envolviéndome, asegurándome así de que seguía de una pieza.

En lugar de eso, me giré para mirarle.

—No te sientas tan halagado. No quiero encargarme de la reforma yo sola —solté, con el miedo de antes y la sorpresa por la repentina dirección que acababa de tomar mi mente al convertirse la emoción en ira con tanta facilidad.

Sentí que le había mostrado otra vez mi vulnerabilidad, y no estaba segura de estar preparada para ello.

—Claro —dijo Charlie con su alegría habitual, sin morder el anzuelo.

Se dispuso a encender el hornillo y a poner el hervidor,

mientras mi sentimiento de culpa fue aumentando. Él no había hecho nada para merecer que yo me enfadara con él, sino que mi cabreo se debía más a mis propias inseguridades que a otra cosa, y yo lo sabía.

Me armé de valor.

—Lo siento —dije en voz baja, luego lo repetí más alto cuando creí que no me había oído.

Charlie extendió la mano y me la apretó.

—No te preocupes. Tienes toda la razón. Fue una tontería por mi parte. Oye, ¿qué te ha pasado? —Recorrió con sus dedos los arañazos del dorso de las manos, subiéndome suavemente las mangas para dejar al descubierto más arañazos y la erupción de las picaduras de ortiga.

—Cometí la torpeza de meterme en el jardín —dije, desvelando solo la mitad de la verdad.

Afortunadamente, Charlie estaba demasiado distraído con la preocupación por mis heridas como para preguntarse por qué yo había elegido el día más lluvioso del año para dedicarme a la jardinería.

—Lo tienes muy irritado. ¿Quieres que busque una pomada en el botiquín?

—No es nada. Sobreviviré. Estoy más preocupada por lo que has hecho en el tejado.

Charlie me observaba atentamente. Me di cuenta de que intentaba averiguar qué se me estaba pasando por la cabeza. Me obligué a mantener una expresión neutra. Al final se encogió de hombros.

—No lo volveré a hacer. Al menos, no cuando esté solo. ¿Te sentirás mejor si te prometo que no te abandonaré para que tengas que hacer la reforma tú sola, pase lo que pase?

Me forcé a soltarle la mano.

—Gracias, Charlie. El trabajo en equipo hace los sueños realidad.

Pero no pude evitar preguntarme a qué más podría estar él aludiendo.

16

El semestre de verano avanzaba a toda velocidad hacia la época de exámenes de una forma tan terrible como siempre. En el trabajo pasaba cada minuto del día o tratando de convencer a los adolescentes para que repasaran o intentando animarlos cuando el estrés les superaba. Aún no había decidido si me atrevería a optar al puesto de jefa de departamento, pero sentía presión por el hecho de que todo lo que hacía estaba bajo escrutinio. Y en Oak Tree Cottage yo también sentía presión. A medida que aumentaba mi carga de trabajo, también lo hacía la de Charlie, y luchábamos por cumplir el calendario de las tareas de la reforma que yo había trazado. A medida que las tardes se hacían más luminosas, agradecía las pocas horas extra de luz solar para trabajar en la casa, pero nunca me parecían suficientes. Por muy cansada que estuviera, siempre intentaba hacer algo cada día, avanzando poco a poco en las tareas; sin embargo, cada vez que hacía un repaso general de la casa me sentía abrumada por lo mucho que aún faltaba por hacer.

Un mes después de mudarnos, por fin un día vino una electricista, comprobó el cableado y declaró que el uso de la electricidad era «moderadamente seguro». En otras palabras, podíamos hervir agua o utilizar el secador de pelo, aunque era mejor no intentar hacer las dos cosas a la vez, no si no queríamos fundir un fusible y tener que bajar al sótano por la trampilla que había debajo de las escaleras para pelearnos con la caja de fusibles. Dada la expresión de la cara de ella cuando hizo esa pequeña concesión, que solo se produjo después de un suave empujón de Charlie, elegimos no recurrir al cuadro eléctrico si podíamos evitarlo. ¿Qué era otro mes sin luz? Citamos a la electricista para hacer el recableado completo a principios de las vacaciones de verano, porque pensábamos que sería el momento menos problemático, ya que yo estaría por aquí todo el día y Charlie podría ir a trabajar a la biblioteca.

Aun así, no tener electricidad fiable al menos nos ahorraba algo de dinero. Y necesitábamos ahorrar todo lo que pudiéramos porque estábamos agotando nuestro escaso presupuesto a un ritmo alarmante. Ahora recibíamos a una sucesión de profesionales que contratábamos para hacer trabajos que no era seguro que Charlie o yo hiciéramos solos, por muchos tutoriales de YouTube que yo estudiara. El ejército de expertos profesionales parecía tener la terrible costumbre de resoplar entre los dientes y mover a los lados la cabeza con aparente desesperación cuando examinaban el problema que se les pedía que arreglaran. Aquello no reforzó precisamente mi confianza en la casa. Pero, aunque cada uno había dejado claro que éramos unos completos ilusos por haber emprendido aquel reto, todos se mostraron muy contentos de aceptar nuestro dinero, pese a que algunos de ellos no llegaran a trabajar con la rapidez que habían garantizado en un principio.

Empecé a llevar auriculares en la escuela cuando no estaba dando clase, de modo que, mientras recorría los pasillos o hacía recados para el señor Rhys, aprovechaba para llamar a los obreros que retrasaban su visita. Pronto me di cuenta de que el andamista en particular iba a ser mi archienemigo. Por mucho que Charlie y yo le insistimos en que éramos socios a partes iguales en la reforma y que tomaríamos todas las decisiones juntos, no prestaba ninguna atención a lo que yo tenía que decir, lo que obligó a Charlie a tener que repetir todo lo que yo había dicho para que el andamista lo escuchara. Apreté los dientes y lo aguanté, solo porque el tipo nos había dado el presupuesto más barato, aunque he de admitir que me vengué de una manera mezquina, pero satisfactoria, cuando fingí no oír sus frecuentes peticiones de tazas de té.

La colocación del andamiaje coincidió con el inicio de las vacaciones de verano. Una vez levantado, un albañil se puso a trabajar en la chimenea, que estaba en precario y se tambaleaba, mientras un equipo de instaladores empezaba a cambiar las ventanas que estaban podridas, es decir, todas, por otras nuevas y relucientes. En el interior, la electricista se dedicó a taladrar paredes, sustituir cables y renovar el sistema eléctrico, tan antiguo que parecía de cuando se inventó la electricidad. Aunque me alegré de que por fin estuviéramos haciendo progresos tangibles, los constantes golpes, derrumbes y destrozos eran agotadores y ahora yo no tenía ningún lugar al que escapar. Intenté continuar con otras tareas, como arrancar las moquetas o diseñar la mejor distribución para la nueva cocina, pero sentía que no estaba contribuyendo a nada.

Mientras tanto, Charlie pasaba cada vez más tiempo fuera de casa. Yo entendía y aceptaba perfectamente que durante las horas de trabajo tenía sentido que se fuera a otro sitio para mantener su negocio en marcha porque no podía concentrarse con la banda sonora de las obras en curso. Sin embargo, a pesar de su promesa de poner de su parte, también empezaba a desaparecer en otros momentos de la semana, no solo cuando iba a su clase de baile los lunes, sino también un par de horas todos los jueves, e incluso a veces los domingos. Cuando le pregunté si había hecho algunos turnos extra en la inmobiliaria, se mostró cauteloso y cambió de tema, lo que me dejó especulando sobre lo que realmente estaba haciendo. Me recordé a mí misma que él no tenía por qué informarme de lo que hacía en su tiempo libre; sin embargo, no pude evitar preguntarme si la mujer del deportivo tendría algo que ver. Me dije que mi descontento se debía a que estaba cansándome de estar sola en una obra, aunque, para ser sincera, había una vocecita en el fondo de mi mente que me decía que parte de la razón por la cual me hallaba tan descontenta era que estaba un poco celosa. Celosa de que Charlie pareciera tener una vida social mucho mejor que la mía, para ser claros.

Cuando, un día, hablando por teléfono con Leila, me quejé de ello, pensando que mi amiga me comprendería, me sorprendió bastante su respuesta.

—¿Has hablado con él? ¿Le has dicho que te parece injusto lo que está haciendo? —me preguntó.

—No, pero creo que es obvio.

—Ah, pero lo que es obvio para una persona puede ser un completo misterio para otra. Y, si hay algo en lo que eres muy buena, Freya Hutchinson, es en guardarte tus sentimientos para ti misma cuando quieres. Hemos sido compañeras durante años, y ni siquiera yo sé lo que pasa por tu cabeza la mitad del tiempo. Quiero decir, puedo hacer una buena conjetura, pero en realidad no lo sé a ciencia cierta. Y no pasa nada, tienes derecho a tu privacidad. Pero no puedes esperar que Charlie adivine lo que piensas. Sí, erais muy amigos de pequeños y aparentemente lo compartíais todo, pero la amistad cuando tienes diez años es mucho más fácil que cuando eres adulto, aunque no lo parezca en ese momento. Si no te gusta que salga y te deje sola en casa, te sugiero que te sientes con él y lo habléis. —Hizo una pausa, como si tratara de encontrar las palabras adecuadas—. Pero también diría que él llevaba su propio negocio desde Oak Tree Cottage mientras tú ibas a la escuela, así que tal vez el pobre esté un poco harto de estar rodeado de las mismas viejas paredes derruidas. No es extraño que salga un par de horas a la semana para despejarse, ahora han cambiado las tornas y eres tú la que pasa todo el día en casa.

Ella tenía razón e hice un gran esfuerzo para no sentirme... frustrada de que él desapareciera. Pero seguía sin poder evitar preguntarme adónde iba y con quién.

Después de una de esas desapariciones de Charlie los jueves por la noche, volvió a Oak Tree Cottage y me encontró mirando con desesperación el saldo del banco en la aplicación de mi teléfono.

—¿En qué estás pensando? Un penique por tus pensamientos —dijo, con la voz alegre de quien ha pasado varias horas divirtiéndose fuera de nuestra obra.

—Sí, por favor, eso ayudaría a aumentar el saldo de mi cuenta y, francamente, en este momento cada moneda cuenta —respondí—. Una vez pagadas todas estas facturas y la fianza de los arreglos de la instalación eléctrica, me quedan exactamente 16,37 libras hasta que cobre la siguiente nómina, momento en el que todo mi sueldo desaparecerá de mi cuenta en menos de veinticuatro horas en más cosas imprescindibles que necesitamos para la reforma. Y eso solo es lo básico. Hay mucho más que hacer. No sé cómo nos las vamos a arreglar.

Como para reflejar la sensación de hundimiento que estaba experimentando, mi teléfono emitió un pitido avisando de que la batería se estaba agotando.

—Son aproximadamente diez libras más de las que yo tengo. El problema de llevar tu propio negocio es que los clientes no siempre son tan proactivos a la hora de pagar las facturas como lo son a la hora de exigir que se haga el trabajo. Ya sabíamos que íbamos a tener que vivir a base de tostadas con alubias durante un tiempo —dijo Charlie—. Encontraremos la manera. Puede que tengamos que optar por una pintura barata en lugar de por la de mejor calidad.

—Ojalá se tratara de cosas tan fáciles como ahorrar en pintura. Pero los problemas son mayores. Piensa en lo que cuesta llenar el depósito de tu coche para llegar a la biblioteca para trabajar. Y el conductor del autobús no me va a llevar gratis al supermercado a hacer la compra semanal. ¿Cómo vamos a cargar nuestros teléfonos hasta que termine la electricista? Ya sabes que los enchufes de este lugar no son de fiar todavía. Y no vuelvas a sugerir eso del cargador solar.

—La tienda *on-line* decía que su funcionamiento estaba garantizado y que era exactamente aquello en lo que todo el mundo debería invertir para estar tranquilo en el clima actual. Cuando los zombis tomen el poder y destruyan los sistemas convencionales, los que tengan sus propias fuentes de energía se reirán.

Sabía que me estaba tomando el pelo, pero yo no estaba de humor para bromas.

—Genial, bueno, entonces estamos salvados —dije—. Esa tienda te vio venir a la legua, Charlie. ¿Por qué gastar un dinero precioso en algo que todavía no funciona bien? Lo mismo podría decirse de la compra de esta casa. —Señalé a mi alrededor el salón vacío.

Aunque habían quitado la decoración psicodélica y retirado la moqueta mugrienta, el entorno no era precisamente acogedor. Con mi colchoneta de *camping* todavía en un rincón de la estancia, desprendía un aire muy chic.

—No puedo evitar ser optimista —tarareó unos compases de «Always Look on the Bright Side of Life». Luego chasqueó los dedos—. Tengo una idea. No sé por qué no se me había ocurrido antes. Cuando era adolescente, solía hacerlo para sacarme un dinero extra.

—No podemos ir por ahí ofreciendo limpiar coches, Charlie. Solo funciona cuando eres un scout y lo haces por caridad. Ya no somos unos niños encantadores. Todo el mundo pensaría que es raro. Además, ¿cómo podría explicárselo al señor Rhys cuando los padres llamen preguntando por qué un miembro del Departamento de Historia está llamando a las puertas ofreciéndose para hacer trabajillos en las vacaciones de verano?

—Eso no, tonta. Hablaba de tocar música en la calle. Ya sabes, tocar la guitarra y cantar un poco para que los transeúntes echen monedas en la funda.

—Vas a sugerirme añadir algunos de tus movimientos de *ballet* —dije, observando atentamente la expresión de Charlie, intentando averiguar si hablaba en serio. Aunque su estrafalario sentido del humor me había ayudado a superar algunos momentos difíciles desde que nos mudamos, mi estado de ansiedad por todo lo que iba mal era tal que empezaba a cansarme—. Y no me llames tonta.

—Lo siento, claro que no eres tonta, porque bailar es una idea excelente —dijo.

Me hizo una reverencia y me tendió la mano.

Cuando se dio cuenta de que yo no iba a seguirle la broma, se acercó con los ojos brillantes de diversión y me rodeó la cintura con el brazo, y empezamos a bailar suavemente un vals. Me hizo girar por la habitación, esquivando de forma hábil las zonas poco firmes del suelo y tarareando una melodía para acompañarnos. Al principio era la típica broma divertida de Charlie, pero luego algo cambió. Su acompañamiento musical se hizo más suave y tuve que acercarme más a él para oírlo. El baile evolucionó hasta convertirse en un lento arrastrar de pies en el mismo sitio, con la calidez de su aliento haciéndome cosquillas en el cuello mientras se inclinaba hacia mí. El siguiente paso natural hubiera sido que yo apoyara la cabeza en su hombro y que su mano descansara en la parte baja de mi espalda mientras nos balanceábamos, y durante un breve instante me pregunté qué sentiría si hiciéramos exactamente eso, acercándonos aún más para que no hubiera ni un milímetro de espacio entre nosotros, nuestros cuerpos curvándose juntos. Entonces una tabla del suelo crujió bajo nuestros pies, el sonido fue tan brusco e inesperado que me devolvió la cordura. Negué con la cabeza y me separé de lo que casi se había convertido en un abrazo.

—No se me da bien bailar —dije, me aparté de él y me cepillé la ropa, como si de repente me hubiera propuesto intentar quitarme la suciedad que siempre había allí, avergonzada por aquel pensamiento.

—No estoy de acuerdo —dijo Charlie. Sentí que su mirada se clavaba en mí. En el silencio que siguió, me pregunté qué estaría pasando por su cabeza, si sus pensamientos iban en la misma extraña dirección que los míos. Luego se aclaró la garganta—. No me vas a distraer tan fácilmente. Si yo bailo, toco la guitarra y canto, ¿qué vas a aportar tú al espectáculo callejero?

Hice una mueca, luchando por abrirme camino en aquel

confuso campo de minas en que se estaba convirtiendo la conversación.

—Si no me gustaba lavar coches por si los padres me pillaban haciéndolo —respondí—, desde luego no vas a convencerme de que haga el ridículo actuando por el centro de la ciudad por unas monedas sueltas que no servirán para nada en nuestro fondo de la reforma. De ninguna manera. Tengo cero talento musical y odio ser el centro de atención.

—No debería importarte tanto lo que los desconocidos piensen de ti. Creí que ahora, que ya eres una profesora adulta, con todo lo que ello conlleva, se te habría pasado —dijo Charlie, con un tono ligero que contradecía el escrutinio al que me estaba sometiendo.

—Creíste mal —contesté, fingiendo estar completamente concentrada en mi teléfono moribundo para poder escapar de la mirada demasiado sagaz que me dirigía.

—¡Qué pena! —exclamó—. Deberías dejarte llevar y divertirte.

Su comentario casual me tocó la fibra sensible, y su insinuación implícita de que yo era una estirada y una sosa me hizo defenderme.

—¿Es eso lo que haces los jueves y domingos, cuando te largas y me dejas a mí el trabajo? Desgraciadamente, alguien aquí tiene que poner de su parte y demostrar un poco de responsabilidad y sentido común.

En mi cabeza empezó como un argumento razonable, pero cuando salió de mi boca yo sonaba molesta y enfadada. Al instante me arrepentí de haberlo dicho, pues me di cuenta de que estaba buscando pelea deliberadamente, aunque al mismo tiempo estaba desesperada por saber por qué seguía desapareciendo y también frustrada porque él me estaba dejando de lado.

La expresión normalmente abierta y fácil de leer de Charlie desapareció de repente.

—Lamento que te sientas así. Prefiero no decir lo que estoy haciendo en este momento, si no te importa —respondió con cautela, lo cual, por supuesto, era lo único que aumentaba aún más mi curiosidad.

—Olvida que te lo he preguntado —dije poniéndome en pie y dándole la espalda—. No es asunto mío.

—En teoría, eso es verdad —aceptó Charlie en voz baja, con un tono de voz muy razonable, lo que me irritó aún más.

—Por supuesto. No te preocupes por mí. Ha sido una conversación fructífera. Voy a lijar el suelo de mi habitación —dije, tratando de fingir que todo era normal.

—Freya, siento que está pasando algo más aquí. No soporto verte disgustada. Hablemos de ello, por favor —pidió Charlie—. Recuerda «Las Normas». —Lo dijo en tono desenfadado, pero fue la mención de «Las Normas» lo que me obligó a centrarme.

Se refería a la norma sobre la comunicación abierta, pero yo estaba pensando en otra. En concreto, la norma 18c: «No involucrarse». Porque, a pesar de mis mejores intenciones, me estaba involucrando. No de forma sentimental, obviamente, me dije, apartando de mi mente el recuerdo de aquella fugaz intimidad mientras bailábamos.

Pero ¿no podría aplicarse igualmente a involucrarse en la vida del otro y sentirse con derecho a opinar sobre lo que cada uno hacía o dejaba de hacer en su tiempo libre? En tal caso, yo había estado a punto de romper dicha norma. Me obligué a sonreír y me dije a mí misma que debía acabar con el resentimiento que aún me quemaba en el fondo de la mente.

—Por supuesto. Lo siento mucho, Charlie. Lo que haces en tu tiempo libre te incumbe solo a ti. Espero que te estés divirtiendo. Ahora, si me disculpas, ese suelo no se va a lijar solo.

—Freya, por favor —llamó Charlie, pero yo fingí no oírle.

Lijar el suelo era un ejercicio inútil porque lo haría a mano, ya que aún no habíamos conseguido una lijadora eléctrica. Pero me vendría bien concentrarme en una tarea físicamente dolorosa y que adormecía la mente. Me di cuenta de que acababa de cruzar una línea en mi relación con Charlie y no estaba segura de lo que ello significaba.

17

Hice todo lo posible por evitar a Charlie al día siguiente y continué con la infructuosa tarea de intentar quitar todo el barniz de las tablas del suelo de mi dormitorio con la puerta firmemente cerrada. Sabía que eso solo alimentaba mi frustración ante su misterioso comportamiento y mi propia respuesta confusa, pero quizá era mejor no permitirme analizarlo más a fondo.

Mientras trabajaba, intenté ignorar el ruido que hacía Charlie traqueteando en otra parte de la casa. Solía hacer mucho ruido, por insignificante que fuera la tarea en la que estaba inmerso. Era una de las cosas que echaba de menos cuando él empezó a salir; sin embargo, hoy, en lugar de reconfortarme, su presencia me parecía más marcada, como si lo hiciera aposta para demostrarme lo equivocada que estaba yo al sugerir que él no estaba dando la talla. Puse música para intentar tapar el ruido y, cuando llamó a mi puerta a la hora de comer, fingí no oírlo.

Por la tarde, el ruido cesó y supuse que había vuelto a salir. Aprovechando la oportunidad para aventurarme a salir de mi habitación en busca de una taza de té, para mi sorpresa me encontré a Charlie al pie de las escaleras esperándome con una mochila y mis botas de senderismo.

—Sabía que acabarías apareciendo —dijo con una nota de triunfo en la voz.

—¿Intentas tenderme una emboscada? —pregunté, avergonzada de que me llamaran la atención por esconderme.

—Sí —admitió libremente—. Me preguntaba si ya te habías cansado de lijar y te apetecía salir a dar un paseo. Hace un día demasiado bonito para quedarse encerrado. Y, antes de que digas que no puedes permitirte salir a divertirte, conseguiremos sacar tiempo. —Actuaba como si no hubiera pasado nada, como si no hubiéramos estado a punto de tener una discusión.

—Haces que parezca muy aburrida —dije, dolida de nuevo—. No quiero ser aguafiestas. Es que las vacaciones escolares duran muy poco. Antes de que nos demos cuenta, será otoño, se hará más pronto de noche, yo volveré al trabajo y la casa seguirá en tal estado que los dos... —Mi voz se entrecortó cuando Charlie insistió en tenderme las botas con una exasperante sonrisa en la cara—. Vas a decirme que me relaje y que no me preocupe tanto, ¿a que sí?

—Sí —respondió—. Pero me alegro de que lo digas tú. Y no tienes nada de aburrida. Mira, si de verdad prefieres quedarte aquí y seguir trabajando, no voy a entrometerme y trabajaré contigo. Pero, si te apetece un descanso, te ofrezco mis servicios como chófer para llevarte adonde quieras. Sé que me resulta mucho más fácil salir porque tengo coche, pero espero que sepas que siempre estoy dispuesto a llevarte. Si no he sido lo bastante claro, te pido disculpas.

Observé los montones de escombros y basura que nos rodeaban, y una vez más experimenté la sacudida de pánico que parecía apoderarse de mí cada vez que pensaba demasiado en la cantidad de trabajo que teníamos que hacer. Entonces me dije a mí misma que siguiera el ejemplo de Charlie y que, por una vez, no fuera tan dura conmigo misma. Me había quejado de que él desapareciera todo el tiempo. Al menos debería darle la oportunidad de intentar compensarme.

Tal vez un cambio de escenario fuese agradable.

—Bien, trato hecho. Pero solo si pasamos a recoger a Ted. Ha sido difícil mantener mi turno en la rotación de paseos desde que terminó el trimestre. Probablemente le vendría bien una salida como Dios manda.

—Vamos —dijo Charlie. Hizo ademán de arrojarme las

botas, pero en lugar de eso se puso a hacer malabarismos con ellas.

—Dámelas —dije, y le arrebaté suavemente una de ellas del aire mientras él se reía entre dientes.

Ted nos saludó en casa del abuelo dando vueltas de alegría en el sitio tan rápido que aterrizó de espaldas.

—Cuidado, Ted, te agotarás antes de tu P-A-S-E-O —dijo el abuelo, deletreando cuidadosamente la palabra en un intento inútil de no excitarlo más—. Freya, cariño, pareces agotada, si no te importa que lo diga. Te hará bien salir a tomar el aire. —Me apretó el brazo—. Espero que todo este trabajo de construcción no te esté cansando demasiado. Y, Charlie, ¿cómo te va con el...?

—Todo va bien, gracias —dijo Charlie, contestando antes de que el abuelo hubiera terminado la pregunta.

Me pareció captar que los dos intercambiaban una mirada, pero antes de que pudiera preguntar de qué hablaban, Ted me distrajo depositando una pelota a mis pies para que se la lanzara y, para cuando hice los honores, la conversación había acabado.

—¿Seguro que no quieres venir con nosotros? Podríamos ir al parque —sugerí, tratando de pensar en el destino más accesible para mi abuelo sin que se notara demasiado.

Por supuesto, no tenía sentido intentar sonsacarle nada.

—Solo os estorbaría, jóvenes; además, he planeado pasar la tarde haciendo un crucigrama. Id y divertíos, y aseguraos de que Ted no os agote.

Sin necesidad de hablarlo, nos dirigimos hacia los páramos, yo orientando mientras Ted dejaba escapar de vez en cuando algún gemido de apoyo desde el maletero, donde le metimos para que viajara a salvo, detrás de la protección para perros.

—Hacía tiempo que no venía por aquí —dijo Charlie, mientras parábamos en un pequeño aparcamiento al pie de

Sutton Bank, en el parque nacional—. Deben de haber repintado el caballo recientemente. Estoy seguro de que no estaba tan blanco la última vez que vine aquí a caminar. —Señaló la enorme silueta que excavaron en la ladera en la época victoriana—. Cuando viajaba y me sentía muy nostálgico y solo, siempre solía imaginarme este paseo y me sentía mejor.

Miré a Charlie. Siempre parecía tan seguro de sí mismo que resultaba difícil imaginarlo añorando su hogar. Pero, por otra parte, supuse que el hecho de que admitiera que tenía momentos de bajón era otra muestra de esa confianza en sí mismo. Era una cualidad suya que yo admiraba y envidiaba a la vez.

—El señor Rhys siempre se empeña en decirles a los niños que fueron un maestro de escuela y sus alumnos los que siluetearon originalmente el caballo. Temo que me mande hacer algo parecido. No es que haya ninguna colina adecuada cerca de la escuela, pero ese sería exactamente el tipo de «pequeño proyecto» que él sugeriría con el pretexto de promocionar mi ascenso.

—¿De promocionar tu ascenso? —preguntó Charlie con tranquilidad mientras terminaba de atarse los cordones y esperaba a que yo comprobara que el arnés de Ted estaba bien puesto.

—Oh, no es nada —le dije—. ¿Quieres subir la colina o quieres ir por el sendero que cruza el bosque?

—Por el sendero del bosque, sin dudarlo. Aunque protestaré en voz alta si dejas que Ted haga todo el trabajo duro arrastrándote por la pendiente.

Me reí, y empecé a sentirme más relajada a medida que el cambio de entorno hacía efecto en mí.

—Puedes llevarlo tú, aunque te advierto que acabarás con un brazo más largo que el otro para cuando lleguemos arriba. Aunque solo sea un perro pequeño, es decidido cuando quiere.

Le cedí la correa de Ted y este se puso en marcha con entusiasmo, y Charlie casi sale volando. Nos adentramos en el bosque, afortunadamente a un ritmo más lento, ya que Ted hacía frecuentes paradas para olfatear todos los olores interesantes. Aunque le atraían más el barro y los ocasionales excrementos de conejo, al menos nos dio a Charlie y a mí tiempo para disfrutar del dulce aroma de la madreselva, que se abría paso entre la maleza. Era bueno alejarse de la casa y, aunque estábamos rodeados de árboles, el suave susurro de sus hojas moviéndose con la brisa ayudaba a crear una sensación de espacio y paz que aliviaba la claustrofobia que yo había empezado a sentir al estar atrapada por todo el trabajo de la reforma de Oak Tree Cottage.

Charlie esperó a que llegáramos a la cima de la escarpa y nos detuviéramos a admirar las vistas (es decir, a que nos tomáramos un respiro) para volver a preguntarme:

—¿De qué va eso de promocionar tu ascenso?

Observé cómo un planeador del club de vuelo que había cerca se elevaba silenciosamente sobre mi cabeza. La vista desde la cabina sería incluso mejor que la nuestra, aunque no creía que tuviera el valor suficiente para subirme a uno y depositar toda mi confianza en el movimiento del aire sin la red de seguridad de un motor. ¿Debía responder a la pregunta de Charlie? Ni siquiera se lo había comentado a Leila. No me atrevía a decir las palabras en voz alta por si los demás confirmaban mi temor secreto de que el puesto me quedaba muy grande. Sin embargo, a pesar de lo exasperante que era en algunos momentos, Charlie sabía escuchar y estaría encantado de servir de caja de resonancia.

—El señor Rhys me ha dicho en confianza que va a jubilarse a finales del año que viene. Me ha sugerido que me presente para sustituirle.

—¡Freya, es una noticia fantástica! —exclamó Charlie, y lo dijo como si yo ya hubiera conseguido el puesto.

—Solo me lo ha dicho porque conmigo la escuela se ahorraría dinero —le respondí, explicándole toda la conversación que mi jefe había mantenido conmigo.

—Tonterías —replicó Charlie—. Para empezar, harías tu trabajo de forma increíble en ese puesto. Nunca he conocido a nadie a quien le entusiasme tanto lo que hace, y además soy testigo de que trabajas a todas horas para asegurarte de que tus alumnos reciben la mejor educación. Y, si me permites abordar la idea francamente ridícula de que solo te presiona para que lo hagas por el beneficio económico de la escuela, piénsalo con lógica. Se va a jubilar. ¿Por qué iba a importarle cuánto dinero se gaste o deje de gastar la escuela en personal? Se supone que recibirá su pensión sin problema. No te menosprecies. —Su súplica fue tan sincera que me encontré asintiendo con la cabeza en reconocimiento de que tenía razón—. Lo harás, ¿verdad? —me preguntó, como si fuera lo más fácil del mundo.

Sentí un cálido resplandor de felicidad ante su confianza en mí.

—No es tan fácil. Quiero decir, por supuesto que es el puesto de mis sueños. Siempre he tenido la esperanza de llegar ahí algún día. Quizá no en esta etapa de mi vida. Me ha llegado en un mal momento, la verdad. Hay que pensar en la casa. No estoy segura de poder prestar a la solicitud la atención que merece y necesita, además de hacer malabarismos con todo el trabajo de la reforma. Oak Tree Cottage tiene que ser mi prioridad. Ese fue el trato que hicimos. Lo haremos lo más rápido posible y con el más alto grado de eficacia que esté a nuestro alcance para poder venderla y encontrar nuestra propia vivienda cada uno de los dos. Eso es lo que queremos tanto tú como yo.

Sentí una punzada de incertidumbre al pronunciar esas palabras.

¿Seguían siendo ciertas? ¿O había empezado a acostumbrarme tanto a estar en Oak Tree Cottage jugando a las casitas con Charlie que una parte de mí quería continuar?

Charlie se agachó para rascarle la cabeza a Ted. Me dio la impresión de que pensaba con detenimiento antes de responderme.

—Debes hacer lo que creas que es mejor para ti —dijo finalmente—. Pero no te apresures a tomar decisiones de las que luego te puedas arrepentir. Recuerda qué se siente al dar este paseo. El camino a través del bosque es duro, pero luego llegas a la cima y puedes ver la panorámica completa con las impresionantes vistas, y eso hace que el esfuerzo previo merezca la pena.

Pensé en las palabras de Charlie durante todo el camino de regreso a Oak Tree Cottage. Y entonces empecé a preguntarme cuándo había empezado a considerar Oak Tree Cottage como «mi casa» y no como un mero proyecto. Porque, a pesar de todas sus peculiaridades y frustraciones, allí me sentía como en casa. Decidí que probablemente era mejor ignorar la molesta voz del fondo de mi cabeza que se preguntaba si se podría adoptar un punto de vista similar sobre mi relación con Charlie. Era más seguro no entrar en un asunto de ese tipo.

18

—Hola —saludé a la mujer menuda que estaba en la puerta.

La sorpresa en mi voz y la expresión de asombro que sabía que tenía mi cara se debía sobre todo a que ni siquiera me había enterado de que teníamos timbre, y mucho menos de que funcionaba. Charlie había debido de arreglarlo, una tarea tachada en una de las listas que había empezado a hacer con regularidad, bromeando con que mis dotes organizativas se le estaban pegando.

—¿En qué puedo ayudarla? —le pregunté, dando por sentado que se había equivocado de camino y pretendía visitar a nuestros vecinos, que vivían en un entorno mucho más civilizado.

—Gracias, Freya, ya me encargo yo —dijo Charlie, pasando junto a mí, y dejó entrar a la mujer.

Cuando entró, por un instante me dio la impresión de que la conocía. Si no me equivocaba, se trataba de la misteriosa mujer que trajo a casa a Charlie la semana anterior. Até cabos. ¿Me iba a presentar a la señorita Jueves Noche? Y, si era así, ¿por qué no me había avisado Charlie de que iba a venir? Me sentía en clara desventaja, al saludar a alguien tan bien vestida y elegante, con sus impecables zapatillas de deporte blancas y su inmaculado mono, y, en cambio, yo parecía llevar un mes sin cambiarme de ropa. A su lado, me sentía como un gigante torpe y mugriento.

—¿No vas a presentarme a tu amiga? —pregunté, sobre todo porque me daba la clara impresión de que él no tenía esa intención. No pude evitar sentirme bastante incómoda.

—Esta es Serena. Es una... compañera de trabajo —dijo

Charlie con un tono de voz tan falso que enseguida me di cuenta de que era cualquier cosa menos eso.

Me sentí dolida porque, aunque le había confiado mi secreto durante el paseo, él no se sinceraba conmigo.

La mujer me tendió la mano y me la estrechó, aparentemente sin importarle que yo tuviera las palmas cubiertas de restos de pintura. Sin embargo, antes de que ella pudiera darse a conocer mejor, Charlie se interpuso entre nosotras y prácticamente la empujó hacia el comedor, alejándola de mí, a todas luces desesperado por evitar que continuara la conversación. O tal vez solo estaba desesperado por estar a solas con ella.

—Hola, Serena, encantada de conocerte —le dije a la figura que se marchaba.

Volvió la vista hacia mí y sonrió un instante antes de que Charlie la sacara de la habitación. Me quedé en el salón preguntándome qué debía hacer ahora. ¿Seguir con la reforma mientras Charlie disfrutaba de una tarde acogedora con la encantadora Serena? Es decir, por supuesto que él tenía derecho a traer a una invitada a su propia casa. Aunque habría estado bien que me hubiera avisado. De ese modo podría haberme esfumado o tal vez haber llamado a algún amigo para que viniera a hacerme compañía. Me dije que la falta de consideración era la única razón por la que me sentía irritada de una forma tan irracional.

Entré en el comedor a grandes zancadas, y, una vez dentro, me pregunté si no debería haber llamado antes a la puerta. Charlie se alejó de un salto de Serena. Solo vi un momento que estaban junto a la ventana, con las cabezas muy juntas, y me dio la impresión de que hablaban, o tal vez hacían otra cosa.

—Siento interrumpir —dije.

—No interrumpes nada —dijo Serena con su suave acento escocés, y se recogió el pelo detrás de las orejas de una forma que me hizo sentir aún más caótica y desordenada.

Charlie, por su parte, parecía muy avergonzado e incómodo.

—¿Qué pasa, Freya? —preguntó él, desesperado por que yo saliera de la habitación.

Siguió mirando nervioso a Serena y luego hacia la puerta, con un lenguaje corporal inusualmente extraño e incómodo con mi presencia. Sentí una punzada de dolor ante aquella nueva actitud embarazosa hacia mí.

No estoy orgullosa de lo que hice a continuación, pero había algo en su afán por que me quitara de en medio que me llevó a decidir perversamente hacer justo lo contrario. Me acerqué a la ventana, donde estaban los dos juntos, y fingí disfrutar de la vista.

—Me encanta cómo entra la luz del sol en la estancia a esta hora del día. ¿Qué te parece, Serena?

Para ser justos con ella, no parecía sorprendida de que se le dedicara una charla al azar sobre la luz del sol.

—En verdad es una hermosa vista —dijo—. En mi... —Pero, antes de que pudiera terminar la frase, Charlie se puso a mi lado.

—Lo siento, Freya, pero ¿qué quieres? —dijo, hablando bruscamente por encima de Serena.

—Charlie, no seas maleducado. Deja que la pobre mujer termine lo que iba a decir —le respondí.

Capté la expresión de advertencia con la que él miró a Serena, lo que hizo que yo sintiera aún más curiosidad por lo que estaba pasando.

—No te preocupes, no era nada importante —dijo Serena, y, en respuesta a la mirada de advertencia de Charlie, asintió levemente con la cabeza. ¿Qué era aquello en lo que lo reafirmaba?

—Freya, ¿qué quieres? —volvió a preguntar Charlie.

—Me preguntaba si querríais tomar algo. ¿Quizá un zumo de naranja o algo así? Aún tenemos que tener cuidado con la electricidad, Serena; de no ser por ello, te ofrecería una taza de té. Me temo que por aquí todo son veladas a la luz de las velas hasta que terminemos de recablear.

—Veladas a la luz de las velas, qué romántico —dijo Serena.

—La verdad es que no —dije al ver la expresión pétrea de Charlie.

—Creo que estamos bien sin bebidas, gracias por el ofrecimiento, Freya —dijo—. No te ocupamos más tiempo.

Fingí no oírle y me acerqué a examinar el aparador que estaba encajonado en la puerta que separaba la cocina del comedor.

—Tenemos que arreglar esto pronto. No es lo normal tener que atravesar un armario para entrar en una habitación, ¿no te parece, Serena?

—Freya —siseó Charlie—. ¿Te importa?

—Lo siento, no me di cuenta de que estaba molestando —dije. Sin embargo, en mi fuero interno, me di cuenta, y me sentí un poco culpable por ello, de que eso era exactamente lo que había hecho a sabiendas—. No te preocupes, trabajaré sin estorbar.

—¿Te importaría dejarnos un poco de intimidad? —preguntó Charlie, optando al fin por la vía directa.

No podía dejar más claro que mi presencia no era bien recibida. De repente todo se volvió aún más incómodo, y me sentí infantil por el tonto juego al que había estado jugando.

—Lo siento, os dejo con lo que estabais —me disculpé a toda prisa, y casi salí corriendo de la habitación, con la cara encendida por la vergüenza.

Me confundió mi propia actitud. ¿Por qué monté semejante numerito porque Charlie invitase a una chica a casa cuando él tenía todo el derecho del mundo a hacer lo que quisiera? Me di cuenta de que, por la forma en que actué, debí de parecer rara o, peor aún, celosa. Yo no era así, ¿verdad? ¿Acaso me había acostumbrado tanto a la forma en que habíamos evolucionado Hutch y Humph, el Dúo Terrible, Freya y Charlie, compañeros de casa... en propiedad, que tenía miedo de lo que pudiera pasar cuando él lo superara?

No quise examinar ese pensamiento detenidamente. Me puse los auriculares y subí el volumen para no oír nada de lo que ocurría en el comedor, aunque Charlie y Serena no podrían escapar a la banda sonora del bricolaje que luego pasé a realizar. Pero ¿qué esperaban si habían elegido acurrucarse juntos en medio de una obra? Me pasé el resto de la tarde desmontando los armarios de contrachapado de la cocina, separando los marcos y descargando mi frustración conmigo misma golpeando las planchas de madera más largas hasta que se acabaron de romper.

Cuando por fin el estómago me dijo que era hora de cenar, decidí que también era el momento de ser mejor persona y disculparme con Charlie por mi extraño comportamiento de antes, avergonzada por haberme portado de aquella manera. En el umbral del comedor empecé a dudar de cómo lo haría y me puse a ensayar lo que diría. Llamé con fuerza y esperé, dándoles tiempo de sobra. Al no obtener respuesta, volví a llamar y, finalmente, empujé la puerta y entré. Había algo diferente en la habitación, algo que no podía identificar, y no solo porque no hubiera rastro de ninguno de los dos. Me apresuré a acercarme a la ventana y vi que el Land Rover de Charlie y el elegante vehículo de Serena habían desaparecido. Volví a sentirme dolida. Normalmente, cuando Charlie salía, me decía que se iba, no porque tuviera que hacerlo, sino porque quería. Estaba claro que las cosas estaban cambiando, y no me gustaba.

No sabía a qué hora volvió después de la visita de Serena, si fue más tarde esa misma noche o tal vez ni siquiera hasta la mañana siguiente, porque una vez más me puse los auriculares y seguí escuchando música en la cama hasta que al final me dormí y tuve extraños sueños estresantes. Pero sí sabía que, después de aquella visita, las cosas habían cambiado entre nosotros.

Me encontraba dándole vueltas a cada comentario, preocupada por si exponía sin querer algo de lo que ni yo misma estaba segura. Me daba cuenta de que estaba comportándome de forma fría y distante, pero no sabía cómo parar. Echaba de menos la diversión relajada que solíamos tener Charlie y yo, la forma en que nos tomábamos el pelo y nos reíamos. Ahora, en las raras ocasiones en que intentaba bromear con Charlie, me salía mal, como si me estuviera riendo de él, a lo que él reaccionaba volviéndose cuidadoso conmigo, casi distante. Era como vivir con un desconocido. Pese a que la casa se estaba volviendo poco a poco más habitable, me sentía más incómoda que cuando nos mudamos. Quería que las cosas volvieran a ser como antes.

La situación empeoró tanto que me ofrecí voluntaria para ayudar a Leila en el club de vacaciones del colegio, con tal de pasar unas horas fuera de casa. Resultó ser una buena escapada. Pasamos mucho tiempo cerca de los cobertizos para bicicletas, en teoría para atrapar a los participantes del club de vacaciones que planeaban esconderse allí y hacer de las suyas, pero en realidad porque era el lugar con más intimidad del recinto.

—¿Cómo es la vida en la casa de la risa? —preguntó Leila, y abrió un paquete de patatas fritas, preparándose para un buen cotilleo.

Ella siempre pensaba que no podía comer comida basura delante de los alumnos porque tenía que mantener la ilusión del profesor de educación física sano y en forma cuyo cuerpo era un templo.

Me incliné y cogí un par mientras pensaba en mi respuesta.

—Bien —dije, aunque sabía que no había mucha convicción detrás de mis palabras. Leila enarcó una ceja—. Vale, quizá no vaya bien del todo. Es... diferente. No sé cómo explicarlo. En lugar de avanzar y estar relajados el uno con el otro, estamos siendo muy educados.

—Educados. Suena ideal. Mejor que matarse el uno al otro, que, como recordarás, es uno de los dos grandes peligros de los que te advertí antes de que te embarcaras en esta tontería de comprar una casa. Y, recuérdame, ¿por qué eso no es bueno? —preguntó Leila con un tono de voz que sugería que tenía un montón de ideas sobre cuál era la respuesta en realidad.

—Porque es muy extraño. Poco natural. Charlie y yo nunca hemos sido educados el uno con el otro porque somos viejos amigos. Viejos amigos que no necesitan preocuparse por eludir temas importantes, que pueden reír y bromear y decir lo que se les ocurra sin preocuparse por lo que piense el otro, porque sabemos que es bastante probable que pensemos lo mismo. No digo que seamos maleducados, no me malinterpretes. Pero estamos a gusto, relajados en compañía del otro. O, al menos, lo estábamos. Ahora me preocupa que cualquier cosa que diga se entienda al revés, y Charlie se comporta como si yo fuera un cliente con el que tiene que ser escrupulosamente formal. Es extraño. Y todavía no entiendo muy bien por qué han cambiado las cosas.

Eso último era mentira. Porque tenía una idea bastante clara de que yo era la razón por la que las cosas eran tan diferentes entre nosotros.

—Pero la formalidad educada es mejor que gritarse y pelearse todo el tiempo —dijo Leila.

Arrastré el talón en la tierra, dibujando una serie de líneas tambaleantes mientras me pensaba qué responder.

—Desde luego gritarnos sería horrible. Pero esta frialdad en nuestra comunicación no es propia de nosotros. Es como si fuéramos desconocidos. Solo que es peor que eso porque me acuerdo de cómo eran las cosas antes. Es como si volviera a compartir casa, tal y como están las cosas ahora.

Leila se zampó otro puñado de patatas fritas antes de contestar. Cuando lo hizo, habría preferido que hubiera seguido comiendo.

—Pero, en resumidas cuentas, ¿lo vuestro no es justo una casa compartida? Sí, tenéis una historia de amistad, y vivir juntos mientras hacéis la reforma crea un ambiente más intenso, pero al final os habéis juntado para comprar una casa por razones puramente prácticas y económicas. En esencia, fue una fría decisión de negocios. No importa cómo os comportéis el uno con el otro mientras, eso no va a cambiar el resultado, esto es, que vais a vender la casa, con suerte obtendréis un buen beneficio cada uno, y luego cada uno por su lado, a vivir su propia vida, y tal vez volváis gradualmente al estado de vuestra amistad antes de encontraros en el *pub*. Que era de más o menos el de conocidos. A menos que... —Leila me miró con su severa mirada de profesora—. A no ser que haya algo más en tu cabeza que no me hayas confesado.

—¿Qué quieres decir? No se me pasa nada más por la cabeza, absolutamente nada —dije, dándome cuenta de que protestaba demasiado por lo que ella estaba insinuando, pero sin poder evitarlo—. Solo estoy frustrada por la situación y me pregunto cómo resolverla. Pero tienes toda la razón. El estado de nuestra relación no importa en absoluto. Lo que importa es que terminemos la reforma y sigamos adelante con nuestras vidas.

—Sí, en efecto —dijo Leila—, y dilo una vez más, pero esta vez con convicción. Me parece interesante que hayas dicho «relación» en lugar de «amistad», por cierto. Freud se lo pasaría en grande. —Le lancé una mirada de advertencia—. Vale, vale, todavía no estás preparada para hablar de ello —dijo, levantando las manos en señal de rendición—. Pero, cuando te apetezca compartirlo con Tita Leila, recuerda que estoy a tu entera disposición, tanto de día como de noche.

19

Para demostrarle a Leila que no me estaba convirtiendo en una persona que se pasaba todo el tiempo haciendo arreglos y analizando en exceso la situación con mi compañero de casa, acepté su invitación de salir a tomar unas copas después de que terminara nuestro turno en el club de vacaciones. Supe que había sido un error en cuanto entramos en The Taps y ella se volvió hacia mí con una falsa expresión de ojos llorosos y me preguntó si debían colgar una placa para conmemorar que era el lugar donde Charlie y yo nos habíamos vuelto a encontrar. Me di cuenta de que protestar solo iba a aumentar las burlas, así que cambié de táctica y pasé a ignorarla por completo, lo que en realidad significó que ella se complació aún más.

Por suerte, Nim apareció poco después y consiguió distraerla para que dejara de atormentarme, mientras yo disfrutaba de la novedad de encontrarme en un entorno civilizado en el que podía caminar sobre una superficie enmoquetada y no tener que respirar nubes de polvo. Reformar la casa era como vivir en una burbuja, todo dentro de ella se amplificaba hasta alcanzar una enorme importancia, y ello hacía que me olvidara de que había un mundo real fuera donde la vida de la mayoría de la gente seguía su curso habitual. Quizá Charlie hacía bien en salir un par de veces a la semana. Tal vez yo debería hacer lo mismo. De ese modo podría mantener la perspectiva, tanto del estado de la casa como del de mi relación con la persona con la que la compartía. Descarté ese pensamiento, aún poco dispuesta a examinar más de cerca mis sentimientos hacia Charlie. En su lugar, me dediqué a socializar, disfrutando de la novedad de salir. Y aunque solo bebí una copa en toda la velada, cuando llegaron los últimos pedidos me encontré con que quería volver a la incomodidad —tanto atmosférica como física— de Oak Tree Cottage.

—¿Estás segura de que no quieres venir a dormir en mi sofá y descansar un poco de la obra? —me preguntó Leila, mientras Nim y ella esperaban conmigo en la parada del autobús de vuelta al pueblo.

—Gracias, pero no quiero molestar. He hecho mi cama de acampada y me tumbaré en ella, por incómoda que sea.

—Sabes que no tienes por qué darle tantas vueltas y cuestionarte lo que está pasando —dijo Leila—. Antes te he tomado el pelo, pero ahora te voy a hablar en serio. Creo que deberías hablar con Charlie sobre lo que te pasa por la cabeza. —Levantó la mano para detener la interrupción que yo iba a hacer—. Sí, sé que no sabes cómo te sientes ni qué está pasando. Pero él no es tonto. Si crees que vuestra relación ha cambiado, él también lo habrá notado y probablemente agradecerá la oportunidad de aclarar las cosas. Es mejor hablarlo que vivir en la incertidumbre. Es solo mi opinión, claro. —En ese momento llegó el autobús, lo que me impidió contestarle. Pero, cuando se despidió de mí con un abrazo, me susurró al oído—: Buena suerte.

Me quedé diciendo adiós con la mano alegremente a Leila y a Nim hasta que se perdieron de vista, luego me pasé el viaje de vuelta a Oak Tree Cottage luchando con los confusos pensamientos que zumbaban dentro de mi cabeza. Me puse nerviosa cuando el autobús me dejó en el pueblo, aún preguntándome si me atrevería a seguir el consejo de Leila. Y, cuando por fin bajé por el camino y entré en la casa, me dije que me sentía aliviada porque, aunque el coche de Charlie estaba aparcado en la entrada, no se le veía por ninguna parte. Cualquier conversación que tuviera que mantener con él podría esperar hasta el día siguiente. Antes de acobardarme del todo, garabateé deprisa una nota en la que le pedía hablar y la dejé en la cocina, junto a su taza de café. A la luz del día decidiría hasta dónde llegaría la conversación.

Me desperté sobresaltada, con el corazón latiéndome con fuerza. Por suerte, esta vez no me despertó, cuando yo dormía profundamente, nadie que se moviera con sigilo por mi habitación, sino que fue otra cosa lo que me sacó de mis sueños, algo posiblemente igual de preocupante. Mi teléfono zumbaba con insistencia. Lo había puesto en modo «No molestar» antes de irme a dormir, así que, para que ahora estuviera zumbando, la persona al otro lado de la línea debía de haber llamado varias veces para anularlo. Me revolví a oscuras, tratando de ver dónde estaba sin levantarme, ya que aún estaba medio dormida. Debía de ser de madrugada. Y con eso mi mal presentimiento se hizo más fuerte. Una llamada a esas horas nunca era buena.

De algún modo, me las arreglé para responder a la llamada, todavía luchando por apoyarme en mi colchón de campamento, que estaba un poco desinflado, y orientarme.

—Freya, lo importante es que no cunda el pánico —dijo mi madre, pero lo que dijo y cómo lo dijo tuvo en mí el efecto contrario.

En un instante, me incorporé como un rayo y quedé tan despierta como si no me hubiera llegado a dormir.

—¿Qué ha pasado? ¿Estás bien? ¿Papá está bien?

—Los dos estamos bien. Es tu abuelo.

Un miedo helado se apoderó de mis entrañas. El abuelo Arthur, no, mi dulce y encantador abuelo no.

—No ha muerto, ¿verdad? —pregunté vacilante, la palabra «muerto» salió en un susurro.

De inmediato deseé no haberla pronunciado, como si fuera a hacerse realidad por expresarla en voz alta.

—No, no ha muerto —respondió mamá, y puso la voz directa, amable pero firme, que solía utilizar en las situaciones más graves—. Pero no está bien. Ayer por la mañana se cayó y, en lugar de usar la alarma para pedir ayuda, pensó que podría levantarse solo y que nadie se daría cuenta. De hecho, tengo la horrible sensación de que ni siquiera llevaba puesta su alarma personal, y desde luego no tenía el móvil encima. Pasó la mayor parte del día en el suelo y no lo encontraron hasta que llegó un paquete por la tarde. El repartidor dijo que le preocupó la forma en que Ted le ladraba, porque normalmente no solía ladrar.

—Oh, pobre abuelo, ¿ni siquiera podía alcanzar el teléfono? Qué miedo habrá pasado. Gracias a Dios que Ted ladró.

Me imaginé la escena: el abuelo Arthur tirado en el suelo y dolorido, dividido entre el deseo de que alguien lo encontrara y el anhelo de que no lo descubrieran para que nadie se enterara de que había estado tan desamparado.

—Ya sabes cómo es, terco como una mula. Y, cuando se dio cuenta de que estaba en serios apuros, no había nadie a quien llamar. Ni siquiera estoy segura de que hiciera ruido cuando llegó el repartidor. El hombre merece una medalla porque trató de entrar en la casa. Encima, resultó ser una rara ocasión en la que tu abuelo había cerrado con llave la puerta de casa, así que se retrasó bastante la ayuda porque el equipo de la ambulancia tuvo que esperar a que la policía forzara la puerta para entrar. Y luego tardaron un poco en avisarnos a nosotros, sus parientes más cercanos, porque le dolía demasiado para poder decirles adónde nos tenían que llamar.

Mamá estaba muy entera; en cambio, yo empecé a temblar por el impacto.

—Pobre abuelo, pobre —dije casi sollozando.

Entonces noté que un brazo fuerte me rodeaba los hombros. Charlie se sentó a mi lado en la colchoneta de *camping*, sin decir nada, pero dejando que me apoyara en él y sacara fuerzas de su cercanía. Aunque él no oía todo lo que decía mi madre, sabía que yo estaba disgustada y no quería que me quedara sola mientras lo asimilaba.

—Los médicos dicen que se ha roto la cadera —dijo mamá—. Primero van a operarlo, luego tendremos que esperar a ver qué pasa.

—¿Lo van a operar, tan mayor? Eso no es nada bueno. —Una vez más, mi imaginación echó a volar, calculando los riesgos. Me gustaría buscar en Google los resultados, pero me daba miedo de lo que pudiera encontrar.

—Es lo que hay —dijo mamá, y esta vez percibí dolor en su voz.

—¿Estás bien, mamá?

—La verdad es que no. —Hizo una pausa y la oí respirar hondo, tratando de recomponerse para ser fuerte por mí—. Pero ahora estoy con él y está en el sitio perfecto. He salido al pasillo para llamarte.

Yo también intenté ser fuerte por ella.

—Voy ahora mismo. ¿En qué hospital está? —pregunté.

Ni siquiera tuve que verle la cara a Charlie para saber que estaría encantado de subirse al coche y llevarme adonde hiciera falta.

—Es muy amable de tu parte, cariño, pero ahora está durmiendo y creo que será mejor esperar hasta mañana. Te avisaré cuando sepa más sobre la operación.

—¿Qué pasa con Ted? ¿Está bien? —dije.

Normalmente eran inseparables y yo sabía que el perro se sentiría mal sin el abuelo.

—Sigue en casa del abuelo. Los vecinos le echarán un ojo por la mañana, pero después ya veremos qué hacemos con él. Tu padre y yo no podemos llevárnoslo porque nuestro contrato de alquiler dice que necesitamos un permiso por escrito para tener una mascota.

—Nos lo traemos —dije sin dudarlo.

No estaba segura de cuánto de la conversación de mamá había oído Charlie, pero por la forma en que me rodeó los hombros con el brazo me di cuenta de que estaba de acuerdo con lo que yo acababa de decir.

Mamá suspiró y respondió:

—Te confieso que eso sería un gran alivio, cariño. El personal de la ambulancia nos dijo que tu abuelo se negaba a que lo llevaran al hospital porque temía que Ted se quedara sin atender. Sé que le aterroriza la idea de que acabe en una perrera o en un refugio.

—Eso nunca va a suceder. Ted puede quedarse con nosotros el tiempo que haga falta. Hemos limpiado la basura de la mayor parte de la casa, y el trabajo más gordo de la instalación eléctrica y de las ventanas ya está hecho, así que no es tan peligrosa como cuando nos mudamos. Podemos dar una vuelta por el jardín y pedir prestada una desbrozadora a los vecinos para despejar un terreno en el que pueda jugar.

—Gracias, cariño. Así habrá una cosa menos de la que preocuparse, y sé que tu abuelo se sentirá aliviado cuando se entere. Ahora intenta dormir lo que queda de noche y te volveré a llamar cuando sepa algo más.

—Gracias, mamá. Dale un beso de mi parte y dile que lo quiero. También dile que no se preocupe ni un segundo más por Ted.

Cuando terminó la llamada, seguí sujetando el teléfono como si mi vida dependiera de ello. De repente, los problemas que me preocupaban cuando me fui a dormir me parecieron insignificantes. Estaba helada hasta los huesos y me sentía incapaz de olvidar la imagen mental del trauma por el que había pasado mi adorado abuelo. Y eso era solo el principio. ¿Quién sabía lo que le esperaba? Una cosa era segura: su vida no volvería a ser la misma. Había oído demasiadas historias de terror en las noticias como para ser tan ingenua como para pensar que su recuperación y su regreso a casa serían sencillos.

—No —dijo Charlie en voz baja.

—¿No qué?

—No dejes que tus pensamientos vayan por ahí —contestó Charlie—. Prácticamente puedo oír el zumbido de tus engranajes mientras calculas las probabilidades de Arthur y te preocupas por lo que va a ocurrir a continuación.

Intenté zafarme de su abrazo, pero me alegré cuando me apretó los hombros, indicándome que no se iba a ir. Había algo reconfortante en el calor de su brazo alrededor de mí.

—No es de extrañar que esté preocupada —me quejé.

—Eres una preocupona nata, Freya —dijo en voz baja—. Pero una persona sabia, que también es tu abuelo Arthur, me dijo una vez que al preocuparnos lo único que hacemos es torturarnos dos veces, porque experimentamos la anticipación del dolor, y luego el dolor mismo, si es que sucede. Y a estas alturas sigue siendo un «si», ¿no? Preocuparse no va a cambiar nada, ni para bien, ni para mal, así que es mejor no hacerlo.

—Es más fácil decirlo que hacerlo —murmuré.

—Lo sé —dijo—. Claro que te vas a preocupar. Esa es tu reacción natural porque eres buena y cariñosa. Pero no dejes que te domine. Vas a tener que ser fuerte por Arthur. —Se acercó a mí aún más—. Estás temblando.

—No puedo imaginarme tener calor nunca más —dije un tanto melodramáticamente.

—Lo tendrás. Cuando salga el sol por la mañana, encontrarás la fuerza para superar esto. Encontrarás la fuerza para apoyar a Arthur, porque eso es lo que tienes que hacer. Mientras tanto, voy a traerte una bebida caliente y otra manta para que dejes de tiritar —dijo Charlie—. Así podrás intentar dormir un poco más.

—Por favor, no me dejes —susurré, asustada de quedarme a solas con mis pensamientos. Dudó—. Por favor —le dije—. Quédate conmigo. Cuando estás conmigo me siento mejor.

Cuando por fin contestó, su voz era ronca y me pregunté si no estaría siguiendo mal su propio consejo de no preocuparse.

—Estaré aquí todo el tiempo que me necesites, Freya —dijo—. Vamos, intentemos dormir un poco. Dame una patada si ocupo demasiado espacio.

No pensé que conseguiría pegar ojo aquella noche, pero había algo reconfortante en estar tumbada con Charlie a mi lado. La colchoneta de *camping* era individual, así que tuvimos que acurrucarnos muy cerca, con su aliento haciéndome cosquillas en la nuca. Poco a poco sentí que el calor regresaba a mi cuerpo y que la tensión de mis extremidades comenzaba a disminuir. Cuando me estaba quedando dormida, me pareció oírle decir mi nombre en voz baja, como si quisiera preguntarme algo.

20

Me desperté a la mañana siguiente sintiéndome abrigada, contenta y como si todo estuviera bien en el mundo. Me desperecé y me sorprendí al oír a alguien soltar un gemido.

—Ay, gracias por el codazo en las costillas, Freya —dijo Charlie.

Me di la vuelta y me encontré cara a cara con mi compañero de casa. Entonces recordé todo: la llamada nocturna de mi madre con la noticia sobre el abuelo Arthur, mi reacción de susto, y la respuesta de Charlie de apoyo sereno y firme.

—Oh, abuelo —dije, sintiéndome mal de nuevo al preguntarme cómo estaría.

—No es la respuesta que normalmente me gusta oír cuando me despierto al lado de una mujer —dijo Charlie con un guiño.

Volví a darle un codazo en las costillas, esta vez adrede.

—No seas desagradable, Charlie —dije, reprimiendo una sonrisa.

—Solo intento animar el ambiente. —Entonces su expresión se volvió seria. Extendió la mano y me acomodó un mechón de pelo detrás de la oreja. A pesar de mi preocupación por el abuelo, no pude evitar notar el cosquilleo que el tacto de Charlie encendió en mi piel. ¿Cómo podía estar pensando en esas cosas en un momento así?—. Estará bien. Lo sabes, Freya. Si alguien puede superar esto, es Arthur. Nunca he conocido a nadie tan decidido y testarudo. —Hizo una pausa—. Bueno, tal vez su nieta.

—Creo que quizá es lo más bonito que me hayas dicho nunca —dije, con los ojos llorosos de nuevo.

—Entonces a lo mejor tengo que esforzarme más con mis

cumplidos. Pero, en serio, basta de llorar —respondió, y me secó las lágrimas antes de que cayeran en las sábanas—. Ahora tenemos que poner una cara valiente para Arthur. No le gustaría verte llorar.

—Lo sé. Y gracias. —Hice un gesto vago entre nosotros, con la esperanza de transmitirle mi gratitud por compadecerse de mí y quedarse a mi lado toda la noche, aunque no fuera muy cómodo para él.

Charlie se aclaró la garganta.

—No hace falta que me des las gracias. Para eso están los amigos.

Amigos. Por supuesto.

—Bueno, gracias de todos modos.

Me obligué a incorporarme, aunque me habría quedado allí acurrucada con él el resto del día.

—Eso es a lo que yo llamo pelos de recién levantada —dijo Charlie riendo.

Levanté la mano y me toqué la maraña de pelo.

—Quién fue a hablar, señor Rasgos Barbudos. —Me sentí bien bromeando con Charlie de nuevo, distrayéndome de la preocupación de lo que pasaba en el hospital.

—Otro de mis talentos. Bien, bueno, podría darle un buen uso a esto —dijo Charlie haciendo la mímica de encender una cerilla en su barba incipiente—. Pondré el hervidor si quieres meterte en la ducha primero.

—Qué caballero. Para cuando termine puede que quede agua caliente para ti.

—Maldita sea, has descubierto mi malvado plan. —Movió a los lados la cabeza con fingida decepción.

Salté de la cama, de un humor mucho más alegre de lo que hubiera imaginado posible. Al llegar a la puerta del baño, me di la vuelta.

—Charlie, si...

Pero ni siquiera necesitó que terminara la frase. Levantó mi teléfono.

—Si llama tu madre, contestaré por ti. A menos que quieras que vaya corriendo al baño con el teléfono mientras te duchas.

Fingí pensarlo.

—Buen intento. Estoy segura de que eres perfectamente capaz de coger el mensaje por mí.

Sonrió.

—Me alegro de verte sonreír —dijo—. Ahora date prisa, o me habré bebido todo el té para cuando termines.

Como había prometido Charlie, me sentí aún mejor después de ducharme y vestirme. Mientras él iba a arreglarse, preparé unos sándwiches de nuestras salchichas vegetarianas favoritas y me obligué a salir a tomar el aire en vez de quedarme dentro paseando toda nerviosa. Deseaba que sonara el teléfono y lo temía al mismo tiempo. Daba igual que mirase la pantalla todo el rato o que me dejase el móvil en la cocina junto al hornillo: eso no cambiaría el resultado.

La hierba crecida brillaba con las gotas de rocío, mientras que las favorecedoras sombras del amanecer hacían que el jardín pareciera salvaje y exuberante en lugar de descuidado. Escondido entre las ramas del roble, un petirrojo saludaba al nuevo día con una armoniosa melodía. Su canto iba acompañado del zumbido de las abejas, que inspeccionaban las flores silvestres y las malas hierbas en busca de néctar. A pesar de todo lo que estaba ocurriendo, aún era capaz de apreciar la paz, de pie ahí en mi jardín, con mi casa deslumbrando al amanecer detrás de mí.

Lentamente me fui abriendo paso alrededor del vallado, inspeccionándolo en busca de huecos o agujeros que pudieran resultar tentadores para un perro pequeño y excitable. Sabía que Ted tenía un historial de desapariciones para ir a explorar y no quería tener que explicarle al abuelo que se había perdido estando bajo mi cuidado. Tendríamos que colocar algún tipo de barrera al final del camino de entrada, ya que los huecos de la verja de cinco barrotes que había allí no serían un obstáculo para Ted, que ya se había colado por espacios mucho más pequeños. También tendríamos que encontrar alguna forma de evitar que corriera hacia las ruinas del cobertizo, ya que los restos del tejado seguían amontonados en medio del suelo. Pero al menos habría muchos lugares interesantes donde llevarlo a pasear por los alrededores, y estaba segura de que, una vez que hubiéramos montado su cama y creado un rincón acogedor en cada habitación para que se acurrucara, estaría bastante contento, aunque seguro que seguiría echando de menos a su amo.

—Freya, tu madre está al teléfono.

Charlie asomó la cabeza por la puerta trasera para llamarme. Estaba en albornoz, con el pelo aún mojado por la ducha, y las gotas de agua brillaban al caerle por los hombros de una forma que podría haberme distraído bastante si no hubiera tenido asuntos mucho más serios en la cabeza.

—Dame dos segundos y enseguida estoy contigo —le contesté, abriéndome paso a través del jardín selvático, con el corazón latiéndome con fuerza mientras mi ansiedad volvía a todo gas.

No estaba segura de estar preparada para escuchar las noticias que tenía que darme mi madre.

—No hace falta que corras; no ha habido ningún cambio grave —dijo Charlie, reconociendo mi urgente necesidad de tranquilidad—. Arthur ha pasado buena noche y parece que están controlando el dolor con eficacia.

Solté un suspiro que ni siquiera me había dado cuenta de que había estado conteniendo.

Charlie me pasó el teléfono y se quedó en la puerta. Se le notaba que no estaba seguro de si debía darme algo de intimidad o quedarse por si necesitaba su apoyo. Respondí a su pregunta tácita colocándome a su lado y poniendo el teléfono en el altavoz para que él pudiera oír las dos partes de la conversación. El abuelo y él se conocían desde hacía mucho tiempo, y yo sabía que Charlie también estaría muy preocupado por él. Además, siempre era bueno tener un segundo par de oídos cuando se transmitía información importante, por si yo no lo asimilaba todo.

—Creo que Charlie te ha dado la buena noticia de que tu abuelo ha pasado buena noche y ha dormido bastante bien —empezó a contarme mi madre—. Pero la otra noticia es que están a punto de operarlo. Han decidido que la forma más eficaz de tratar la rotura es sustituirle la cadera, porque creen que así tendrá más posibilidades de recuperar la movilidad.

—Eso suena bastante drástico, pero si es lo mejor para él...

—El cirujano sonaba confiado. Creo que tu abuelo está bastante contento. Se las arregló para bromear sobre convertirse en el Hombre Biónico antes de que lo llevaran al quirófano. Por supuesto, va a tener que hacer mucho trabajo de rehabilitación, y me da miedo pensar cómo se las va a arreglar en su casa.

—Mamá, vayamos por partes. No tiene sentido preocuparse por cómo se las arreglará cuando vuelva a casa hasta que no llegue ese momento.

Charlie extendió la mano y me la apretó, sonriendo porque le transmití a mi madre el consejo que él me había dado sobre la preocupación.

—Tienes razón —convino ella—. Pero hay muchas cosas en las que pensar. Siempre he dicho que su casa tiene demasiadas escaleras.

—Ahora que somos expertos en obras, siempre estamos dispuestos a ayudar con las adaptaciones —dijo Charlie.

—Yo no estaría tan segura —contestamos a coro mamá y yo, lo que al menos nos hizo reír.

Si no me equivocaba mucho, esa había sido la intención de Charlie al decirlo.

Cuando terminé la conversación, al menos me sentía más tranquila sobre las perspectivas del abuelo, aunque sabía que no estaría completamente tranquila hasta que saliera del hospital y se recuperara.

—Bien, iré a vestirme y luego iremos a buscar a Ted —dijo Charlie, una vez que colgué el teléfono.

—Gracias —dije, sabiendo que sacrificaba un tiempo de trabajo importante para hacerme este favor.

Charlie me ayudaría a mantener a raya la ansiedad.

Mientras avanzábamos por los caminos rurales hacia la casa del abuelo, con el Land Rover rebotando sobre los baches, Charlie preguntó de repente:

—Por cierto, ¿de qué querías hablarme?

Por un momento, no supe a qué se refería.

—La nota —me dijo—. La que me dejaste junto a mi taza de café. Decía: «Tenemos que hablar». Una de las frases más siniestras de nuestro idioma, en mi opinión —añadió con ligereza.

—Más bien sí —acepté.

Con todo lo que había pasado, me había olvidado por completo de que la había escrito, y se me había pasado por alto lo melodramática que era la nota. Ahora me preguntaba qué me había poseído. Ya había demasiada incertidumbre y cambios en mi vida como para añadir algo así a la mezcla.

—Hablemos —propuso Charlie—. Podríamos pasar el viaje charlando en vez de preguntándonos por la operación de Arthur.

Abrí la boca, dispuesta a decir... ¿qué exactamente? Porque mi anterior preocupación por el hecho de que Charlie hubiera desaparecido y no aportara su granito de arena a la reforma de la casa se había desvanecido hasta la insignificancia dado su apoyo durante las últimas doce horas. Y, en cuanto a la otra cosa que me rondaba por la cabeza..., bueno, era una distracción ridícula. Era probablemente solo una reacción a la cantidad de tiempo que había estado pasando sin mirar más allá de los límites de Oak Tree Cottage. Era hora de volver a ser realista y centrarme en mantenerme fuerte para mi familia y para cuidar de Ted.

—Entonces, ¿de qué querías hablar? —insistió Charlie.

—¿Sabes? Se me ha olvidado por completo —dije—. No debía de ser muy importante. Y, si lo era, tal vez me acuerde cuando no piense en ello.

—Mmm —contestó Charlie.

No parecía muy convencido, pero hay que reconocer que no me presionó más, aunque me di cuenta de que mi respuesta evasiva no había hecho más que aumentar su curiosidad. Ambos sabíamos que yo era una persona demasiado organizada como para olvidar cosas importantes.

Por toda respuesta, extendí la mano y encendí la radio. No se puede decir que los titulares de las noticias me hicieran sentir mejor, con sus historias de crueldad y miseria, pero al menos pusieron fin a lo que podría haberse convertido en una conversación muy incómoda.

Ted estaba muy animado cuando abrimos la puerta de la casa del abuelo, dio vueltas sobre sí mismo y corrió a coger su cuenco para la cena, así que no nos cabía duda de que tenía hambre. Me sentí mal al cruzar el umbral, consciente de que el abuelo no estaría allí para recibirnos con su alegre saludo habitual. La ruidosa exuberancia de Ted amplificaba de algún modo el silencio del resto de la casa. Normalmente, el abuelo mantenía la casa inmaculada, pero se veían telarañas en los rincones de la habitación y, cuando abrí los armarios para buscar las cosas de Ted, se cayó una pila de cartas de publicidad y cosas para reciclar. Era evidente que el abuelo llevaba un tiempo pasando apuros, pero había preferido disimularlo en lugar de pedir más ayuda. Me entraron ganas de darme de bofetadas por no haber prestado más atención y por no haberme dado cuenta antes.

Me puse a recoger para que el abuelo tuviera una cosa menos de la que preocuparse cuando volviera a casa. Charlie abrió el frigorífico y empezó a comprobar lo que había dentro.

—Creo que tendremos que llevarnos las verduras y la leche. Se estropearán si las dejamos. —Asentí con la cabeza. No tenía sentido que fingiera que el abuelo volvería en unos días. El camino de recuperación que le esperaba iba a ser largo—. Ánimo, por Ted —dijo Charlie, y me apretó suavemente el hombro mientras le ayudaba a meter la comida en bolsas—.

Dejémoslo en el banco de alimentos de regreso. Creo que Arthur apreciará el gesto y, por otra parte, así hacemos algo útil con ello.

—Buena idea. Bien, será mejor que recoja las cosas de Ted.

—Ya le echas de menos, ¿verdad, Teddy?

Este respondió golpeando con fuerza la cola contra el radiador, marcando el ritmo, como si fuera el batería de una banda.

—Tu amo va a ponerse bien. Y eres un buen chico por ayudarle —le dije—. Que tenga cuidado Lassie.

Charlie dio un último repaso a la cocina.

—No viajas ligero, eso está claro, Ted. —Se agachó y le rascó la parte superior de la cabeza. Ted respondió con un gruñido de aprobación—. Creo que ya he cogido todos sus juguetes. Aparte de su cama, comida y cuencos, ¿necesitamos algo más? ¿Ni medicación ni nada?

—No, creo que lo llevamos todo. Tengo su arnés y su correa. Bien, Ted, ¿te vienes con nosotros?

Cuando le conté lo que había pasado a mi regreso a la escuela, Leila casi no se lo podía creer. Porque, en cuanto Ted se dio cuenta de que habíamos recogido todas sus cosas, su actitud cambió por completo. Pasó de contonearse con diversión a estar agotado por la preocupación, con la cola entre las piernas, mirando entre nosotros con tristeza mientras clavaba sus garras en el suelo de la cocina y se negaba a moverse.

—Creo que le preocupa abandonar al abuelo —dije, con el corazón encogido de nuevo. ¿Cómo explicarle a Ted lo que pasaba?—. Te prometo que te llevaremos a verlo, Ted. Se pondrá bien. Pero tendrás que quedarte con nosotros un tiempo hasta que se recupere del todo.

Ted no quería saber nada de eso.

—Mira, Ted, ¿qué es esto? —Charlie probó el otro método, normalmente infalible, de sobornarlo con una golosina.

Pero Ted solo lo olfateó a medias antes de volver al lugar donde antes estaba su cama y continuar su protesta sentado.

Al final, cuando quedó claro que ni la persuasión ni la suave coacción iban a funcionar, Charlie se agachó y levantó a Ted.

—Menos mal que eres un *border terrier* y no un labrador o un perro más grande, amigo —dijo.

Para ser sincera, creo que eso era lo que Ted había estado buscando todo el tiempo. Charlie abrazó a Ted y murmuró palabras reconfortantes en sus suaves orejas, lo que también me hizo sentir un poco mejor. Afortunadamente Ted se animó en cuanto subimos al coche y, cuando regresamos a Oak Tree Cottage, volvía a comportarse como el perro grande en un cuerpo pequeño que era.

Cuando nos llamaron para decirnos que el abuelo había salido del quirófano y se encontraba bien, Charlie ya le había preparado a Ted su propio corral de perros a prueba de fugas. Sin embargo, lo que en realidad sucedió fue que Ted observó solemnemente a Charlie trabajar durante varias horas para construir un gran corral para él en el jardín, cortando las malas hierbas y vallando un corral de tamaño considerable, y luego, en cuanto Charlie lo declaró seguro a prueba de fugas, Ted saltó con toda tranquilidad la valla y empezó a corretear por el resto del jardín sin preocuparse por nada.

—Te juro que lo ha hecho a propósito —dijo Charlie, secándose el sudor de la frente y negando con la cabeza ante las travesuras del perro.

—Ya conoces a Ted, no deja que nada se interponga en su camino —dije, contenta de tener algo de lo que reírme.

Aunque el abuelo estaba fuera de peligro, sabía que aún había muchas complicaciones postoperatorias que podían afectar a un hombre de su edad.

—En serio, pensé que había construido la valla lo suficientemente alta. El tipo de YouTube dijo que crearía un espacio seguro para un perro del doble del tamaño de Ted.

Sonreí.

—Ah, así que ¿tú también te has aficionado a los tutoriales de YouTube?

Charlie parecía avergonzado.

—Parecía que te funcionaba, así que pensé en probar un

enfoque más metódico. No entiendo en qué me he equivocado.

—Para ser un hombre que trabaja en las redes sociales, pareces muy ingenuo sobre cómo funcionan estos *influencers*. Empiezo a creer que el truco está en la edición, y que las partes en las que se equivocan o se atascan acaban en el suelo de la sala de montaje. Además, Ted es un chico brillante. Si es lo bastante decidido, encontrará una manera.

—Ted puede ser decidido, pero yo lo soy aún más. No va a poder conmigo —replicó.

Fiel a su palabra, Charlie pasó el resto de la tarde luchando con el corral del perro. Cada vez lo fue haciendo más sofisticado, mientras sacaba del contenedor trozos de los viejos muebles de cocina para ayudar en el proceso de construcción. Al final, se quedó satisfecho, así que saqué a Ted de donde había estado «ayudándome» a elegir la pintura para la cocina, es decir, roncando sobre el lomo con las patas en el aire.

Con teatralidad, Charlie cogió a Ted, lo depositó en el corral y le hizo una reverencia.

—Sus dominios, mi señor —dijo. Ted correteó por los límites, olfateando con determinación los sólidos muros a prueba de fugas. Cuando por fin se dio cuenta de que no tenía escapatoria, se sentó en medio del corral y lanzó un aullido lastimero—. Dale un segundo, se acostumbrará —dijo Charlie, pero la incertidumbre de su voz contradecía la confianza de sus palabras.

Ted soltó otro «auuuuu» de desesperación y angustia. No lo soportaba más, así que trepé por la barrera y lo cogí en brazos, enterrando mi cara en su cálido pelaje.

—Lo siento, Ted. El malo de Charlie no va a hacer que te quedes más tiempo dentro, te lo prometo.

—Te juro que me ha guiñado un ojo —dijo Charlie riendo—. Tengo que reconocértelo, Ted, te las has arreglado para salir del corral a prueba de fugas. Definitivamente vas a aumentar las risas en la casa de los Hutchinson-Humphries.

21

—Creo que es hora de traer algunos muebles —declaró Charlie, mientras veíamos cómo subían un contenedor lleno de basura y escombros a la parte trasera de un camión de plataforma y lo sustituían por otro vacío.

El regalo del abuelo realmente nos lo estaba dando infinitas veces.

—¿Tú crees? Pero me estaba acostumbrando a mi colchoneta inflable. La vida minimalista está de moda, ¿no lo sabías?

Desde el drama de la caída del abuelo, Charlie y yo habíamos vuelto a la normalidad, a comportarnos como de costumbre, lo que me ayudaba a sobrellevar la preocupación, aunque me resultaba más difícil ignorar otros pensamientos inquietantes.

Charlie se rio.

—Puede que tú te estés acostumbrando, pero yo estoy empezando a hartarme de mi esterilla de yoga. Me sentí muy virtuoso al principio, pero estoy empezando a tener bastantes dolores y molestias graves.

—Supongo que estás lejos de ser un gurú.

—Muy muy lejos. Donde esté un colchón de espuma viscoelástica con sábanas blancas que se quiten las esterillas de yoga.

La imagen de Charlie sentado en la cama y pasando las manos por las sábanas, invitándome a unirme a él, invadió de pronto mi mente. Tragué saliva y noté que me ruborizaba.

—¿Estás bien, Freya? —preguntó—. ¿Demasiado sol?

—Si eso era un intento de chiste sobre pelirrojas, Charlie Humphries, no me hace gracia —dije, tras resolver que lo mejor era pasar a la ofensiva.

Charlie levantó los brazos en señal de rendición.

—No me atrevería. Todavía tengo la marca de la última vez que lo intenté. Me tiraste una bota de goma.

—No te la tiré, solo estabas en medio cuando la lancé. Hay una gran diferencia. Y sabes que aún me siento culpable por eso.

Mis ojos buscaron la pequeña cicatriz de su frente, cuya causante involuntaria fui yo cuando teníamos seis años. Tuve la mala suerte de que había gravilla en la suela de la bota, que yo tiré enfadada, pero sin apuntarle deliberadamente. Otro niño de nuestra clase llevaba semanas burlándose de mí diciendo que era una «cabeza de zanahoria» y que tenía el «vello púbico pelirrojo», una expresión que yo no entendía muy bien en aquel momento, pero que sabía que lo más probable fuera que no era agradable por la mueca desagradable que ponía cada vez que la decía, que eran varias veces al día. Charlie se había acercado a mí en el momento menos oportuno para ofrecerme un ejemplar de *Ana de las Tejas Verdes* porque tenía una foto de una chica pelirroja en la portada, y entonces fue cuando me puse como una furia.

El corte fue minúsculo, pero, como se lo hice en la cabeza, sangró mucho, y yo estaba convencida de que lo había matado. Fue él quien acabó consolándome mientras yo sollozaba desconsoladamente, instando al profesor a que me enviara a la cárcel, porque merecía estar allí por haberle hecho tanto daño a mi mejor amigo. Después, Charlie insistió en que estaba orgulloso de la cicatriz, como si fuera una herida de guerra que nos unía para siempre. Yo no estaba tan segura de eso, pero me sentí muy aliviada al ver que él sonreía.

El Charlie adulto me sonrió y se frotó la cabeza como si le doliera.

—Aprendí la lección, descuida. En fin, deja de distraerme... ¿Qué te parece lo de los muebles? Creo que podemos aspirar a algo mucho mejor que un equipo de acampada y cajas de cartón puestas al revés, aunque las hayas cubierto de vinilo con efecto madera. Se nos permite tener un poco de comodidad mientras estamos haciendo la reforma. Ahora que lo que más polvo provocaba está solucionado, tiene sentido hacerlo. Estaría bien conseguir que este lugar sea más acogedor. Además, resultaría más atractivo para los posibles compradores —añadió, y su comentario casual me recordó que tenía que centrarme en Oak Tree Cottage como nuestra inversión y no como nuestra casa.

—Una cama de verdad estaría bien —dije—. Y quizá una cómoda con cajones o un armario para poder guardar la ropa en vez de vivir con una maleta. Mis padres nos prometieron darnos un sofá. Si alquilamos una furgoneta, podríamos ir a su casa a recogerlo. Ya tienen bastante con el abuelo en el hospital.

—Me parece buen plan. También nos pasaremos por la granja y echaremos un vistazo a las piezas que mis padres tienen guardadas en un granero. No puedo prometer que el material sea bueno, pero podemos echar un vistazo. Cualquier cosa será mejor que nada, ¿no?

A pesar de que me consideraba totalmente capaz de conducir una furgoneta, tengo que admitir que me puse muy nerviosa cuando subí a la cabina y me senté en el asiento del conductor. Habíamos decidido que lo mejor sería viajar por separado, con Charlie en el Land Rover, para poder transportar más cosas y aprovechar mejor el tiempo. En teoría parecía buena idea, pero a la hora de la verdad me di cuenta de lo mucho que había subestimado el estrés de conducir por primera vez después de dos años, y, además, hacía mucho tiempo que no conducía una furgoneta.

—Ser furgonetera te sienta bien, Hutch —dijo Charlie, de pie junto a la puerta de la cabina.

—No estoy segura de que eso sea un cumplido —contesté—. ¿Significa eso que ahora estoy obligada a silbarles a los desconocidos y a comentar en voz alta lo mal que conducen los demás?

—Lo que te pida el cuerpo.

—Humm, no estoy segura de que sea una metáfora apropiada en una furgoneta. De todos modos, no hay tiempo para charlar, que tenemos que ir a por muebles.

Después de un par de momentos complicados tratando de encontrarle el embrague, le cogí pronto el truco a conducir una furgoneta y empecé a apreciar la vista elevada que tenía de la carretera. Ahora entendía cómo los conductores de furgonetas podían dejarse llevar por su posición de poder, al sentirse mucho más grandes y sobresalir su vehículo por encima de los pequeños utilitarios.

Mamá y papá habían metido el sofá en el garaje y nos habían dejado la puerta abierta porque tenían una reunión con los médicos del abuelo. Aparqué en la calle, haciendo lo posible por no impedir el paso a nadie, y Charlie se paró detrás de mí.

—¿Listo para darle un buen uso a tus músculos en desarrollo, Charlie?

—Lo que cuenta no es el tamaño, sino lo que se hace con ellos —afirmó él.

—Sí, claro. —Reí—. De todos modos, estoy segura de que entre los dos podremos llevar un sofá. No será tan difícil.

El peso del sofá no era un problema; sin embargo, lo que yo no había tenido en cuenta era su forma incómoda y la distribución de dicho peso. La tela tampoco ayudaba. La funda era de un material suave y aterciopelado de color azul pavo real, agradablemente sedoso al tacto, y sin duda de lo más cómoda para sentarse, pero también muy difícil de agarrar.

Levantamos el sofá e intentamos colocarlo en una posición cómoda para los dos. De alguna manera, acabé en la posición en la que iba a tener que caminar hacia atrás.

—¿Estamos a punto de recrear esa escena de *Friends* en la que Ross grita «Girad, girad», cuando el sofá se queda atascado a mitad de una escalera? —le dije—. Avísame si estoy a punto de chocar con algo.

—No te preocupes, Freya, estás a salvo conmigo —dijo Charlie. Caminamos unos pasos antes de que él añadiera—: ¿Quizá esta sea mi oportunidad para vengarme de cuando me tiraste la bota de agua?

—Ja, ja. Sigue con eso y dejaré que lo lleves tú solo.

Le habría hecho una mueca, pero sospechaba que mis facciones ya estaban bastante deformadas por el esfuerzo.

Las bromas nos distrajeron de la dificultad de la tarea y al final conseguimos meter el sofá en la parte trasera de la furgoneta.

—Buen trabajo —dijo Charlie, y se dio una palmada en la espalda y repitió el gesto conmigo.

Fingí que me tambaleaba.

—Siento tener que decírtelo, pero esto ha sido lo más fácil. El verdadero reto vendrá cuando lo llevemos a Oak Tree Cottage e intentemos meterlo por la puerta.

A Charlie le cambió la cara.

—Mmm, lo mismo deberíamos haber medido el hueco antes de venir a por él...

—Charlie, ¿por quién me tomas? Por supuesto que he medido el hueco. Va a entrar justo, te lo advierto, pero tengo fe en nosotros. —Miré el reloj y me di cuenta, para mi horror, de que ya nos habíamos retrasado con respecto al horario que había calculado mentalmente—. Bien, solo tenemos la furgoneta para un par de horas más, así que vamos a tener que espabilar si queremos coger también las cosas de casa de tus padres.

—Esperemos que estén fuera con el tractor cuando lleguemos; de lo contrario, nos tendrán charlando durante mucho tiempo —dijo Charlie, y se le notaba el cariño que sentía por su madre y su padre al hablar de ellos.

—Aunque sería bueno tener un par de manos extra —señalé—. Nos vemos allí.

Me sentí como en un viaje al pasado al dirigirme por la carretera a casa de los padres de Charlie, aunque era la primera vez que iba allí conduciendo yo en lugar de que fuera mi padre quien me llevara allí para jugar. No había cambiado mucho desde la última vez que estuve, cuando tenía once años. La pintura quizá estaba algo más descolorida, y los cobertizos, más desgastados. Pero seguía siendo acogedora y reconfortante, el lugar que solía considerar mi segundo hogar.

La madre de Charlie salió corriendo de uno de los cobertizos para saludarnos con una mancha de aceite en la cara.

—Aquí estáis, me preguntaba cuándo llegaríais por fin —dijo—. Disculpad las pintas, he estado trasteando con el remolque otra vez. Tu padre sigue diciendo que deberíamos comprar uno nuevo, pero sé que puedo arreglarlo. ¿Cómo estás, Freya, cariño? —Me dio un fuerte abrazo y luego se apartó para mirarme de cerca—. ¡Cómo has crecido!

—Era de esperar, mamá —dijo Charlie—. Ya no somos niños.

—Siempre serás mi bebé, bruto —le dijo, revolviéndole el pelo—. ¿Tenéis tiempo para una taza de té?

—Lo siento, mamá, solo pudimos alquilar la furgoneta por unas horas, así que vamos bastante apurados —dijo Charlie—. Freya me tiene atado muy corto. —Me guiñó un ojo, lo que de alguna manera me hizo interpretar su comentario en un sentido más bien sugerente.

Sentí que la cara se me encendía de nuevo. La sonrisa de Charlie se hizo más amplia.

—En ese caso, llamaré a tu padre y os ayudaremos a llevar los muebles. —Tecleó un mensaje en el teléfono y nos hizo señas para que entráramos en uno de los cobertizos—. Coged lo que queráis. No hay nada especial, solo algunos muebles que fuimos adquiriendo a lo largo de los años y de los que nos hemos cansado, o que hemos sustituido por otros. Por lo general, son objetos que mis problemáticos hijos tenían que tener en sus dormitorios y de los que se desenamoraron enseguida —me dijo—. El padre de Charlie es muy dado a guardar cosas «por si acaso». Espero que os sirvan.

—Es muy amable de su parte, señora Humphries —le dije.

—Llámame Sara. No me digas «señora Humphries», por favor. Me hace sentir vieja.

Charlie abrazó a su madre.

—Vamos, anciana madre —le dijo—, pongámonos a ello.

Ella fingió darle una bofetada mientras Charlie se reía.

El cobertizo era un verdadero tesoro, y Charlie y yo nos divertimos mucho eligiendo sillas, un armario y un par de cómodas. Incluso tuvimos suerte con las camas, ya que encontramos dos viejos somieres oxidados, uno doble y otro individual.

—Un poco de lijado, quizá algo de pintura, y estarán como nuevos —dije—. Muchas gracias, Sara; con esto nos ahorramos una fortuna.

—Ah, pero ¿cómo vamos a decidir con qué cama se queda cada uno? —preguntó Charlie—. A menos que compartamos la doble, por supuesto. —Movió las cejas de forma sugerente.

Sabía que bromeaba, pero me gustaría que no fuera así.

—Nos lo jugaremos a piedra, papel o tijera —resolví—. Solo que esta vez será la forma clásica del juego; no se permiten lanzallamas.

—Seguís igual —dijo el padre de Charlie con una sonrisa—. ¿Estáis seguros de que no queréis que os ayudemos a llevar las cosas a la casa nueva?

—Ya os hemos robado bastante tiempo. Muchas gracias, mamá y papá. Os invitaremos a vosotros y a los padres de Freya a cenar cuando la casa esté en un estado más habitable.

—Lo esperaremos con impaciencia —dijo Sara.

Una vez de vuelta en Oak Tree Cottage, ambos lamentamos seriamente la negativa de Charlie de aceptar la ayuda de sus padres. Como no teníamos mucho tiempo, descargamos primero la furgoneta para devolverla en el garaje a su hora, y luego nos ocuparíamos de los muebles, que dejamos apilados a un lado de la casa.

—Los vecinos van a iniciar una queja sobre el estado del lugar —dije—. Por favor, que no llueva esta tarde.

Para cuando volvimos del garaje, las nubes se estaban

acumulando y Ted expresaba su indignación porque lo habíamos dejado solo mordisqueando la puerta de la cocina.

—Ted, para, tú no eres así —le dije, sintiéndome culpable.

Me sentí aún peor cuando tuve que llevarlo a su corral del jardín para que pudiéramos meter los muebles. Le prometí compensarlo con un paseo larguísimo y luego me apresuré a rodear la pila de muebles, sintiendo sus ojos furiosos observando cada uno de mis movimientos.

Charlie miró al cielo.

—Creo que quizá el sofá debería entrar primero —dijo—. Es lo que más riesgo corre que se estropee si llueve. Al resto no tendría por qué pasarle nada. Un poco más de óxido no afectará mucho a las camas.

A pesar de mis temores, metimos el sofá en casa mucho mejor de lo que lo habría hecho Ross Geller. Tuve la precaución de desenroscar las patas, lo que nos dio un centímetro de espacio vital a la hora de pasarlo por la puerta principal. Subimos los escalones hasta dicha puerta entre las macetas bellamente colocadas que habían aparecido allí mientras estábamos fuera: pegada a una cesta colgante encontré una nota de mis padres en la que decían que las macetas eran un regalo y se disculpaban por no poder estar aquí en persona para entregárnoslas. Las generosas donaciones de nuestros padres parecían regalos de inauguración, como si fuéramos una pareja de verdad que planeaba quedarse en Oak Tree Cottage mucho tiempo. Me dejé llevar unos instantes por la fantasía, antes de desechar la idea con sensatez.

Era increíble la diferencia que suponía tener un sofá en la sala de estar. Aunque las paredes seguían en bruto y el suelo estaba desnudo, era mucho más acogedor tener un objeto cómodo allí. Podía imaginarme relajándome en él una tarde de invierno, con Charlie quejándose en broma de que yo ocupaba todo el espacio, antes de hacer exactamente eso él mismo.

El armario resultó mucho más difícil de maniobrar que el sofá, y tanto Charlie como yo... acabamos con los dedos magullados tras intentar subirlo por las escaleras, las cuales crujían de un modo horrible durante todo el proceso. Por un momento pensé que no iba a ser capaz de sostenerlo por más tiempo, lo que habría hecho que todo el peso recayera sobre Charlie y probablemente le habría hecho caer hasta la base de las escaleras.

—Tú puedes, Freya —dijo Charlie, clavándome una mirada de confianza que me dio fuerzas suficientes para subir los últimos peldaños.

Dejamos el armario en lo alto de la escalera y retrocedimos, los dos sin aliento por el esfuerzo.

—Te ofrecería una calada de mi inhalador si no me preocuparan los efectos secundarios —le dije a Charlie.

—Tú y tus normas, Freya, siempre cuidando de mí. No te preocupes, sobreviviré. Eso espero. —Hizo como que jadeaba.

Le seguí el juego frotándole la espalda de forma reconfortante, preguntándome si su piel le hormigueaba tanto como mis dedos. Poco a poco, sin que me diera cuenta, mis movimientos pasaron de ser burlones a más sensuales cuando su espalda se arqueó bajo mi mano. Sentí incluso la tentación de acercarme más a él y explorar, envalentonada por la forma en que me observaba atentamente.

Me incliné hacia él y le susurré al oído:

—Cuando hayas terminado de ponerte melodramático, ¿quieres venir a mi habitación? —le dije, con el corazón latiéndome a toda velocidad mientras le hacía una invitación que sabía que se prestaba a malas interpretaciones.

La culpa la tenía el hecho de que tantas conversaciones del día habían girado en torno a nuestros planes de futuro, como si se diera por sentado que en ese futuro seguiríamos juntos. Decidí ser espontánea y atrevida por una vez, actuar según ese impulso de deseo y ver qué pasaba. Charlie me miró intensamente y luego extendió la mano. Me puse tensa con la gloriosa anticipación de su mano sobre mi cuerpo, de su voz respondiendo con un ronco «Sí», pero, en lugar de eso, pasó por delante de mí y cogió algo del aire.

—Una araña estaba a punto de aterrizar en tu cabeza, Hutch —explicó.

De repente mi valor se esfumó, y la vergüenza lo sustituyó. Yo no había visto ninguna araña escabullirse, así que para mí aquello no era más que una excusa conveniente de Charlie para evitar un momento incómodo. Me estaba dejando llevar. Me aclaré la garganta, haciendo más ruido de lo normal.

—¿Quieres que llevemos el armario a mi habitación? —pregunté, como si esa hubiera sido la intención de mi propuesta de antes—. Si sigues pensando que no hay problema en que me lo quede yo.

Las facciones de Charlie se relajaron en su habitual expresión alegre.

—Tienes ropa más elegante que yo. Además, espero que ello me ayude a conseguir la cama de matrimonio.

—¿Qué ha pasado con lo de piedra, papel o tijera? —dije con fingida indignación, decidida a actuar con normalidad—. Pero acepto; supongo que es un intercambio justo.

—Todo vale cuando se trata de muebles.

—¿No te sentirás solo con tanto espacio en una cama de matrimonio?

En cuanto esas palabras salieron de mi boca, me entraron ganas de abofetearme.

Charlie echó la cabeza a un lado.

—No pienso dormir aquí solo el resto de mi vida —dijo.

Por un momento, quise pensar que su comentario iba dirigido a mí. Pero entonces pensé que a lo mejor lo de la araña era mentira y recordé la presencia de Serena en la vida de Charlie, además de las otras mil razones por las que complicar la alianza que habíamos formado para la casa sería una muy muy mala idea, y entonces la realidad volvió a imponerse.

Me volví para fingir que estaba concentrada en examinar el armario.

—¿Crees que cabrá por la puerta?

—La hemos metido en la casa, así que no veo por qué no.

Siempre puedo quitar la puerta si necesitamos un poco de espacio extra.

—Si estás prometiendo una repetición de cuando «quitaste» la ventana de mi habitación, entonces prefiero que no lo hagas.

Charlie se rio.

—Me gusta pensar que mis habilidades domésticas han mejorado desde entonces. Venga, que ya te conozco. Intentas recurrir a tácticas dilatorias. Cuanto antes llevemos esto a tu habitación, antes podremos tomarnos un descanso.

—O empezar a arreglar las camas. Ahora que se me ha presentado la perspectiva de dormir en una cama cómoda, quiero ponerme a ello.

—Tú y yo —dijo Charlie.

Volví la cara para que no pudiera ver mi expresión.

Una vez colocados los muebles, por muy básicos que fueran, la casa dejó de parecer un solar para transformarse en algo semejante a un verdadero hogar. Podía pasar por alto que la escayola se desprendía cuando tenía ante mí un cómodo sofá esperando a que me desplomase en él, y el suelo desnudo mejoró un montón con algunas alfombras y felpudos que encontré en la sección de gangas de una tienda de segunda mano. A la casa aún le faltaba mucho para ser perfecta, pero lo estaba consiguiendo.

Aunque Charlie y yo nunca lo habíamos hablado formalmente, los ratos en que no estábamos trabajando en la reforma de la casa o yendo al hospital a visitar al abuelo los pasábamos en algún tipo de actividad conjunta, casi como si fuéramos una pareja de verdad, aunque me repetía a mí misma que no me hiciera ilusiones. Y, a pesar de su comentario sobre la cama de matrimonio, no dio muestras de invitar a Serena a compartirla con él, ni siquiera después de que hubiéramos pasado una tarde en el jardín lijando el metal y tratándolo hasta que volvió a brillar. Cuando instalamos la cama en su habitación, me pareció ver sus ojos clavados en mí, y sentí una oleada de deseo, pero cuando miré hacia atrás, al parecer estaba concentrado en montar el armazón, y en ese momento me recordé con firmeza que debía controlar cualquier sentimiento caprichoso.

La transformación de mi cama individual se nos dio mucho peor; no obstante, aunque no pude quitarle todo el óxido, era lo bastante resistente como para soportar el peso de un buen colchón, y eso era lo único que me importaba. Sin embargo, la primera noche que dormí en él, me costó quedarme dormida. Obviamente, me había acostumbrado a las privaciones del estilo de vida de acampada. O quizá tuviera algo que ver con el hecho de que era otro hito en la reforma de nuestra casa, y, por tanto, otro hito más cerca del día en que la venderíamos y emprenderíamos caminos separados.

22

Además de tener que vigilar de cerca a Ted cuando estaba fuera, resultó que también necesitábamos vigilarlo cuando se hallaba dentro. Era un perro pequeño, pero desde luego tenía una gran presencia y no permitía que nos olvidáramos de que estaba cerca. Viéndolo por el lado bueno, al menos me proporcionó un montón de historias divertidas para compartir con el abuelo, pero ello fue definitivamente en detrimento de la agenda de la reforma.

Habíamos llegado al trascendental momento de poder pintar la cocina. A pesar de su aspecto poco prometedor, había resultado ser la única estancia que no necesitaba de enlucido completo, ni siquiera después de que la electricista hubo hecho su parte. El plan de trabajo que había diseñado era el siguiente: pintar la cocina, construir e instalar nuevos armarios, colocar los electrodomésticos, poner el suelo, y cocina terminada. Parecía tan sencillo sobre el papel, pero debería haberlo sabido: nada relacionado con la reforma de Oak Tree Cottage era sencillo.

—Pareces una de esas mujeres de los carteles de los años cuarenta, ya sabes, esos en los que flexionan los brazos y dicen cosas como «Podemos hacerlo» —dijo Charlie, acercándose y tirando del pañuelo que me había atado al pelo en un intento de protegérmelo de la pintura.

Si algo había aprendido de la guía paso a paso para pintar el techo que había leído la noche anterior era que la pintura goteaba por todas partes.

—Sí, emites claras vibraciones de *pin-up* sexi de los años cuarenta, Freya —añadió Leila, que se había invitado a venir a ayudar—. ¿Qué te parece, Charlie? —preguntó con una sonrisa pícara en la cara.

Le lancé una mirada de advertencia, sabiendo que estaba intentando provocar.

—Me atengo a mi declaración original —dijo Charlie de manera enigmática.

Leila puso los ojos en blanco, decepcionada por no haber conseguido de él un consenso directo.

—Cuando hayáis terminado de marujear sobre mí, ¿creéis que podríamos ponernos a trabajar? —pregunté, con la intención de cambiar de tema de conversación—. ¿Qué te parece el color, Leila?

Con un destornillador, abrí la tapa de la lata de pintura para ver el contenido.

—¡Tachán! —coreamos Charlie y yo, absortos en el momento.

Habíamos pasado horas debatiendo a fondo las bondades de los distintos tonos, probando a pintar parches en las paredes e iluminándolos desde distintos ángulos hasta que estuvimos completamente satisfechos. La discusión sobre los azulejos se había prolongado aún más, hasta que al final admití la derrota y reconocí que la idea de Charlie de unos verdes y crema en un patrón de damero era mejor que mi sugerencia.

—¿Cuánto tiempo te ha llevado elegirla? —dijo Leila—. ¿Qué es, magnolia?

Sabía que bromeaba, pero me sentí bastante dolida por su decepcionante respuesta.

Afortunadamente, Charlie defendió nuestra decisión.

—¿Magnolia? ¡Cómo te atreves! Esto es mucho más que magnolia —dijo, amenazándola con la brocha.

Leila lo apartó.

—Me retracto. ¡Y yo qué sé! Vosotros tenéis gusto. Todos sabemos que yo no, y que confío en mi familia para que paguen a un diseñador de interiores para decorar mi piso, como la pobrecita niña rica que soy.

—Ay, qué pena —le dije, pasándole un rodillo de pintura—. Como castigo por ese descarado intento de jugar la baza de la infancia con carencias emocionales, puedes divertirte con el techo. Y, para futuras referencias, este color es Cielos de Grecia, un blanco cálido que tiene matices del sol amarillo y los mares azules del verano en las islas griegas.

—Qué elegante —dijo Leila—. ¿Quién iba a decir que un color tan aparentemente neutro podía dar tanto de sí?

—Y tenía un cincuenta por ciento de descuento en las rebajas de fin de stock, aunque eso no influyó en absoluto en nuestra decisión —añadí.

—Aún mejor.

—Creo que ya hemos pasado bastante tiempo hablando de ello. Pongámonos manos a la obra —dijo Charlie frotándose las manos con un entusiasmo contagioso.

Tuve que admirar su recién mejorada ética de trabajo. Tras el accidente del abuelo, parecía dedicar conscientemente más tiempo a ayudarme con la reforma, aunque la carga de trabajo de su empresa había aumentado porque él se encargaba del *marketing* de esta mientras sus empleados se iban de vacaciones.

—Me pido la escalera de mano —dijo Leila—. Vosotros dos, personas altas, prácticamente podéis llegar al techo sin ayuda.

Charlie encendió la radio y nos pusimos manos a la obra. Me avergonzaba admitir que era la primera vez que pintaba una habitación. A diferencia de muchos adolescentes, no había pasado por la fase de querer pintar mi dormitorio de negro y, desde que me independicé, nunca me dieron la opción de redecorar la serie de deprimentes habitaciones de alquiler a las que había llamado hogar. A juzgar por los vídeos que había visto en internet, sería un proceso de lo más satisfactorio, y, con suerte, bastante rápido, en el que el color se imprimiría con facilidad en las paredes y las haría deslumbrar con su nuevo y fresco aspecto. Por supuesto, lo que no tuve en cuenta era que la mayoría de los vídeos que había visto eran *time-lapses* con el sonido apagado. Porque enseguida me di cuenta de que cualquiera que pudiera pintar una habitación sin sentir la necesidad de decir palabrotas en voz alta por la frustración debía de ser una especie de santo. Cada vez que intentaba imitar las pinceladas largas y suaves del tutorial, acababa dejando enormes parches de pintura en la pared que luego empezaban a chorrear por todas partes. Y, en cuanto a la afirmación del lateral del bote, que decía que «Una capa lo cubre todo», bueno, yo me distraía del dolor que sentía entre los omóplatos redactando mentalmente una queja al fabricante en la que indicaba que su afirmación era pura ficción.

—La pintura era para la pared, no para ti —dijo Charlie cuando me cayó otra salpicadura en la cara.

Hacía tiempo que me había quitado las gafas, temiendo causarles un daño irreparable. Pintar con miopía no ayudaba mucho al proceso, pero al menos daba un favorecedor efecto de enfoque suave a mis débiles intentos.

—Espera, ¿qué tienes en la punta de la nariz? —pregunté, fingiendo inclinarme hacia delante para inspeccionar las facciones de Charlie, y luego lo embadurné con la brocha.

—Oh, tú te lo has buscado —dijo Charlie, y se acercó a mí con el rodillo.

Chillé e intenté huir, agachándome para que no alcanzara su objetivo. Desgraciadamente, Charlie no pudo detener el impulso del rodillo y Leila acabó con una gran mancha de pintura en una pierna.

—Niños, portaos bien, por favor —dijo, negando con la cabeza por el estado de su atuendo.

—Lo siento, Leila —coreamos Charlie y yo, fingiendo vergüenza.

—Y disculpaos mutuamente —insistió, poniéndose en modo profesora.

Charlie me miró con una intensidad devastadora. Mientras le devolvía la mirada, me encontré dando un paso más hacia él, hipnotizada de repente por la cálida expresión de sus ojos. ¿Era imaginación mía, o su mirada había bajado brevemente hasta mis labios? Se acercó a mí y sus ojos volvieron a clavarse en los míos.

—Freya... —susurró, con aquella voz ronca que, a pesar de mi resistencia, me hizo vibrar al instante.

Luego me cogió la barbilla con la mano y me embadurnó la mejilla de pintura con lentitud y suavidad.

—Malnacido taimado —dije, y traté de arrebatarle el rodillo de las manos antes de que me ensuciara más.

En algún lugar de mi mente, capté que Leila decía que tenía que coger algo del coche y salía rápidamente de la habitación, pero yo estaba demasiado concentrada en intentar vengarme de Charlie como para asimilarlo. Le sujeté las muñecas y acerqué sus manos a mí, atrapándolas entre nosotros para que no pudiera moverlas sin causarse el mismo estropicio.

—¿Estás segura de que quieres continuar esta batalla? —dijo Charlie, con los ojos brillantes de diversión.

No sé cómo consiguió acercarme más hacia sí, de modo que ahora tenía ventaja. De repente me di cuenta de que lo único que había entre nosotros era el rodillo de pintura, y ya empezaba a notar el frescor de la pintura húmeda empapando la parte superior de mi peto. Sabía que Charlie tendría esa misma marca en su mono. El calor de su aliento me hizo cosquillas en la boca y no pude evitar pasarme lentamente la lengua por los labios en respuesta. La expresión de Charlie se intensificó y me encontré acortando el milímetro de distancia que separaba nuestros rostros. Mis párpados se cerraron como una exhalación al sentir su boca sobre la mía. No importaba que la mitad de mi cara estuviera cubierta por una capa de Cielo de Grecia, ni que los mechones de mi pelo que se habían escapado del pañuelo parecieran haber estado en un experimento de tinte por inmersión que había salido fatal, ni que esto fuera muy mala idea. En ese momento, lo único que me importaba era la forma en que Charlie se me había quedado mirando, como si no pudiera apartar los ojos de mí, como si yo fuera la única persona en el mundo. No podía esperar a lo que estaba a punto de suceder.

—¡Ted, no! Bájala, suéééltala —dijo Charlie.

Por desgracia, la realidad era muy distinta de lo que yo imaginé. Sentía frío en la parte delantera de mi cuerpo ahora que Charlie ya no estaba pegado a ella. Saltó lejos de mí persiguiendo a Ted, que llevaba su pelota de tenis y la tenía suspendida justo encima de la lata de pintura abierta.

—No le digas «suéltala» —dije desesperadamente cuando por fin el *jet lag* inducido por la lujuria de mi mente me alcanzó cuando me di cuenta de que esto debía de ser lo que Charlie había estado mirando tan atentamente.

Ted, por primera vez en su vida, hizo justo lo que se le indicaba y soltó la pelota de tenis dentro de la lata de pintura. A cámara lenta, vi cómo la pintura se desbordaba por los lados y caía al suelo.

—Déééééjala, Ted, buen chico, déééééjala —dijo Charlie, hablando despacio y con cuidado, y extendiendo la mano en señal de alto mientras se acercaba a Ted.

Este ladeó la cabeza, como si estuviera considerando distintas posibilidades. Miró a Charlie y a la pelota. Juraría que el pequeño caradura estaba pensando con qué sacaría más partido de nosotros. Bajó el hocico hacia la lata.

—¡Nooo, Ted! —coreamos los dos a la vez.

El perro meneó la cola y se alejó, dejando tras de sí un rastro de huellas de pintura. Afortunadamente, también dejó la pelota en el sitio. Ya iba a ser bastante difícil quitarle la pintura de las patas. Agradecí a mis estrellas de la suerte que no tuviéramos que ocuparnos también de su cabeza.

Charlie y yo nos miramos y nos echamos a reír. La tensión había desaparecido y, de repente, todo había vuelto a la normalidad. Mientras Charlie cogía a Ted y salía de la habitación para meterlo en el corral del jardín antes de que pudiera causar más estropicio, empecé a preguntarme si todo el momento mágico había sido, una vez más, producto unilateral de mi desbocada imaginación.

—No interrumpo nada, ¿verdad? —Leila asomó la cabeza por la puerta del comedor, pues obviamente se había escondido allí hasta que la cosa estuviera despejada.

—No —respondí con un suspiro—. Aunque estoy bastante segura de que en realidad no iba a haber nada que interrumpir.

—Yo no estoy tan segura. Si vieras cómo te mira cuando no te das cuenta... —Su voz se apagó al ver la expresión de mi cara, que decía claramente que no la creía—. Vale, piensa lo que quieras. Pero, si quieres mi consejo, deberías hablar con él pronto. Yo no puedo soportar más esta tensión latente —dijo.

—Lo pensaré —respondí, aunque sabía que no lo pensaría mucho. A ella le parecía tan sencillo, pero yo sabía que la situación distaba mucho de serlo—. Mientras tanto, voy a buscar en Google cómo quitar la pintura de las patas de un perro y saldré a ayudar a Charlie con el bicho. Está claro que va a ser un trabajo de dos personas.

—Mejor tú que yo —dijo Leila—. Creo que seguiré con el techo. Por extraño que parezca, me está gustando. Está sacando un lado artístico que no sabía que tenía. Y va a hacer maravillas con mi tono muscular.

Armada con las respuestas que obtuve de una búsqueda en internet y un gran cubo de agua tibia con jabón, salí al jardín, con Charlie y Ted.

Como era de esperar, Ted no quiso cooperar y el contenido del cubo acababa casi todo el rato sobre Charlie y sobre mí, y no sobre él. Cuando por fin conseguimos quitarle los últimos restos de pintura de las patas y volvimos a dejarlo en el suelo, dio varias vueltas zumbonas a su corral en señal de protesta, con el trasero pegado al suelo mientras aceleraba para salir del alcance del odioso cubo. Le dejamos secarse y volvimos a la cocina, donde Leila canturreaba al ritmo de Los 40 Principales en la radio.

—Os habéis tomado vuestro tiempo —dijo—. Os advierto que voy a empezar a cobrar por horas.

—Vaya, casi has terminado la primera capa del techo. Es impresionante —me maravillé, asombrada de sus habilidades como pintora, que sin duda dejaban en entredicho las mías y las de Charlie.

—Se me puede agradecer poniéndole mi nombre a la primera hija —respondió.

Por suerte, Charlie estaba de espaldas, así que él no vio que Leila se dirigía a los dos.

Le alcé a esta una ceja como advertencia y, aunque hizo el gesto de cerrar los labios, supe que era cuestión de tiempo que dijera otra cosa igual de descortés. Me fui al otro lado y subí el volumen de la radio para dificultar la charla. Luego los tres pasamos el resto de la tarde realizando el duro trabajo de terminar la primera mano de pintura nueva en toda la casa.

—Creo que empiezo a cogerle el truco a esto —dije cuando dimos un paso atrás para inspeccionar nuestro trabajo.

El techo y todas las paredes de la cocina tenían una capa de Cielos de Grecia. Aún se veía la sombra oscura del yeso a través de ella, pero tenía un aspecto mucho más fresco que antes.

—Cuando hayamos dado otras dos capas, lo dominaremos por completo —dijo Charlie, que también había descubierto que su talento para la pintura no estaba a la altura del de Leila.

Ella se las había arreglado para seguir casi durante todo el proceso, aparte de las salpicaduras que recibió cuando fue una desafortunada espectadora en la pelea de pintura. Intenté decirme a mí misma que el estado de Charlie y el mío se debía sobre todo a la batalla de brochas que habíamos tenido, pero la realidad era que seguíamos siendo bastante torpes como decoradores. Con suerte lo compensaríamos cuando llegáramos a la fase de construcción de los armarios, aunque ya podía anticipar acaloradas discusiones sobre las llaves Allen.

Charlie se inclinó y rebuscó entre las bolsas de lo que compramos en nuestra última incursión a la tienda de bricolaje.

—Aquí está —dijo, y sacó una botella de *prosecco* con gran aplomo—. El pago para los trabajadores.

—Por fin —dijo Leila—. De esto es de lo que os hablaba antes. Aunque, como tengo que conducir, tomaré solo un sorbo y os dejaré solos. Estoy segura de que tenéis cosas mucho más importantes que hacer que entretenerme. —Me dirigió una mirada significativa que hice lo posible por ignorar.

Fiel a su palabra, tras tomar un dedal de *prosecco*, Leila se despidió.

Charlie y yo chocamos nuestras copas.

—Ya solo quedamos dos —dijo.

—Tres: no te olvides de Ted —dije automáticamente.

—¿Cómo podría olvidarme de Ted? Tres forman una unidad familiar —dijo Charlie.

No podía saber si hablaba con segundas, o si estaba haciendo una de sus bromas.

Recriminándome mi propia cobardía, decidí que era más seguro interpretarlo como lo segundo.

—Sí, la clásica familia disfuncional —convine—. La mandona sensata, el impulsivo divertido y el pegamento que los mantiene unidos a ambos.

Charlie se inclinó y rascó a Ted, a quien por fin le habíamos permitido volver a entrar en casa mientras la cocina permaneciera fuera de sus límites.

—Creo que, en esa forma de interpretarlo, tú serías la mandona sensata, compañera —dijo.

Claro que me refería a mí, aunque prefería la forma de Charlie.

—Ya que tú te has encargado de la bebida, yo me ocuparé de la comida de esta noche —le ofrecí—. ¿Por qué no vas y te das la primera ducha?

—¿Y dejar que al *prosecco* se le vayan las burbujas?

—Si le metemos una cucharilla, seguirá burbujeando, no te preocupes.

—Otro consejo de tus vídeos *on-line* —dijo Charlie.

—No, eso es todo mío —dije fingiendo indignación—. Ahora vete antes de que cambie de opinión y entre yo primero.

Tenía la esperanza de que Charlie hiciera su broma de invitarme a compartir la ducha, pero, por supuesto, no lo hizo.

Decidí sacar el hornillo de *camping* al jardín y cocinar al aire libre, pues no quería contaminar la comida con los vapores de la pintura, ni, por el contrario, que se quedara atrapado de algún modo el olor a queso fundido en la nueva decoración. Cuando Charlie regresó poco después con unos vaqueros nuevos y elegantes y una camiseta que resaltaba el color de sus ojos, me estremecí un poco y le dejé con instrucciones estrictas de no dejar que el *risotto* de setas se secara, mientras yo subía rápidamente a realizar lo que esperaba que fuera una transformación similar a la de él.

Inevitablemente, mi pelo no quiso colaborar y acabé recogiéndomelo en un moño desordenado que esperaba que disimulara lo peor de los grumos de pintura que aún tenía pegados. Si seguía así, mi peluquero se iba a echar a llorar la próxima vez que fuera a verlo.

Me apresuré a bajar y descubrí que Charlie había montado un cenador en el jardín. Había encontrado en algún sitio una ristra de lucecitas y las había colgado de las ramas del roble, debajo de las cuales había una mesa improvisada con una caja puesta del revés de madera, la caja en la que venían los azulejos nuevos del cuarto de baño. En el centro de la mesa descansaba una vela de citronela, y los sitios de cada uno estaban colocados con los cubiertos de segunda mano que habíamos comprado. Era desordenada, y desordenada y me encantaba.

—Su mesa, señora —dijo Charlie con una profunda reverencia y acompañándome a mi asiento.

Se colocó detrás de la silla de *camping* y la acercó cuando yo me senté, como si estuviéramos en un restaurante de lujo.

—La cena iba a ser mi regalo —protesté, haciendo ademán de levantarme.

—Quédate sentada, yo me encargo. Soy muy bueno siguiendo instrucciones —añadió.

—No me había dado cuenta —le dije. Respondió con una sonrisa—. Está bien, si insistes. El *risotto* ya debería estar, así que solo tienes que servirlo.

—Delicioso —dijo Charlie mientras servía las raciones en los platos.

Ted se acercó y se sentó a nuestros pies; nunca dejaba pasar la oportunidad de comer algo.

Nos tomamos nuestro tiempo, hablando y riendo durante toda la cena. Después nos acomodamos en el sofá de segunda mano. Sentados juntos viendo Netflix en el iPad de Charlie mientras Ted se acurrucaba en nuestro regazo, me sentí de maravilla, como deberían ser las cosas. Una vez más sentí ese anhelo incipiente de algo más. Pero un comentario casual de Charlie, especulando sobre el valor que la nueva cocina añadiría a la casa, me devolvió pronto a la cordura y me recordó que no debía dejar que las fantasías interfirieran en nuestro sensato plan de vender y seguir adelante.

23

Cuando la cocina empezaba a parecerse a un lugar donde realmente sentirse cómoda preparando comida, recibí la noticia que había estado esperando. Por fin le iban a dar el alta al abuelo Arthur. Desgraciadamente, eso no significaba que estuviera tan bien como para volver directo a casa, sino que ingresaría en una residencia donde recibiría fisioterapia intensiva con el objetivo de devolverle su autonomía. A pesar de que salía del hospital, el abuelo no se había tomado bien la noticia de la residencia.

—Las residencias están llenas de viejos —se quejó, sin aceptar que probablemente él sería uno de los residentes de más edad.

Comprendí el sentimiento que había detrás de sus palabras: el abuelo tenía miedo de que, una vez entrara en una residencia, ya no hubiera vuelta atrás. Para él era un infierno estar atrapado en un lugar donde se imponía la alegría y todos le trataran como si fuera idiota. Mamá me tranquilizó diciéndome que habían encontrado un lugar muy especial para él donde no habría ese comportamiento condescendiente, pero, cuando les llamé para concertar mi primera visita, no tuve un buen presentimiento.

La mujer al otro lado de la línea hablaba sin contemplaciones:

—El horario de visitas es de doce a tres, y hay que firmar al llegar. Es por razones de seguridad.

—Me parece bien —dije, aunque no me gustaba la idea de que las visitas estuvieran restringidas a ciertas horas—. ¿Y podemos llevar al perro del abuelo para que lo vea?

Hubo una aguda inhalación.

—¿Un perro? Por supuesto que no —dijo, en un tono de voz que hizo que sonara como si yo hubiera sugerido introducir drogas ilegales en la residencia.

—¿Puedo preguntar por qué? ¿Es por motivos de salud? —dije, decidida a insistir por el bien del abuelo.

—Molestan a los residentes y estorban —contestó.

Estaba claro que no había nada más que discutir.

Colgué y me volví hacia Charlie con una expresión de decepción en la cara.

—Han dicho que no a llevar a Ted. El abuelo se va a llevar un disgusto.

—¿No será porque hay alguien en la residencia que es alérgico?

—No, tengo la impresión de que a la mujer de recepción no le gustan los perros. Probablemente sea demasiado divertido para los residentes. Es una pena. El abuelo estará tan triste; además, le prometí a Ted una visita.

—Tal vez sea hora de que revisemos nuestras credenciales del Dúo Terrible. No podemos decepcionar a Arthur y Ted.

—No sé qué podemos hacer. No queremos meter al abuelo en líos.

—Redescubre tu sentido de la aventura, Freya. ¿Qué es lo peor que pueden hacernos? No te preocupes, tengo un plan —dijo Charlie.

El plan consistía en introducir a Ted en la residencia en una bolsa gigante de IKEA. Era un plan simple, pero eficaz, aunque yo tenía mis dudas. Charlie aparcó a la vuelta de la esquina y metimos a Ted en la bolsa.

—¿Estás seguro de que va a estar bien ahí? —pregunté, imaginando ya las innumerables cosas que podían salir mal, muchas de las cuales implicaban que expulsaran al abuelo de la residencia por incumplir las normas.

—Estará absolutamente bien, ¿verdad, Ted? Es bonita y abierta por arriba, así que le dará mucho el aire, y, mientras esté quieto, la mandona de recepción no se dará cuenta. Diremos que traemos algo de ropa extra para Arthur.

—Humm, es lo de que se quede quieto lo que me preocupa. No recuerdo que Ted se haya quedado quieto nunca, ni siquiera después de cortarse la pata con un cristal cuando era un cachorro.

Ted me miró con sus grandes ojos marrones y hubiera jurado que me guiñó un ojo.

Charlie se subió con cuidado la bolsa al hombro y se quedó allí, tratando de parecer indiferente mientras el contenido de la bolsa se retorcía.

—No podrías parecer más sospechoso aunque lo intentaras —dije.

—Usemos las técnicas de distracción —dijo Charlie, cogiéndome de la mano y avanzando a zancadas con tanta seguridad que no tuve más remedio que seguirle la corriente.

—¿Por qué vamos de la mano? —siseé mientras subíamos los escalones y entrábamos en la recepción.

—Confía en mí —fue lo único que dijo.

Había una cola de personas esperando para registrarse y, por el creciente murmullo de la bolsa, me di cuenta de que Ted se estaba poniendo bastante inquieto.

Cuando por fin llegamos al principio de la cola, Charlie me besó de repente el dorso de la mano.

—¿Por qué no nos registras, nena? —le dijo a la recepcionista—. Mi prometida es siempre muy práctica, y por eso la quiero —explicó con confianza a la mujer que estaba detrás del mostrador, acercándose de forma encantadora, la viva imagen de la pareja enamorada.

Mientras tanto, me colgó subrepticiamente la bolsa en el hombro, suponía que para que pudiera ocultarla de la vista de la mujer. Pero el repentino peso de Ted casi me hizo tambalearme, lo que por supuesto atrajo la atención de la mujer directamente hacia donde no queríamos.

Charlie agachó la cabeza y me besó brevemente antes de volverse hacia la mujer.

—Está abrumada por mi presencia —dijo, todavía el señor Encanto personificado.

La mujer soltó una risita. Cuando se dio la vuelta para comprobar el número de la habitación del abuelo, puse los ojos en blanco y le dije a Charlie:

—¿A qué ha venido eso? —Aún me latía el corazón con fuerza ante el repentino y delicioso impacto de sentir sus labios contra los míos.

Él sonrió.

—Tuve que hacerlo —susurró—. Mientras esté concentrada en el sueño de amor, no se dará cuenta de que Ted está a punto de salirse de la bolsa. Rápido, corre.

Yo tampoco me había dado cuenta. Miré hacia abajo y vi la cabeza peluda de Ted asomando por la bolsa. La empujé suavemente hacia dentro y luego me alejé por el pasillo con la esperanza de que, si parecía que debía estar allí, nadie cuestionaría mi presencia.

Afortunadamente, oí la risa inconfundible del abuelo a lo lejos, así que supe que iba en la dirección correcta. Doblé la esquina y estuve a punto de ser arrollada por un alegre hombre en silla de ruedas que, al parecer, participaba en una carrera contra mi abuelo. Llegó al final del pasillo, golpeó la pared con la mano y dio un puñetazo al aire con alegría.

—Bien hecho, Sjaak —dijo el abuelo al llegar a la meta uno o dos segundos después—. Freya, cariño, ¡qué alegría verte! —Al oír la voz del abuelo, la cabeza de Ted reapareció—. Eh, Ted, déjame presentarte a mi buen amigo Sjaak. Creo que os vais a llevar muy bien. Tenéis el mismo sentido de la travesura los dos.

Oí la voz de Charlie por el pasillo, haciendo una pregunta a alguien en voz demasiado alta.

—Cuidado —advertí—, las presentaciones van a tener que interrumpirse, me temo. Creo que tal vez estén a punto de descubrirnos. ¿Hay algún lugar al que podamos escapar? —pregunté.

—Sígueme —dijo Sjaak—. Llevo aquí unos días más que tu abuelo, así que conozco todas las rutas para escapar de Colditz.

Nos sacó por una escalera de incendios, cruzó un patio y entró en un ala de la parte trasera del edificio.

—Utiliza mi habitación para tus visitas, Arthur; yo iré a vigilar —dijo Sjaak, saludando contento con la mano antes de salir zumbando a hacer de intermediario.

Me alegraba de que el abuelo hubiera encontrado un amigo aquí, alguien con la misma visión brillante de la vida. Con suerte, eso le ayudaría a adaptarse a su nuevo entorno y a recuperarse pronto.

Unos segundos después, Charlie entró en la habitación, cerramos la puerta y dejamos salir a Ted para que saludara al abuelo. No me importa confesar que su feliz reencuentro hizo que se me saltaran las lágrimas, y mientras Charlie se puso a olisquear al ver que la cola de Ted se movía con tanta fuerza que también sacudía el resto de su cuerpo. Cogió a Ted y se lo puso al abuelo en el regazo, y el perrito empezó a lamerle las orejas a su amo con fiereza.

—Ya basta, muchacho —dijo el abuelo, aunque su voz era ronca, como si también estuviera conteniendo la emoción. Ted se acomodó, se acurrucó contra su amo y empezó a roncar tranquilamente mientras el abuelo le acariciaba la cabeza—. Contadme cómo va la casa. ¿La habéis terminado de arreglar ya?

—Estamos ahí —respondí Charlie.

—Yo diría que nos queda bastante —dije al mismo tiempo.

El abuelo nos miró a los dos con una expresión divertida en el rostro.

—Suena intrigante —dijo—. No veo la hora de que me dejen salir de aquí para inspeccionar vuestro trabajo, sobre todo el tuyo, Charlie. ¿Cómo está el...?

—Es un esfuerzo conjunto, señor Arthur, como usted bien sabe —dijo Charlie cortándole a mitad de la frase.

Por más que quisiera, no podía imaginarme qué conversación tácita estaban manteniendo.

—Sí, claro —dijo el abuelo—. A juzgar por las motas que aún quedan en el pelo de Freya, ¿habéis estado pintando? Un color bonito y fresco. Estoy deseando verlo *in situ*.

—Pensamos que podríamos centrarnos en la cocina, ya que las demás habitaciones van a necesitar revoque —intervine—. Aún no me he atrevido a ver vídeos tutoriales sobre cómo hacerlo y, a juzgar por lo negada que soy para la pintura, tengo la horrible sensación de que el enlucido tampoco se va a contar entre mis habilidades.

—Creo que se me daría bastante bien emplastarme —dijo Charlie con una sonrisa—. De hecho, cuando vuelvas al colegio la semana que viene, iba a intentarlo.

Me puse de los nervios, tanto ante la idea de tener que regresar al trabajo como ante la idea de que Charlie fuera a enlucir él solo.

—¿Estás seguro de que no deberíamos esperar hasta que podamos estirar el presupuesto lo suficiente para encontrar a un profesional que lo haga? —pregunté.

—Pero podrían pasar meses antes de que hayamos ahorrado lo suficiente —respondió Charlie—. Y, hasta que no hayamos terminado el enlucido, el resto de la reforma tendrá que esperar. Eso podría retrasar mucho tu calendario.

Para ser sincera, la idea de retrasar la planificación me parecía atractiva, pues temía el momento en que el trabajo estuviera terminado, y Charlie y yo tomáramos caminos separados. Pero estaba claro que Charlie no era de la misma opinión.

—Aún no estoy segura —dije.

—Confía en mí, Freya —dijo Charlie, y sonaba seguro de sí mismo.

El abuelo rio entre dientes.

—Ten un poco de fe en el muchacho —dijo—. De todos modos, es como decorar una tarta. Además, va a tener un guía experto.

—¿Qué quieres decir?

—Arthur quiere decir que se va a conectar a FaceTime para ir indicándome dónde me equivoco, ¿no? —dijo Charlie.

—No te esfuerces demasiado —le dije.

—No te preocupes, soy más fuerte de lo que parezco —dijo Charlie con una sonrisa.

—Estaba hablando con el abuelo, como bien sabes —le respondí.

Unos golpes en la puerta interrumpieron nuestra conversación. Ted soltó un ladrido como respuesta y se subió al regazo del abuelo, dispuesto a defenderlo de cualquier intruso que se atreviera a entrar.

—Shh, Ted —siseé, mirando desesperadamente a mi alrededor en busca de un escondite y sin encontrar nada adecuado—. ¿Qué vamos a hacer con él?

—Yo los distraeré, tú sácalo por la ventana —dijo Charlie.

—¿Por qué tengo que ser yo la que salga por la ventana?

Charlie lanzó una tos falsa que se parecía mucho a los ladridos de Ted.

—Porque yo sé hacer este ruido —contestó—; además, como no dejas de repetirme, tengo el don de la palabra, y tú eres demasiado buena y nos delatarás enseguida porque parecerás culpable.

Así fue como me encontré con Ted retorciéndose en mis brazos mientras trepaba por la ventana, que afortunadamente estaba en la planta baja, y luego corrí por el jardín de la residencia como un ladrón pillado in fraganti.

—Tienes mucho por lo que responder, colega —le dije a Ted, haciéndole cosquillas cariñosamente en el hocico mientras nos escondíamos detrás del coche de Charlie—. ¿Por qué tarda tanto? Estoy segura de que el abuelo y él traman algo. ¿Tú qué crees?

La respuesta de Ted fue quedarse dormido en mis brazos, por lo que yo me quedé en una postura incómoda, medio en cuclillas, y no me atrevía a moverme para no molestarlo.

—¿Qué está pasando aquí? —retumbó una voz autoritaria desde arriba.

Al sobresaltarme, Ted se despertó y emitió un gemido somnoliento de protesta.

Estaba a punto de soltar una obsequiosa disculpa por infringir las normas de la residencia cuando me di cuenta de que solo era Charlie el que estaba haciendo el tonto.

—Gracias por casi provocarme un infarto —dije—. Te has tomado tu tiempo. Y has roto la regla cardinal del cuidado de los perros: nunca molestes a un perro dormilón. Ted está agotado con toda la excitación.

—Lo siento. Ser..., una persona me ha llamado según salía —dijo Charlie—. Por cierto, tengo que salir esta noche —añadió de forma casual. Demasiado casual.

—Claro, no hay problema. No hace falta que me pidas permiso —respondí con cuidado, con la esperanza de conseguir guardarme mi decepción solo para mí.

Desde el accidente del abuelo, Charlie había estado a mi lado como el amigo comprensivo que era. Ahora que el abuelo estaba recuperándose y yo me encontraba mejor, era justo que se tomara un poco de tiempo para reunirse con Serena, que estaba claro que era lo que iba a hacer.

—¿Y tú? ¿Qué planes tienes para esta noche? —preguntó.

—Leila me comentó que su equipo de *roller derby* tenía entrenamiento a puertas abiertas esta noche. He pensado que podría ir —dije, sacando de la nada algo que sonara un poco más interesante que mi intención original, que era quedarme preparándome para el comienzo del nuevo curso.

Culpé al espectro de Serena por obligarme a decirlo.

—¿Como la película *Roller Girls*? Rápida, sin tapujos y sin prisioneros. Suena muy divertido —dijo Charlie—. Me alegro por ti. Si quieres, te llevo. ¿No es el *roller derby* un deporte en el que todo el mundo se inventa seudónimos? Deberías ponerte «Problemática Hutch» o algo así. Eso asustaría al oponente.

—No estoy segura de ser problemática. Y no quisiera molestarte; iré en autobús —contesté, planeando cómo fingir que iba a coger el autobús y luego volver a casa cuando no hubiera nadie.

Lo había dicho para parecer menos tonta. No estaba segura de ser lo bastante valiente como para cumplir mi temeraria declaración.

—No te menosprecies. Puedes armar jaleo cuando quieras, y eso es lo que importa. Y no es ninguna molestia llevarte —dijo Charlie con una sonrisa que me indicó que probablemente se había dado cuenta de mi plan.

Fiel a su palabra, aquella tarde me llevó en coche hasta la puerta del pabellón deportivo donde iba a tener lugar el entrenamiento y esperó, y se despidió con la mano tan contento, hasta que crucé las puertas y me recogió el miembro del equipo encargado de dar la bienvenida a los novatos. Así fue como me encontré atándome los cordones de un par de patines prestados mientras Leila me colocaba el casco y me ponía almohadillas en las rodillas y los codos.

—La cantidad de equipo de protección me está preocupando mucho —dije, con los nervios revolviéndome el estómago—. No iba tan protegida desde que jugaba al *hockey* en tercero de secundaria, y al final terminé con un tobillo lesionado y estuve cojeando casi todo el trimestre.

—¿Qué prefieres, quedarte aquí y quizá caerte de culo un par de veces, o esperar en casa a que Charlie vuelva de su cita, o quizá incluso pasar la noche fuera, mientras se te rompe un poco más el corazón? —Leila me miró sin expresión alguna en la cara.

—No es eso lo que haría en absoluto —le dije, aunque para mi gusto ella se había acercado bastante a la verdad—. Haces que parezca patética.

—Eres cualquier cosa menos eso, Freya. Pero, si no te atreves a decirle lo que sientes, entonces no puedes ponerte triste cuando se vaya con la encantadora Serena por la noche.

—Vale, lo admito. A pesar de mis mejores intenciones, sí, me he enamorado de él. Pero no es una situación sencilla. Haces que decírselo parezca fácil, cuando en realidad no lo es. Hay mucho que considerar. Hay tanto en juego si digo algo y él no siente lo mismo, y yo creo de verdad que no lo siente —protesté—. Compartimos casa. Estamos vinculados económicamente. Si voy y hago que las cosas se pongan feas entre nosotros declarándole amor eterno mientras él sigue siendo mi amigo, todo se va a estropear. Tendremos que seguir viviendo juntos, sabiendo que hay un gran tema tabú entre nosotros. No soporto imaginar la mirada triste pero amable que me dirigirá cuando tenga que rechazarme delicadamente. Sé que será superamable, pero eso será aún peor. Las cosas nunca volverán a ser como antes. ¿Te imaginas lo humillante que sería? No creo que sea lo suficiente valiente como para exponerme de esa forma.

—Sin embargo, puede que no ocurra. Porque no lo sabrás seguro hasta que no digas algo. Pero ya hemos tenido esta conversación antes, Freya. Si aún no estás lista para ser valiente, no pasa nada. Lo único que te aconsejaría es que no lo dejes para muy tarde. No querrás arrepentirte. A veces hay que arriesgarse y confiar en que las cosas saldrán bien. Eso es lo que yo hice con Nim. Cambiando de tema, otra cosa que te aconsejo para esta noche es que canalices tu confianza en ti misma de manera que te mantengas erguida. Las chicas no te dejarán jugar hasta que hayas dado una vuelta alrededor de la pista al menos una vez. —Señalaba el circuito que estaba marcado en el suelo, un suelo que parecía muy duro.

Los miembros del equipo de *roller derby* Hermanas Gritonas estaban calentando, recorriendo la sala a la velocidad del rayo y abriéndose paso entre sí con apenas unos centímetros de margen. Aquello tenía una pinta aterradora y habría salido corriendo si no llevara patines. De repente, la perspectiva de hablar con Charlie me pareció un juego de niños.

Creí que iba a detestar cada minuto del entrenamiento. Al fin y al cabo, se centraba en todos mis puntos débiles: mi miedo a hacerme daño, mi incapacidad para soltarme y dejarme llevar y, por supuesto, mi falta de confianza para gritar y decir lo que quería. Sin embargo, Leila y sus compañeras de equipo demostraron ser un grupo de apoyo, animaban a todo el mundo y hacían que todas las novatas sintiéramos que estábamos progresando a medida que intentábamos hacer los diversos ejercicios de patinaje diseñados para ayudar a aumentar nuestra confianza y desarrollar nuestras habilidades. Hacia el final de la tarde incluso me atreví a soltarme de Leila para dar una tímida y lentísima vuelta a la pista; a mi regreso me recibieron con vítores tan sonoros como si hubiera ganado la liga con ellas. No iba a entrar en el equipo en un futuro próximo, pero, para mi sorpresa, me di cuenta de que había disfrutado mucho de la tarde, había salido de mi zona de confort y había hecho nuevas amigas por el camino. Hacía tanto tiempo que no participaba en actividades de grupo que había olvidado lo divertido que podía ser. Me entusiasmé tanto que me apunté a sus clases para principiantes, que se impartían hasta Navidad.

—Estoy muy orgullosa de ti —dijo Leila, y me dio un abrazo después de terminar el entrenamiento.

—¿Y eso?, ¿por mantenerme en pie? He sido la más lenta con diferencia —dije—. Y debo de haberme caído más veces que todas las demás juntas. Seguro que mañana tendré la piel negra y azul.

—Pero seguiste adelante, aunque estabas aterrorizada. A veces las cosas que más nos asustan son las que más beneficios nos dan —afirmó.

—Ja, ja, sé exactamente a dónde quieres llegar —repliqué.

—Te prometo que dejaré de hablar de ello. Pero, independientemente de lo que pase entre tú y Charlie, sigues creciendo como persona, mi querida amiga. La Freya de principios de año nunca se habría soltado, ni se habría permitido... divertirse así.

—Eso es porque la Freya de principios de año estaba aún ahorrando para la entrada de su casa —señalé.

—Buen intento, pero ya me has dicho suficientes veces que sigues siendo tan pobre como un ratón de iglesia, que, si no te importa que te lo diga, es una frase muy rara. Tal vez haya ratones de iglesia ricos. Pero eso no viene al caso. Creo que usaste lo de ahorrar para la casa como excusa para no obligarte a hacer cosas que no te apetecía hacer. Ahora lo haces de todos modos, aunque te dé miedo. Bueno, en la mayoría de las áreas de la vida.

—He captado el mensaje, gracias, Leila. Esa promesa de dejar de hablar del tema no ha durado mucho, ¿no? El quid de la cuestión es que ahora soy una persona que sabe lo que piensa y hace lo que quiere. Teniendo eso en cuenta, ¿quizá me dejes tomar mi propia decisión sobre la situación con Charlie y actuar en consecuencia?

24

El último fin de semana antes del comienzo del curso, Charlie y yo decidimos dar un último empujón y terminar la cocina para que fuera una cosa menos de la que preocuparse cuando yo volviera al trabajo.

—Podríamos tener una cocina completamente civilizada para disfrutarla cuando caiga la noche —dijo Charlie—. Es mucho mejor preparar la comida en un entorno seguro que tener que cocinar bajo las estrellas.

Sentí una punzada de nostalgia al pensar en aquella maravillosa noche en la que habíamos comido *risotto* con setas bajo las guirnaldas de luces del roble. Iba a echar de menos las veladas románticas como aquella, aunque sospechaba que el romance había sido muy unilateral. El siguiente comentario de Charlie confirmó mis temores:

—Además, con la cocina terminada podríamos empezar a conseguir tasaciones, si quieres —añadió.

—Claro, si eso es lo que quieres —acepté, aunque la idea de vender la casa y mudarme distaba mucho de ser tan tentadora como antes.

Mi sueño de tener una casa propia había evolucionado mucho en los últimos meses. Los aspectos prácticos de vivir sola no me preocupaban, pero sí la idea de existir sin Charlie a mi lado.

Para ayudarnos a sacar adelante nuestro cada vez más escaso presupuesto, habíamos encargado una cocina por módulos que íbamos a montar nosotros mismos. Me pasé varias horas estudiando detenidamente las instrucciones, pero bien podrían estar escritas en griego, de lo mal que se entendían.

Charlie, por su parte, había hecho su truco habitual de echar un vistazo somero a las fotos antes de ponerse a montar las piezas.

—Parece un rompecabezas, y ni siquiera distingo los bordes —reconocí.

—Nada menos que un rompecabezas en 3D —dijo Charlie en tono alegre.

Si no me equivocaba mucho, él estaba disfrutando.

Me preparé para el caos. Sin embargo, mientras yo seguía religiosamente las instrucciones paso a paso y avanzaba muy poco, Charlie iba viento en popa. En un abrir y cerrar de ojos, había montado un armario sin esfuerzo aparente y estaba listo para colocarlo junto a las ventanas bajo las que el fontanero iba a instalar el fregadero.

—Estoy impresionada —dije—. ¿Has estado estudiando en secreto o algo así?

—¿Qué te hace pensar tal cosa? —preguntó Charlie—. A lo mejor es que me estoy convirtiendo en un carpintero de gran talento. Las instrucciones no son lo más importante. —Con un lápiz, marcó la ubicación del armario en el suelo y lo volvió a colocar en el centro de la cocina—. Mira —dijo, y señaló el suelo donde iba a estar el armario.

Me arrodillé a su lado.

—Una de las huellas pintadas de Ted. El contorno es tan claro que parece dibujado a propósito —dije—. Tal vez fue su manera de dejar su marca en la estancia.

—Es mejor que su método habitual de levantar la pata —dijo Charlie, sonriendo—. Creo que deberíamos seguir su ejemplo.

—Supongo que te refieres a lo de la pintura y no a lo de levantar la pierna.

Charlie se rio.

—No estoy seguro de que ese tipo de marcaje del territorio ayude al valor de reventa. No, lo que iba a sugerir es que firmáramos con nuestros nombres junto a la huella de Ted.

Añadir nuestras firmas para la posteridad. Piensa en toda la gente que ha vivido en este lugar a lo largo de los años, y en los rastros que hemos visto de ellos al quitar la antigua decoración.

—Gente que lamentablemente carecía de gusto —bromeé.

—O gente cuyos estándares decorativos eran muy de su época —sugirió Charlie.

—Tienes razón. Puede que dentro de cincuenta años otra pareja o unos amigos —me apresuré a corregir— miren nuestra decoración y se pregunten en qué demonios estábamos pensando. —Creí que Charlie iba a decir algo, pero, fuera lo que fuera, cambió de opinión—. ¿Cómo dejamos nuestra huella? —pregunté, con la sensación de haber dejado escapar otra oportunidad.

—¿No llevarás un rotulador en la mochila? Si garabateamos nuestras firmas y la fecha junto a la huella de la pata de Ted, quedarán escondidas debajo del armario. Una vez colocado el rodapié, nadie se dará cuenta.

Subí corriendo a mi habitación y rebusqué en mi mochila hasta encontrar mi estuche de lápices.

—Aquí tienes —le dije a Charlie, ofreciéndole los colores que había elegido.

—Las damas primero —respondió. Elegí un bolígrafo azul y firmé cuidadosamente con mi nombre debajo de la huella de la pata de Ted, luego le pasé el bolígrafo a Charlie. Añadió su firma y miró al otro lado de la cocina—. Creo que alguien quiere salir al jardín —dijo.

Ted estaba de pie mirando fijamente a la puerta trasera.

—Le dejaré salir —respondí.

Llevé a Ted a su ahora casi tolerado corral para perros y lo dejé allí para que estirara las piernas. Cuando volví a la cocina, Charlie estaba terminando de colocar el armario en su sitio.

—Es una pena —me lamenté—. Iba a hacer una foto de nuestros nombres allí. ¿Podemos moverlo otra vez?

Charlie se apoyó en el armario, bloqueando mi acceso a él.

—Lo siento, Freya, pero ya está colocado. No creo que sea buena idea seguir moviéndolo. Podría desencajarse. Venga, al siguiente armario. Los malos no descansan.

—Supongo que así es —dije, todavía decepcionada.

Charlie se apresuró a montar otros dos armarios antes de que por fin yo admitiera mi derrota con las instrucciones y le pidiera ayuda.

—Freya Hutchinson, ¿la señorita Hágalo Usted Mismo, pidiéndome ayuda a mí, al rey de la improvisación? ¿Qué está pasándole al mundo? —dijo Charlie, fingiendo desmayarse ante la sola idea.

—Ya está bien, no hay necesidad de regodearse. Admito que no siempre tengo razón. De hecho, muchas veces no tengo ni idea de lo que hago. Pero, como profesora, tengo que mantener un aire de confianza y seguridad en mí misma.

—¿Incluso si eres una ruina temblorosa por dentro? —preguntó Charlie.

—Sobre todo entonces. Así que vamos, confiesa el secreto de tu logro.

Charlie ladeó la cabeza y me estudió detenidamente.

—Quizá todavía no. Pero te ayudaré a descubrir en qué te has equivocado con el armario que llevas todo el día intentando montar sin éxito.

—¡Dime, oh, sabio! —exclamé.

—Déjame saborear este momento en que Freya me llama sabio —dijo Charlie, y se llevó la mano al pecho y cerró los ojos.

—Sigue así y te dejaré que lo hagas todo tú solo —me quejé, rozando mi cadera con la suya.

Charlie puso cara de dolor.

—¿Qué ha pasado con «El trabajo en equipo hace los sueños realidad»?

—Seguro que tengo pesadillas con estos armarios, déjame decirte.

—Es muy fácil, una vez que le has cogido el truco —indicó Charlie.

Y luego empezó a ayudarme y mostró una gran moderación al no reírse de mí cuando nos dimos cuenta de que yo había estado intentando poner las puertas del armario al revés.

Justo antes de la medianoche del domingo, por fin bajamos las herramientas y nos paramos a admirar nuestro duro trabajo. Es cierto que tuvimos que sacrificar la colocación del nuevo suelo, al darnos cuenta de que mi plan de trabajo había sido demasiado optimista al intentar incorporarlo también en tan solo cuarenta y ocho horas. Pero, aparte del suelo sin arreglar, la habitación estaba prácticamente lista. Las paredes Cielos de Grecia la hacían luminosa y acogedora, mientras que los armarios de pino pulido y la encimera de granito verde oscuro creaban el ambiente perfecto para una cocina rústica, acogedora y hogareña, a la vez que elegante y práctica. El hueco para el fregadero encastrado estaba en su sitio, y los azulejos verde botella y crema del frontal daban un aire sofisticado a la estancia. Nadie se daría cuenta de que aún faltaba por instalar el fregadero, que con suerte estaría colocado al día siguiente. Y, lo mejor de todo, había una cocina que funcionaba con solo pulsar un interruptor. Ya no tendríamos que balancear enormes sartenes sobre un pequeño hornillo de *camping*.

Me masajeé el cuello cuando el esfuerzo de todo el fin de semana de trabajo manual empezó a pasarme factura.

—Permíteme —dijo Charlie, y se acercó y me masajeó los hombros de una forma que me hizo suspirar en voz alta. Cerré los ojos y disfruté del momento—. Perfecto, ¿no crees?

Estaba segura de que se refería a la cocina, pero mi respuesta fue sobre algo totalmente distinto:

—Sí, lo es. —Respiré hondo. Quizá había llegado el momento. El momento de decir lo que llevaba pensando casi todo el verano. ¿Cómo se lo diría? «Charlie, ¿quieres ser mi novio?».

Sonaba como si estuviéramos de vuelta en el patio de recreo y estuviera a punto de retarle a un juego de persecución de besos. «Charlie, creo que te quiero» sonaba tan inadecuado, como si no hiciera justicia a la profundidad de mis emociones y al conflicto que me estaban causando—. Charlie, yo...

—Tierra a Freya, ¿sigues ahí?

Volví a la realidad y me di cuenta de que Charlie debía de haber estado hablándome durante los últimos segundos.

—¿Qué ha pasado?

—Vale, has vuelto conmigo. Te decía que creo que tenemos que colgar algunos adornos para rematar la cocina, y entonces estará perfecta. Ahora dame dos segundos; tengo una sorpresa para ti. —Charlie fue a su habitación y regresó un momento después con cara de satisfacción—. Cierra los ojos y extiende las manos —ordenó.

—Suena siniestro —le dije.

—Por favor, hazlo —me pidió. Hice lo que me mandó, pero solo después de poner los ojos en blanco en respuesta a su falsa prepotencia—. Aquí tienes —dijo Charlie.

No sé qué esperaba yo que fuera, pero desde luego no era... lo que me puso en las manos. Parecía un gran marco de madera (¿una especie de cuadro?).

—¿Puedo abrir los ojos ya?

—Sí —dijo Charlie, con la voz ansiosa por la emoción.

Miré hacia abajo y vi «Las Normas» dentro de un marco de madera clásico, con mi letra garabateada conservada y protegida tras un cristal. En la parte posterior del marco había una tarjeta pegada que decía: «Para Freya, de Charlie», seguida de la fecha. Pero la belleza del marco no me importaba en comparación con el significado potencial del regalo. Le di la vuelta y empecé a leer «Las Normas», las directrices que tan ingenuamente había recopilado cuando comprar una casa con un viejo amigo parecía algo simple y fácil. Una en particular me llamó la atención de inmediato, la norma 18c, «No involucrarse». Era la norma que yo había escrito, y era una norma que me había planteado seriamente romper. Aunque tal vez esa fuera la razón por la que Charlie me había regalado el cuadro. ¿Era su forma sutil de reconocer que se había dado cuenta de mis sentimientos y de advertirme antes de que yo dijera o hiciera algo de lo que los dos nos arrepentiríamos?

—Está genial, Charlie, ¡qué gran idea! —exclamé, tratando... Para insuflarle toda la alegría que pudiera a mi respuesta.

Obviamente, mis dotes interpretativas no estaban a la altura, porque capté la expresión de dolor que cruzó su rostro antes de que disimulase.

—Pensé que podríamos ponerlas en nuestra cocina, casi terminada, para que ocupe un lugar de honor. Un recordatorio de dónde venimos.

—Claro, justo donde podamos verlas cada vez que vayamos y vengamos —dije—. No hay posibilidad de que ninguno de los dos olvide las normas.

Sí, esa tenía que ser la razón por la que lo había hecho. Ser la señorita Normas estaba volviéndose en mi contra y castigándome. Era típico de Charlie, una forma reflexiva y sensible de rechazarme con delicadeza para que ninguno de los dos tuviera que pasar por el trauma de ser rechazado con palabras que nunca podrían desaparecer ni olvidarse.

Al ver que no me movía, Charlie me quitó el marco de las manos y empezó a pasearse por la cocina, probándolo en diferentes sitios.

—¿Qué te parece? —dijo, sosteniéndolo a la derecha de la ventana—. No hay posibilidad de que no podamos verlo aquí.

—Cualquier sitio es estupendo —dije, aunque el esfuerzo por mantener la sonrisa hizo que se me humedecieran los ojos.

Al menos, eso me dije a mí misma, que esa era la razón por la que la humedad amenazaba con derramarse y caer por mi cara.

—O aquí —sugirió Charlie, acercándose a la pared que había junto a la puerta del salón—. Destaca aún más aquí, ¿no te parece?

—En serio, donde creas que va mejor —contesté.

—¿Estás bien, Freya? —preguntó Charlie, dándose la vuelta y viendo la expresión de dolor en mi cara.

—Nunca he estado mejor —respondí con demasiado entusiasmo. Luego hice como que miraba el reloj y bostecé—. Dios mío, ¿qué hora es? Si no te importa, te dejo. Tengo una reunión de profesores dentro de tan solo unas horas. Buenas noches, que duermas bien.

Salí corriendo de la cocina, sin atreverme siquiera a echar una última mirada a la cara de Charlie. Había captado su mensaje alto y claro.

25

Después de una noche en vela, me levanté muy temprano y hui, cogiendo el primer autobús que salía del pueblo, así que no había peligro de toparme con Charlie al salir. Pero, incluso mientras corría por la cocina con un Ted somnoliento que solo se molestó en menear la cola a medias, me di cuenta de que la copia enmarcada de «Las Normas» estaba sobre la encimera. Obviamente, Charlie había desistido de su plan de colgarlas, pero seguían expuestas en un lugar destacado, y no había forma de escapar al mensaje que transmitían.

Normalmente, el comienzo del curso escolar me resultaba emocionante, con la divertida expectativa de conocer a mis alumnos, que por lo general estaban llenos de entusiasmo, y la novedad de estar en un nuevo curso aún no había desaparecido. Sin embargo, aunque disfruté saludando a los alumnos y poniéndome al día de sus aventuras durante las vacaciones de verano, me resistía a contarles lo que había estado haciendo durante las mías, y el recuerdo de «Las Normas» enmarcadas en la cocina me revolvía el estómago con la duda y la angustia cada vez que pensaba en ello.

También evité a Leila porque se iba a dar cuenta de lo desanimada que yo estaba en cuanto me viera, y yo aún no estaba preparada para hablar de ello. Para ser honesta, no estaba segura de si alguna vez lo estaría. En lugar de eso, iba detrás del señor Rhys, una verdadera forma de autocastigo, escuchándole repasar sus quejas favoritas y refunfuñar sobre su carga de trabajo, mientras yo intentaba convencerle de que descargara algunas de sus tareas en mi persona para parecer legítimamente ocupada si Leila venía a buscarme.

—Me alegro de tenerla a solas, señorita Hutchinson —dijo el señor Rhys cuando almorzábamos juntos, una frase que habría sonado vagamente depredadora si no estuviera claro que cualquier pensamiento lujurioso que tuviera estaría dirigido sobre todo a su postre—. Quería preguntarle si ya se ha decidido.

—¿Sobre qué? —pregunté, ganando algo de tiempo, incluso aunque sabía bien a dónde quería llegar.

—Voy a anunciar oficialmente mi jubilación, lo que significa que pronto se publicará el anuncio de mi sustituto. ¿Qué le parece?

Me sentí aliviada de que no repitiera su discurso anterior sobre lo buena que yo sería para el puesto. Y, aunque no parecía dispuesto a ofrecerme ningún otro tipo de apoyo, me di cuenta de que eso no me importaba. La decisión de aceptar o no el puesto de jefa de departamento era mía y solo mía. Lo importante era saber si estaba preparada para asumir una responsabilidad mayor, si creía lo suficiente en mí misma como para presentar mi candidatura y afirmar con valentía que poseía el talento y la capacidad necesarios para desempeñar con éxito el cargo y ser la jefa del Departamento de Historia que los alumnos y el personal necesitaban.

Respiré hondo.

—Tengo muchas ganas de presentarme —contesté—. Estoy deseando demostrar que soy la persona adecuada para el puesto.

Estaba añadiendo una capa extra de estrés a mi ya de por sí ajetreada vida, pero, al pronunciar las palabras en voz alta, me di cuenta de que eran ciertas. Había llegado el momento de ser valiente y apoyarme a mí misma para variar, al menos en mi vida profesional. Me sentí bien.

El señor Rhys asintió. De hecho, abrió la boca en lo que creo que pretendía ser una sonrisa, regalándome la vista con el arroz con leche chapoteando allí dentro.

—Si quiere que un segundo par de ojos revise su solicitud, quizá pueda encontrar algo de tiempo para ello —dijo—.

Ahora la dejo ir. Creo que uno de los profesores de Educación Física está intentando llamar su atención.

Apenas tuve tiempo de agradecerle su ofrecimiento de ayuda antes de que llegara Leila.

—Hora del café —anunció, me levantó y me puso una taza en las manos. Me sacó del comedor y me llevó al cobertizo de las bicicletas, donde echamos a un par de alumnos de quinto de primaria que parecían a punto de convertirse en la primera pareja ideal del nuevo curso—. Marchaos. Y entregad ese chicle antes de que os metáis en más problemas —dijo Leila, y la pareja desaliñada se escabulló en busca de otro rincón tranquilo—. El amor está en el aire —añadió con una sonrisa cuando ya no estaban al alcance de sus oídos.

—No en todas partes —maticé, con el ánimo por los suelos de nuevo.

—¿Qué, tú y Charlie no? —dijo, la sorpresa evidente en su voz—. ¿Por fin le has dicho algo?

—No, no le he dicho nada. Y no se lo voy a decir porque Charlie me ha dejado muy claro que no está interesado en mí de ninguna de las maneras.

Le expliqué que me había regalado una copia enmarcada de «Las Normas» mientras Leila escuchaba atenta y se mostraba comprensiva por medio de sonidos.

—Si yo fuera tú, no me apresuraría a sacar conclusiones —dijo—. No sabes si advertirte fue la razón por la que las ha enmarcado.

Me volví hacia ella.

—Me parece que está bastante claro. ¿De qué otra forma puedo interpretarlo? Establecí las normas. Escribí con letra grande y en negrita las palabras «No te involucres». Y él está recordándome con cuidado que mantenga esa resolución. Porque es un tipo decente y no quiere hacerme daño ni verme sufrir la mortificante y dolorosa experiencia de ser amablemente rechazada por él. Llegamos a un acuerdo comercial práctico, y me lo está recordando antes de que yo lo eche a perder todo. Está claro que necesito escuchar el mensaje que me está dando. Y también hay que considerar el pequeño asunto de Serena. Es obvio que hay algo entre ellos. Tengo que ponerme las pilas y parar de imaginar que él podría corresponderme. Es hora de concentrarme en arreglar la casa y conseguir mi ascenso.

Rápidamente le conté lo del puesto de jefa de departamento, y me sentí culpable por no habérselo contado antes. Pero Leila no era rencorosa y comprendió, sin que yo tuviera que explicárselo, por qué me había callado hasta ahora.

—¡Muy bien, Freya! Estoy muy orgullosa de ti. Lo vas a hacer genial.

—Curiosamente, eso es justo lo que dijo Charlie.

—Y Charlie tiene razón. Y, siguiendo con el tema de Charlie, si tienes la suficiente confianza en ti misma como para ir a por este trabajo, ¿por qué no la aplicas a otros aspectos de tu vida? —Puse mala cara—. No, escúchame —dijo Leila—. Creo que estás tan convencida de que las cosas no pueden salir bien entre Charlie y tú que ves problemas donde no los hay. Tienes que tener más fe en ti misma y no sacar conclusiones precipitadas cuando ni siquiera te has atrevido a hablar con él. Confía en lo que te dice tu corazón, confía en que no es una idea imposible que un gran hombre como Charlie te corresponda sentimentalmente. Al fin y al cabo, las mejores relaciones se construyen sobre una sólida amistad. Y, si hay algo entre vosotros, es que tenéis una amistad muy muy buena.

Levanté las manos, exasperada.

—Y está claro que tendré que resignarme a la amistad —sentencié—. Ha sido una tontería por mi parte desear algo más. De todos modos, no quiero seguir hablando de esto. El tema está zanjado. Necesito seguir adelante con mi vida y dejar de permitir que me distraiga esta lamentable situación. Es hora de centrarme en construir un futuro para mí sola.

—Puedes seguir siendo una mujer fuerte e independiente, aunque formes parte de una pareja, si es eso lo que temes —dijo Leila, intentando un último empujón.

—O puedo ser una mujer fuerte e independiente felizmente soltera —repliqué.

—¿Felizmente? —dijo Leila.

—Extasiada. Ahora, si me disculpas, tengo que corregir unos ejercicios. —Me di la vuelta y eché a andar hacia la sala de profesores, deseosa de encontrar seguridad en los números para no tener que continuar aquella dolorosa conversación.

—Es el primer día del trimestre —la oí llamarme—. Ni siquiera tú tienes ejercicios que corregir.

Le devolví el saludo con un gesto vago y fui a sumergirme en mi trabajo.

Al final del día, me había apuntado a media docena de tareas extra y les había mandado a mis alumnos una montaña de deberes, lo que hizo que gruñeran. Mientras tanto, yo disfrutaba de seguir estando ocupada. Cuanto menos tiempo tuviera para pensar en mi angustia, mejor. Me pasé el viaje de vuelta a casa en el autobús formulando un plan de acción para la vida futura en Oak Tree Cottage, e incluso me bajé una parada antes para poder disponer de algo más de tiempo caminando para completarlo. Necesitaba demostrarle a Charlie que su mensaje había sido recibido y comprendido, además de dejarle bien claro que, a partir de ese momento, yo iba a mantener la normalidad entre nosotros, sin romper ninguna regla. Cuando regresé a la casa, bastante más tarde de lo previsto, estaba segura de que tenía un plan que nos permitiría seguir adelante hasta que vendiéramos y continuáramos cada uno con nuestra vida.

Dudé junto a la puerta principal al recordar cómo la habíamos abierto juntos por primera vez en abril, con tanta esperanza y emoción por lo que nos esperaba. A pesar de que yo quería que cambiáramos la cerradura, no insistí y saboreé el recuerdo de los dos con la llave antigua en la mano, la mano de Charlie alrededor de la mía mientras la girábamos juntos y cruzábamos el umbral hacia nuestro nuevo futuro. Me dije con firmeza que debía tranquilizarme. Si iba a ponerme sentimental cada vez que mirara la casa, mi plan se vendría abajo y nunca podría seguir adelante con mi vida.

Haciendo acopio de confianza, me acerqué a la casa, donde me encontré nada menos que con Serena, que comprobaba su aspecto en el retrovisor de su coche antes de subir y marcharse. Parecía cansada, pensé, y luego me reprendí por ser maliciosa. Probablemente era mejor no pensar en la causa de su aspecto fatigado.

—Hola, Freya, ¿te ha ido bien en el primer día de clase? —preguntó ella, con lo que entendí que Charlie y ella debieron de hablar de mí en algún momento.

—Muy bien, gracias —respondí, con un tono alegre que sonó forzado incluso para mis propios oídos—. Me alegro de volver a verte —añadí—. No tienes que preocuparte de que yo os moleste cuando vengas de visita. No tengo problema en desaparecer.

No me cabía duda de que Charlie habría hablado con ella de la situación y le habría contado lo que hizo para resolverla. Lo menos que podía hacer era asegurarle que el mensaje había sido recibido y comprendido.

—Mmm, gracias —dijo Serena.

No sabría decir si estaba contenta o avergonzada por lo que le había dicho. Después de todo, debía de ser incómodo hablar con la mujer que estaba enamorada de tu novio. Le mantuve la verja abierta mientras se marchaba, luego la cerré con cuidado y me dirigí al jardín, con los pies más lentos a cada paso. Ahora que había llegado el momento, temía entrar en casa y tener que fingir normalidad.

Ted me proporcionó una distracción que agradecí, corriendo a mi encuentro cuando llegué a la puerta trasera. Iba tan rápido que derrapó al doblar una esquina y acabó rebotando contra la pared.

—Cuidado, Teddy, vas a hacerte daño —le dije, me agaché y le di unas palmaditas para comprobar que no se había lastimado.

Se contorsionó en respuesta y luego volvió corriendo hacia Charlie, que estaba apoyado en la puerta del salón con el aspecto de un anuncio de bricolaje. Llevaba unos vaqueros viejos y raídos que le colgaban de las caderas, mientras que su camiseta mugrienta dejaba ver unos músculos que parecían haberse reafirmado con el duro trabajo manual del verano. Tragué saliva. Era demasiado para mi objetivo de controlarme y seguir adelante.

—¿Un buen día en el trabajo, querida? —dijo, imitando a un ama de casa de los años cincuenta.

—Ocupada —dije, obligándome a sonreír como si todo fuera bien—. ¿Has avanzado mucho? Las cuentas que llevas han estado bastante silenciosas hoy. —En cuanto lo dije, me arrepentí de haber revelado demasiado. Charlie sabía que yo no seguía las redes sociales, así que podría averiguar lo que había estado haciendo, que consistía en entrar subrepticiamente en Instagram desde mi ordenador del colegio entre clase y clase y buscar las cuentas que él manejaba, para ver lo que había estado haciendo, una forma indirecta de sentirme cerca de él. Ahora me daba cuenta de que eso me hacía parecer una acosadora. Me apresuré a continuar hablando, tratando de disimular mi error—: Serena está bien.

—¿Qué? Ah, sí, supongo que sí —dijo Charlie—. ¿Te enseño lo que he hecho de la reforma mientras has estado fuera? Tienes razón, hoy me he escaqueado un poco del trabajo para poder hacer algunos progresos en la casa.

Asentí con la cabeza y respondí:

—Quería hablarte de la casa. Creo que tenemos que acelerar la reforma. Aún queda mucho por hacer y, según mis investigaciones, el mejor momento para poner la casa en venta sería nada más empezar el año. A la gente le gusta pasar las Navidades sin grandes cambios, y luego empiezan a buscar nuevas propiedades en enero como parte de sus propósitos de Año Nuevo. Sería absurdo perder una oportunidad como esa.

Charlie frunció el ceño.

—No lo había oído. La inmobiliaria para la que trabajo suele estar muy al tanto de esas tendencias, si es que existen.

—Han salido varios artículos al respecto en publicaciones de renombre —dije, sabiendo que sonaba remilgada.

—Entonces debe de ser verdad —contestó Charlie.

—Bien. Con eso en mente, creo que deberíamos tener un nuevo enfoque para nuestro trabajo de reforma. Divide y vencerás.

—¿«Divide y vencerás»?

—Sí, eso es. Elegimos una habitación cada uno y centramos toda nuestra atención individual en ella, tal vez incluso nos fijamos un plazo. Así duplicaremos nuestros esfuerzos.

—O a lo mejor lo demediamos, dado que reduciremos la mano de obra a la mitad —señaló Charlie.

—Creo que así será mejor —insistí, incapaz de soportar la idea de tener que pasar mi tiempo libre trabajando con Charlie y el dolor que esto me causaría.

—Hablemos de ello en la cena —dijo—. Me preguntaba si te apetecían macarrones con queso esta noche. Ya sabes que son mi especialidad.

—Ya he hecho la comida principal en el colegio —me apresuré a decir, sabiendo que aún no tenía fuerzas para comer con él y fingir que todo había vuelto a la normalidad—. Si me entra hambre más tarde, quizá coma algo, pero no me esperes. De hecho, deberías sentirte libre de comer cuando quieras y no tienes que preocuparte por mí. No es que necesites mi permiso para elegir lo que haces, por supuesto. Solo pensé que te facilitaría las cosas, ya que este curso voy a estar muy liada con el colegio y tú tienes tu propia vida.

Sabía que era el momento de decirle que había decidido aceptar el puesto, pero no quería prolongar la conversación. Necesitaba protegerme del dolor.

—Está bien —dijo Charlie.

—Vale. Me alegro de que esté todo claro. Voy a cambiarme. Luego podría empezar con el comedor.

—Quizá quieras esperar a que se seque el yeso —me dijo.
—¿Cómo?
—No me preguntaste qué trabajo he estado haciendo mientras estabas en la escuela. He enyesado. He hecho el comedor. Y, con tu permiso, echaré un vistazo a tu dormitorio mañana.
—No hace falta —le dije.
Si era su forma de compensarme por no corresponderme sentimentalmente, no tenía que molestarse. Lo último que quería era que la imagen de Charlie llenara mi cabeza al meterme en la cama por la noche.
Charlie parecía bastante dolido.
—Ni siquiera has mirado el comedor todavía. Yo no rechazaría mi trabajo sin más.
—Estoy segura de que has hecho un buen trabajo, Charlie, pero, si tú enyesas mi dormitorio, no estaremos siguiendo nuestra nueva táctica de «divide y vencerás», ¿verdad? Me las arreglaré bien sola. Tenemos que ser pragmáticos.
Luego subí corriendo las escaleras y cerré la puerta de mi habitación tras de mí, para que no pudiera ver cuánto me había costado decir aquello.

26

Durante las semanas siguientes, pasé todas las horas que estuve despierta trabajando en la escuela o dándome la paliza con tareas de la reforma, llevándome hasta el agotamiento. Estaba en tensión todo el tiempo, tratando de fingir que todo iba bien, cuando en realidad no era así. Era como antes de la caída del abuelo, cuando Charlie y yo andábamos con pies de plomo, solo que mucho peor. Porque, cada vez que lo veía, me lo imaginaba sosteniendo la copia enmarcada de «Las Normas» y me sentía mortificada de nuevo, yo empezaba a tartamudear, y a sus intentos de bromear, yo solo conseguía responder con torpeza y, básicamente, haciendo el ridículo. Así que me propuse solucionarlo viéndolo lo mínimo posible.

Pero un día me pilló cuando estaba a punto de irme a trabajar temprano, pues me había apuntado para supervisar el club del desayuno. Había fingido ante Leila que mi repentino entusiasmo por ayudar con las actividades extraescolares en el colegio se debía a mi afán por conseguir el ascenso, aunque las dos sabíamos que era una excusa conveniente para esconderme de mi compañero de casa, que me temía que también se estuviera dando cuenta de mi plan.

—¿Me estás evitando otra vez, Freya? —preguntó Charlie, sentado en la encimera de la cocina, esperándome.

—No te sientes en la encimera. Podría rayarse; además, no es muy higiénico —dije para no contestar su pregunta. Luego me odié por haber soltado aquello.

Él se cruzó de brazos despreocupadamente y contestó:

—Este granito es indestructible, como bien sabes.

—Sigo pensando que no deberías hacer nada que dañe la casa para que no se reduzca su valor.

Una expresión de exasperación cruzó el rostro de Charlie.

—Una casa tiene que ser vivida. Es normal que tenga algunos arañazos y rozaduras. Son signos de carácter. De todos modos, aún no has respondido a la pregunta, Hutch.

—Es Freya —le solté, incapaz de soportar aquel apodo que reforzaba mi condición de amiga y nada más. Levantó una ceja en respuesta, pero fingí no reconocer la sorpresa en su expresión—. ¿Y por qué crees que te estoy evitando? Es curioso, pero mi vida no gira en torno a ti, ni en torno a lo que haces. La mitad del tiempo ni se me pasa por la cabeza lo que haces. Estoy muy ocupada con la escuela, y, cuando no estoy allí, estoy muy ocupada asegurándome de que esta casa alcance su potencial para que ambos podamos conseguir lo máximo en retribución a la importante inversión que hicimos al comprarla. Estamos restaurando una casa, no construimos un hogar aquí, como has dejado muy claro. No sé muy bien qué más quieres de mí. —Me pareció que Charlie iba a decir algo, pero continué—: Permíteme intentar recuperar un poco de dignidad en esta situación. Ahora, si me disculpas, tengo que coger un autobús. Algunos no podemos quedarnos charlando toda la mañana.

Y con eso salí dando un fuerte portazo. Ted gimió del sobresalto. Me enfadé conmigo misma por actuar así, tan enfadada e hipersensible, pero fue un acto de autopreservación. Creía que, si Charlie no podía ser mi compañero, al menos podría seguir siendo mi amigo, pero incluso eso parecía estar escapándoseme de las manos. No podíamos fingir que todo era normal, que podíamos volver a ser como antes. Empezaba a aceptar que iba a ser demasiado doloroso seguir así, viendo cómo se destruía poco a poco todo lo que yo apreciaba sin poder evitar echar más leña al fuego.

Me pasé el día en el colegio dándole vueltas a la conversación de esa mañana. La situación no podía seguir así. Yo me sentía fatal, y Charlie no debía de estar mucho mejor, con una compañera de casa resentida y malhumorada que luchaba por superar su chasco. Tal vez sería mejor cortar por lo sano y seguir adelante, lo que nos permitiría escapar de este acuerdo cada vez más difícil. La casa estaba en mejores condiciones que antes y, aunque aún faltaba mucho para tenerla acabada como Charlie y yo habíamos hablado tantas veces, seguramente se habría revalorizado lo suficiente como para colocarnos en una posición financiera más sólida. Y, ahora que teníamos al menos seis meses de pagos de la hipoteca a nuestras espaldas, se nos vería como mejores clientes, mucho más propensos a ser capaces de tener éxito si decidíamos ir por nuestra cuenta. Tal vez sería mejor vender ahora. Si pudiera estar segura de que habíamos añadido suficiente valor a la casa para beneficiarnos los dos, podría ser la solución ideal. Dejaría a Charlie libre para que pudiera tener su propia vida y no se sintiera en la obligación de atender a la antigua amiga de la escuela que se había involucrado más de la cuenta. Al mismo tiempo, yo también podría seguir adelante, dejar atrás la intensidad de los últimos meses y empezar a construir mi propio futuro, fuera cual fuera.

Para evitar la tentación de cambiar de opinión, me metí en el cobertizo de las bicis para hacer una llamada personal. Tratando de mantener la voz firme, llamé al agente inmobiliario que nos había vendido Oak Tree Cottage a Charlie y a mí y concerté una cita para que tasara de nuevo la casa. Se sorprendió de tener noticias mías tan pronto, pero, cuando le describí el trabajo que habíamos hecho hasta entonces, en su voz se notó que la conversación pasó a interesarle más y quedamos para el fin de semana, el primer hueco que tenía. Esperaba que al terminar la llamada me sintiera mejor por haber dado un paso positivo. En cambio, me sentía vacía por dentro.

A medida que pasaba la semana, me debatía entre contarle a Charlie lo que yo había hecho o no. Por un lado, él tenía todo el derecho del mundo a saberlo. Después de todo, también era su casa. Pero, por otro lado, ¿no sería mejor esperar hasta que la tasación estuviera hecha? Entonces podría presentarle los hechos, en lugar de una situación teórica.

Después de mi estallido, Charlie se esforzaba por ser cortés en las raras ocasiones en que nos cruzábamos por la casa, mientras que yo solo fingía para mis adentros que él era un conocido lejano y lo trataba como tal, lo que me hacía sentir peor. Ni siquiera cuando nos encontramos aquella noche en el *pub* después de tantos años, el ambiente era tan inestable e incómodo. Básicamente yo vivía en mi habitación, trabajando duro en su transformación, y solo salía a escondidas para comer o pintar un poco en el salón cuando estaba segura de que no había nadie. Me parecía importante seguir trabajando en la casa, pero había perdido la alegría y temía que eso se reflejara en mi trabajo.

Las habitaciones de las que Charlie se había encargado mientras tanto tenían mucho mejor aspecto que las que yo estaba haciendo en mi plan de «divide y vencerás». Cuando eché un vistazo al comedor, me quedé asombrada por la suavidad del enlucido. Casi me preguntaba si Charlie había pagado en secreto a alguien para que viniera y lo hiciera por él. En comparación, mis esfuerzos en mi dormitorio eran pésimos. A pesar de haber estudiado la técnica a fondo, en mi primer intento el yeso se desprendió literalmente de la pared, y temía que en el segundo me pasara lo mismo. Era demasiado testaruda para pedirle ayuda a Charlie, y me molestaba no estar a la altura. Si la tasación de la casa era más baja de lo esperado, solo podía culparme a mí misma.

Llegó el día de la tasación, y, a pesar de ser un sábado, día en que Charlie solía ir a su segundo trabajo en la agencia inmobiliaria de Harrogate, aquel día no dio señales de salir.

Después de pasarme la mayor parte de la noche en vela preocupada por si estaba haciendo lo correcto, me fui a la cocina para prepararme un desayuno tardío, todavía dormida y confusa.

—Buenos días, Freya —dijo Charlie, y me sobresalté—. Estoy haciendo sándwiches de salchichas vegetarianas. He pensado que podríamos pasar el día juntos.

Ted golpeó el suelo con la cola en señal de aprobación del plan.

Aunque nada me haría más feliz, sabía que también sería una forma de tortura exquisita. ¿Por qué me presionaba? Necesitaba endurecer mi determinación.

Eché un vistazo al reloj del horno, tratando de evitar mirar «Las Normas», que seguían apoyadas como un terrible recordatorio sobre la encimera. Faltaba poco para que llegara el agente inmobiliario.

—¿No deberías estar trabajando? —pregunté. Era mejor ir al grano.

—Me he cogido el día libre. De hecho, he estado dándole vueltas a dejar de trabajar los sábados. He pensado que estaría bien pasar un poco más de tiempo aquí, en lugar de ausentarme la mitad del fin de semana.

—Yo no me precipitaría al tomar la decisión —le dije.

Era una fuente fija de ingresos extra para él, y yo sabía que le sería útil cuando tuviera que pagar una hipoteca en solitario.

—Oh. —Parecía decepcionado—. Pensé que te alegrarías.

—No estás obligado a hacer cosas para complacerme —le dije—. Lo que decidas hacer con tu vida es decisión tuya, y lo mismo vale para mí. —¿Quién era esta Freya fría? Una rápida mirada hacia él me dijo que la aparente indiferencia de mi tono había dejado claro lo que quería decir. Decidí insistir. Sería mucho mejor sacarlo de la casa antes de que llegara el agente inmobiliario. Ya había tenido suficientes enfrentamientos por hoy—. Y no te molestes con el desayuno. Pensé que había dejado claro que ahora cada uno cuidaba de sí mismo. Para hacer las cosas más fáciles.

—No es ninguna molestia —insistió Charlie.

—Tal vez no quiera que cocines para mí, Charlie. Sé que intentas ser amable y compensarme, pero he captado el mensaje e intento seguir adelante, como tú quieres. Pero no puedo hacerlo si insistes en dificultar las cosas siendo tan malditamente amable todo el tiempo.

Ted se levantó al oír el tono angustiado de mi voz y se escabulló a su cama, enterrando el hocico entre las patas y encogiéndose todo lo que pudo, como si fingiendo ser invisible pudiera desaparecer de esta situación. Podía empatizar con ese sentimiento.

Charlie dejó con cuidado la sartén y el cucharón de madera sobre la encimera y dio un paso hacia mí. Retrocedí, incapaz de soportar la idea de que se acercara. Sería demasiado doloroso cuando sabía que solo querría que se acercara aún más. Fue esa reacción automática de estremecimiento lo que pareció hacerle más daño.

—¿De qué estás hablando, Freya? Perdóname por ser aparentemente incapaz de leer entre líneas, pero no tengo ni idea de qué estás hablando. ¿Qué quieres decir con que has captado el mensaje?

Ahora me puse a llorar de verdad, y mi debilidad al mostrarle el alcance de mi vulnerabilidad me enfureció aún más.

—Deja de fingir, Charlie. La situación es la que es, y no tienes que preocuparte de que yo sea un problema más tiempo, ¿vale?

Antes de que pudiera contestar, llamaron a la puerta. Charlie parecía querer terminar la conversación primero, pero los buenos modales pudieron con él. Aunque yo sabía quién llamaba y que sería mejor para mí interferir, aproveché la oportunidad para sonarme rápidamente la nariz y tratar de parecer más respetable, aunque mis ojos estarían rojos.

—Buenos días, buenos días —dijo el agente inmobiliario de una manera que parecía demasiado alegre—. Me alegro de volver a verlos. Debo decir que han hecho un buen trabajo. Nunca habría esperado que la casa tuviera tan buen aspecto en tan poco tiempo. Si no hubiera visto el letrero de Oak Tree Cottage junto a la puerta principal, habría pensado que me había equivocado de camino y que se trataba de otra casa.

—¿En qué puedo ayudarle? —preguntó Charlie, completamente confuso.

—Vengo por la tasación —dijo el agente inmobiliario antes de que yo pudiera detenerle.

—La tasación, claro —dijo Charlie, mirándome con una expresión de dolor en el rostro que me heló el alma.

Me encogí de hombros, fingiendo indiferencia. Quizá se enfadara un tiempo porque yo no se lo había consultado, pero a la larga acabaría viendo que mi idea tenía sentido. Le liberaría, me dije una vez más.

Como no dije nada más, Charlie negó con la cabeza, como si estuviera decepcionado conmigo.

—No sé qué decir. Supongo que es hora de que me vaya —dijo—. No me esperes levantada.

Acto seguido, cogió las llaves del coche y salió dando un portazo. Agucé el oído para percibir el ruido del motor del Land Rover que se alejaba mientras el agente inmobiliario mantenía una conversación sin sentido.

—Señora Humphries, ¿empezamos por arriba y bajamos después? ¿Señora Humphries? —repitió mientras intentaba llamar mi atención.

—Es señorita Hutchinson, en realidad. Y sí, tómese su tiempo. Lo dejo a su aire.

No podía soportar la idea de verle la cara mientras traducía nuestro duro trabajo en un precio. Por alto que este fuera, nunca reflejaría el valor real de lo que este lugar me había dado... y lo que me había quitado.

Me senté en una silla de *camping* mientras esperaba a que hiciera su trabajo y experimenté otra punzada de nostalgia. ¿Qué pasaría después? ¿Adónde iría yo? No podía imaginarme viviendo en un lugar nuevo sin Charlie. Mi sueño de tener una casa en propiedad había cambiado. Sabía que sacaría fuerzas de algún sitio para seguir adelante y quizá algún día dejaría esto atrás, pero también sabía que sería como vivir la vida en blanco y negro.

—Es lo correcto —le dije a Ted, que se limitó a parpadear—. En serio que lo es —insistí—. Antes de que te des cuenta, estarás de vuelta con el abuelo, Charlie se habrá ido a vivir con Serena, y yo..., yo volveré a la casilla de salida. No, no es cierto, seré jefa del Departamento de Historia y ascenderé en el mundo profesional. Algún día encontraré mi propio lugar.

Pero no sería Oak Tree Cottage, una casa en la que cada centímetro de parqué y cada mano de pintura guardaba recuerdos de Charlie y míos.

El agente inmobiliario acabó marchándose, silbando contento. Como era de esperar, no obtendríamos tantos beneficios como si el lugar estuviera terminado e impoluto, pero sin duda tendríamos lo suficiente para darnos un modesto depósito a cada uno. Desde el punto de vista financiero, estaría en mejor posición que antes. Emocionalmente era otra cosa.

Me pasé el resto del día enfrascada en las tareas del trabajo. Me puse una sudadera con capucha y me eché una manta por encima en el sofá. Se levantó viento y empezó a llover a cántaros. La casa tenía menos corrientes de aire que antes, gracias a las nuevas ventanas, pero pensé que tendríamos que arreglar la calefacción central antes de que llegara el invierno. Luego me recordé que no había ninguna garantía de que siguiéramos viviendo aquí para entonces.

Las horas pasaban y seguía sin haber rastro de Charlie. Tal vez se había ido a trabajar después de todo. Le di de comer a Ted, y me obligué a comer algo también, aunque no lo disfruté, recordando el alegre ofrecimiento de Charlie de hacerme el desayuno esa mañana y mi cruel rechazo de su amabilidad. Consideré sus acciones con más detenimiento, repitiendo nuestra discusión. Era como hurgar en una herida, pero, cuanto más pensaba en lo que había dicho y en la forma en que lo había dicho, más empezaba a preguntarme por la confusión de sus modales. Cuando le dije que había recibido su mensaje, parecía no saber de qué estaba hablando yo. ¿Podría ser que fuera yo la que se había equivocado, la que había sacado conclusiones precipitadas? Lo único que había hecho Charlie era darme una copia enmarcada de «Las Normas», y a partir de ahí yo saqué un montón de suposiciones. Una parte de mí se preguntaba si tal vez no me había precipitado a interpretar sus acciones porque ello me daba una excusa conveniente. Todo el tiempo había estado buscando razones para justificar no decirle lo que sentía, razones que iban desde no querer arriesgar nuestra hipoteca hasta la presencia de Serena en su vida. Porque confesarle mis verdaderos sentimientos a Charlie sería hacerme completamente vulnerable, exponerme al riesgo de su rechazo. Al pensar yo que él me enviaba un mensaje tan sutil con «Las Normas», me salvaba de esa vulnerabilidad. Y sí, me había causado mucho dolor en otros sentidos, pero era un dolor esperado, que podía soportar. Porque oír el rechazo por parte de Charlie con palabras reales sería algo muy diferente.

Sin embargo, ¿cuánto tiempo podría o debería seguir poniéndome a mí misma excusas? Empezaba a reconocer que había pasado demasiado tiempo en la vida refugiándome en normas y directrices, manteniéndome a salvo, sin atreverme a correr riesgos. Pero si seguía en esa zona de confort, ¿podría decir alguna vez que en realidad estaba viviendo mi vida al máximo? Había dado un salto de fe al comprar una casa con Charlie, lo más atrevido que había hecho nunca. Me estaba arriesgando al solicitar el puesto de jefa de departamento. Quizá había llegado el momento de arriesgarme de nuevo, de permitirme ser vulnerable y abrirme a Charlie. Tal vez, cuando regresara, debería ser valiente y decirle lo que sentía. Porque, si no me arriesgaba y seguía a mi corazón por una vez, ¿no me arrepentiría siempre? Pero sabía que era fácil decidir eso cuando él no estaba cerca. Necesitaría todo mi coraje para cumplir la promesa que me hice a mí misma cuando él volviera.

Miré el reloj, preguntándome cuándo volvería. Estaba anocheciendo y no era propio de él no haberme avisado de que pensaba llegar tarde. Por otra parte, una de las últimas cosas que yo le había dicho era que llevábamos vidas separadas y no teníamos que responder el uno ante el otro. ¿Por qué iba entonces a decirme lo que hacía? Decidí intentar distraerme mientras esperaba.

—¿Quieres dar un paseo, Ted?

Me levanté del sofá y me dirigí a la cocina y abrí la puerta trasera que daba al jardín.

El viento metió una ráfaga de hojas en la cocina, y la fuerte lluvia empezó a formar un charco en el umbral de la puerta en cuestión de segundos. Aunque Ted me había seguido a la cocina, probablemente con la esperanza de tomar un tentempié, cuando vio el tiempo que hacía ahí afuera, me miró como si estuviera loca.

—Vas a tener que salir. Debes de tener la vejiga como un globo de barrera, pero no es bueno que cruces las piernas.

Por supuesto, el manipulador perro consiguió persuadirme para que saliera con él mirándome con ojos tristes. Me calcé las botas de agua y el chubasquero y acabé de pie en el jardín tapándolo con un paraguas para que no se mojara mientras yo me llevaba la peor parte del chaparrón. Llovía a cántaros y el agua se acumulaba en profundos charcos sobre el suelo irregular. El follaje crujía y las ramas del roble crujían porque el viento lo sacudía hasta las raíces.

—Espero que tu padre esté bien —le dije a Ted, mientras volvíamos a la cocina a trompicones después de su pis rápido, ambos empapados.

Dejé mi ropa mojada en el fregadero para que se secara. Tal vez en el futuro podríamos construir un porche alrededor de la puerta trasera para facilitar este tipo de situaciones, pensé distraídamente. Si hablaba con Charlie y resultaba que me había equivocado y en realidad él correspondía a mis sentimientos, podríamos quedarnos aquí y seguir construyendo nuestro «felices para siempre», con porche en la puerta trasera. Pero era un gran «si». El tiempo se estaba poniendo feo de verdad, y las escobillas del limpiaparabrisas del Land Rover estaban un poco estropeadas.

—Por cierto, me refería a Charlie —añadí, dándome cuenta de mi desliz.

Era reconfortante pensar en Charlie, Ted y yo como una especie de unidad familiar, me recordé a mí misma, incluso aunque Ted solo estaba aquí de prestado mientras el abuelo se recuperaba de su caída.

—¿Crees que debería mandarle un mensaje? Para asegurarme de que está bien.

A Ted parecía no importarle el drama interno que yo estaba viviendo, volvió a su cama y se tumbó con un suspiro de satisfacción. No tardó en mover las patas mientras se relajaba en un sueño de cachorro.

—Quizá tengas razón. Le insistí mucho en que no teníamos por qué contarnos lo que hacíamos.

Como el ruido de la tormenta era cada vez más fuerte, decidí dejar de preguntarme dónde estaría Charlie y distraerme colocando unas estanterías en el pasillo de la planta de arriba. Después de todo, no había razón para pensar que él estaría a la intemperie con este tiempo, empapándose por la lluvia torrencial o luchando por mantener el coche en línea recta con el viento. Probablemente estaría visitando a sus padres, o con unos amigos. O tal vez estaba con Serena en un restaurante elegante, riendo mientras se daban de comer el postre, o acomodándose en el sofá de su casa como una pareja para ver una serie de televisión cualquiera. Basta, Freya, mejor no ir por ahí, me dije.

Me obligué a volver a pensar en estanterías. La táctica de despedida del agente inmobiliario fue aconsejarme que añadiera algunos toques decorativos y maximizar las posibilidades de almacenamiento antes de poner la casa en venta, y así los posibles compradores se harían una idea del mejor aprovechamiento del espacio que ofrecía la casa. Las estanterías del rellano solo podían ser algo bueno, tanto si nos quedábamos como si no.

—¿Quieres venir conmigo, Ted? —lo invité, necesitada de su compañía, pero se limitó a levantarse y estirarse, me dio la espalda y se tumbó en la cama con un gran resoplido—. ¿*Et tu*, Teddy? —añadí, sintiéndome más sola que nunca—. Estaré arriba si me necesitas.

Aún me parecía una novedad poder encender las luces para ver lo que estaba haciendo. Coloqué las piezas de las estanterías y usé el teléfono para escanear el código QR que debía llevarme a las instrucciones. Por desgracia, apareció el error «Página no reconocida», y, cuando intenté buscar en Google el sitio web del fabricante para ver si había instrucciones, no apareció nada. Después, el teléfono dejó de conectarse a cualquier sitio web. Quizá la tormenta había afectado a la banda ancha.

Oía la voz de Charlie instándome a dejarme llevar e intentarlo de todos modos. Sabía que diría algo como «¿Qué es lo peor que puede pasar? Confía en ti misma».

Quizá tuviera razón.

Medí el espacio, cogí el nivel de burbuja e hice algunas marcas con lápiz para saber exactamente dónde iría la primera balda. Luego cogí un par de libros para asegurarme de que dejaba suficiente espacio entre la siguiente estantería. Como estas iban a estar un poco más cerca de la habitación de Charlie que de la mía, fui allí a por los libros, una razón poco convincente que sabía que no resistiría un examen más detenido. No había puesto un pie en su habitación desde que instalamos allí la cama de matrimonio, por considerar que era mejor para mi cordura intentar evitar esa tentación en particular. Al cruzar el umbral, vi los cambios que él había hecho; cada rincón de la habitación reflejaba su personalidad. El nuevo enlucido era incluso más fino que el del salón. También reconocí el color de las paredes: Cielos de Grecia como las de la cocina. Me di cuenta de que su colección de cuadros también estaba expuesta. Solo que esta vez había uno nuevo. Me dije que solo echaría un breve vistazo, me acerqué y miré la foto. Era un selfi que nos habíamos hecho para enviárselo al abuelo el día que nos trajimos a Ted. Charlie sostenía a Ted frente a la cámara entre los dos, quejándose de que el perrito pesaba una tonelada, sin poder evitar sonreír ante sus payasadas. Yo fui quien hizo la foto, recordé, y Ted se retorcía tanto que casi se zafa de los brazos de Charlie. La instantánea captó el momento en que los dos reíamos, con las cabezas inclinadas el uno hacia el otro, nuestra felicidad evidente. Entonces me fijé mejor y vi que Charlie no miraba hacia el objetivo. Su mirada estaba fija en mí.

¿Era esa la expresión a la que se refería Leila cuando dijo que yo no sabía cómo me miraba él cuando yo no era consciente de ello? Porque creí reconocer algo allí: el profundo deseo y anhelo que debía de aparecer en mi propio rostro cuando yo miraba a Charlie. Podía estar equivocada, me dije con firmeza. Era fácil mirar una foto y ver lo que uno quiere ver. Las fotografías no siempre dicen la verdad; solo reflejan un momento del tiempo. Una expresión casual captada en el más breve de los *flashes* no significaba nada.

Pero ¿por qué tenía este cuadro en la pared de su dormitorio, donde sería una de las primeras cosas que vería al despertarse, y la última al irse a dormir?, me decía la vocecita de esperanza desesperada del fondo de mi cabeza.

La acallé, completamente. Solo era una foto. No significaba nada, como tampoco significaba nada la falta de foto de Serena en la pared. Por lo que yo sabía, ella era la imagen de fondo de la pantalla de su teléfono, un lugar donde podía ser vista y admirada durante todo el día. Ya había especulado y cuestionado bastante. La única forma de obtener respuestas era hablando con él, desnudando mis sentimientos y aceptando su respuesta, cualquiera que esta fuera. Me obligué a dar media vuelta y volver al vestíbulo, olvidando toda idea de coger un libro para ayudar a montar las estanterías.

—Maldita sea, ¿qué es lo peor que puede pasar? —murmuré mientras cogía el taladro eléctrico y empezaba a hacer agujeros en la pared.

Fue entonces cuando se fue la luz.

27

Lo primero que pensé fue que había atravesado un cable eléctrico. Dejé caer el taladro, presa del pánico por si estaba a punto de darme una descarga eléctrica. Pero, en lugar de eso, me cayó con todo su peso en el dedo del pie. Me quedé sin aire, del dolor. Di saltitos en la oscuridad, maldiciendo en voz alta, dividida entre el alivio de que no hubiera nadie que viera mi incompetencia y la decepción de que no hubiera nadie que se compadeciese de mí. Si no me había roto el dedo, sería un milagro. No obstante, cuando recuperé el aliento, me di cuenta de que no me importaba tanto el daño que me había hecho como el daño a la casa. Si había atravesado un cable de alta tensión, en el mejor de los casos sería muy complicado de arreglar, y, en el peor, potencialmente muy peligroso.

Lenta y cautelosamente, me dirigí cojeando de nuevo a la habitación de Charlie para abrir su puerta e iluminar un poco el pasillo oscuro. No hubo mucha diferencia. El pueblo carecía de alumbrado público, y la lluvia torrencial ocultaba la luz de la luna. Volví cojeando por el pasillo y busqué el taladro. No quería hacerme más daño pisándolo. Cuando lo aparté, busqué a tientas los tornillos que había colocado con tanto cuidado. A mitad de la tarea, recuperé el sentido común y encendí la linterna del móvil.

Volví a ponerme en pie con cautela e iluminé con el haz de luz el agujero que había hecho en la pared. No quería acercarme demasiado, pero también sería útil saber si había algún cable con corriente que pudiera causarme más problemas. No vi nada, pero eso no significaba que no estuviera allí. El otro lugar que comprobar era la caja de fusibles, pero estaba demasiado nerviosa como para tratar de bajar las escaleras con la lesión del dedo.

Rápidamente llegué a la conclusión de que no era un trabajo para una sola persona y que iba a tener que pedir ayuda, por mucho que me resistiera a admitirlo. Después de luchar con mi cabeza y mi corazón, llamé primero a Charlie. Pero me saltó el buzón de voz sin siquiera llegar a sonar la llamada. El siguiente en la lista fue el abuelo, aunque tuviera que ayudarme por teléfono. Afortunadamente, contestó al primer tono.

—Hola, ¿cómo está mi nieta favorita? —dijo—. Es curioso que llames. Estaba pensando en ti y en tu hombre.

—No es mi hombre, abuelo. —«Por desgracia», añadí en silencio mientras le corregía pacientemente.

—Sí, sí —respondió—. ¿Cómo está él?

—Charlie está muy bien por lo que yo sé, al igual que Ted.

—Pero tú no. Te lo noto en la voz, cariño.

No se había creído la mentira, a pesar de que la línea estaba con interferencias por el temporal.

—Tengo un pequeño problema, abuelo. Creo que he taladrado un cable eléctrico. —Intenté decirlo de la forma más discreta posible para no preocuparlo.

—Vaya. Es fácil hacerlo —dijo con su habitual tono reconfortante—. Recuerdo que una vez me pasó en un trabajo y acabé provocando un cortocircuito en toda la casa. Después de aquel error, me compré uno de esos aparatitos que comprueban lo que hay en la pared antes de clavar nada. Eso marcó la diferencia.

Me sentí un poco mejor sabiendo que incluso mi abuelo, extraordinario constructor, había cometido errores.

—Ojalá hubiera conocido ese práctico dispositivo antes de hacerlo. Creo que estaba demasiado entusiasmada.

—No pasa nada. Después de todo, estás hablando conmigo. Si hubieras hecho algún daño serio, ahora mismo estarías llamando a los servicios de emergencia.

Decidí no contarle lo del dolor punzante en el pie; no quería preocuparlo más.

—Eso es muy cierto. De todos modos, me preguntaba si tienes algún consejo sobre lo que debería hacer a continuación. Estaba pensando que la caja de fusibles podría ser un buen lugar para empezar.

—Una idea muy sensata. Si no estás segura de con qué te has encontrado, lo mejor sería cortar la corriente hasta mañana, cuando puedas verlo bien a la luz del día. Y, si descubres que ha pasado por un cable, déjalo definitivamente en manos de los profesionales.

—No te preocupes, lo haré.

—La otra cosa a considerar es que podría ser una gran coincidencia y que podría ser un corte de energía debido a la tormenta. Si el viento es tan fuerte allí como aquí, no sería de extrañar que derribara algunos cables. Sjaak estaba diciéndome que se pronostica una tormenta perfecta.

—Tienes razón, abuelo. Eso podría ser lo que ha pasado. Internet se ha caído un poco antes. Supongo que las coincidencias ocurren a veces, aunque la sincronización parece bastante dudosa. Gracias por la ayuda.

—Para eso están los abuelos. ¿Y cuándo puedo esperar tu próxima visita, con Charlie y Ted?

—Cuando tú quieras. Aunque no puedo prometerlo por Charlie, claro. Tiene mucho que hacer en este momento. —Estaba eludiendo la verdad.

—Es una pena. Había algo que esperaba discutir con vosotros dos.

—Ah —le dije—. ¿Quieres hablar de ello ahora?

De fondo se oían risas y luego el sonido de una canción al piano.

—Lo siento, cariño, pero tengo que irme. Aquí es noche de baile y mi fisioterapeuta me ha ordenado que participe. —Daba la impresión de que no iba a ser una gran dificultad para él. Me alegré de que, según parecía, estuviese adaptándose a su nuevo entorno—. Además, creo que es algo que sería mejor discutir en persona. Nos vemos pronto, Freya.

—Adiós, abuelo, te quiero. Ted también te manda recuerdos.

Me sentí aún más sola cuando colgué. Por impulso, volví a mis favoritos y marqué de nuevo a Charlie.

Esta vez la llamada fue contestada al tercer tono.

—Hola, teléfono de Charlie —dijo Serena con su ronco tono escocés.

—¡Oh! —exclamé, sorprendida, aunque no debería sorprenderme.

Ojalá la conexión fuera mejor para poder oír el ruido de fondo e intentar averiguar dónde estaban.

—Charlie ha ido al baño. Puedo pasarle el mensaje o decirle que te llame, Freya —se ofreció.

—No, no, no pasa nada. Siento haberte molestado —dije, de repente desesperada por colgar. Su amabilidad me hacía sentir peor.

—No es ningún problema. ¿Estás bien?

O mi tono de voz me había delatado, o era una pregunta capciosa, que preguntaba mucho más que si estaba bien en ese momento.

—Estupendamente, gracias —dije, forzando una sonrisa para que se reflejara en mi tono—. Te dejo tranquila.

—Espera un segundo, oigo a Charlie viniendo por el pasillo. Le haré señas para que se dé prisa.

—No, de verdad, no pasa nada. Ni siquiera es necesario que le digas que he llamado. Todo está bajo control. Adiós, Serena, ha sido un placer hablar contigo.

Y colgué rápidamente.

Me permití treinta segundos de regodearme en la miseria en el pasillo oscuro y luego me obligué a controlarme. El hecho de que supiera que Charlie iba a pasar la noche con Serena, no cambiaba nada de forma sustancial. Y ni siquiera era lo más importante a tener en cuenta, dado que yo estaba sentada aquí en un apagón con un dedo del pie posiblemente roto, que palpitaba y me dolía. Al menos las cosas no podían empeorar.

No debería haber tentado a la suerte.

28

Como la empinada escalera no era muy segura en el mejor de los casos, y mucho menos a oscuras y con una lesión de por medio, decidí llegar a la caja de fusibles sentada, avanzando de culo, bajando con cuidado cada peldaño y alumbrando el camino con el móvil en una mano mientras intentaba agarrarme a la barandilla con la otra.

Fuera, el viento arreciaba aún más y se lo oía silbar a través de los aleros de la casa, haciendo sonar las pizarras del tejado. Esperaba que los trabajos de reparación de la chimenea estuvieran a la altura de estas inclemencias. Menos mal que habíamos conseguido arreglarla antes de que llegara la tormenta. Me estremecí cuando algo cayó con estrépito por el tejado y se estrelló contra el suelo. Me dije a mí misma que la casa se había mantenido firme durante varios cientos de años. Unas cuantas tejas desprendidas no eran nada del otro mundo.

Estaba a mitad de bajada cuando se oyó una ráfaga estruendosa que parecía diferente, más siniestra en su intención. Toda la casa tembló con el impacto, y el silencio que siguió fue peor que el ruido. Se alargó, aparentemente sin fin, aumentando mi sensación de tensión, y cada músculo de mi cuerpo se tensó por el temor a lo que estaba por venir. Justo cuando por fin me atreví a soltar el aliento que inconscientemente había contenido, un nuevo sonido irrumpió, un estruendo chirriante y retorcido que no tuve mucho tiempo de interpretar antes de que algo se abriera paso en la casa. Por instinto apoyé la cabeza en las manos, intentando protegerme del impacto que sabía que estaba a punto de producirse. La respiración se me aceleró y la adrenalina me recorrió todo el cuerpo, mientras me preparaba con temerosa anticipación. Ahora sentí el viento silbando a través de la casa, así como en torno a ella, y el aire frío bailaba sin problema por las habitaciones en las que habíamos trabajado tan duro para traer de vuelta a la vida.

Lentamente, con cuidado, miré hacia arriba, haciendo parpadear la luz de mi teléfono alrededor para poder comprobar cuáles eran los daños. El hueco de la escalera parecía el mismo que hacía unos minutos. Pero por encima del ruido de la tormenta, percibí otro ruido, un quejido aterrorizado. Por un momento, me dije que no era posible, que Ted nunca haría un sonido tan sobrenatural como aquel. Y entonces el terror me hizo ponerme en pie, el miedo anestesió mi pie dañado mientras bajaba corriendo el resto de la escalera, llena de pavor ante lo que podría estar a punto de encontrarme.

Al llegar al final de los escalones, choqué con una bala de cañón peluda.

—¡Oh, Ted! —exclamé, y lo cogí en brazos y lo abracé.

Sentía su corazón acelerado contra sus costillas mientras temblaba en mis brazos.

—Está bien, chico, ahora estás a salvo.

Le canturreé palabras de consuelo al oído, en voz baja y con ternura, tratando de asegurarle que todo iba bien, sin saber si estaba diciendo la verdad. Quería comprobar si tenía heridas, pero cada vez que intentaba moverme, él hundía aún más la cabeza en mi axila. Al final, consintió en dejarme sentarme en el último escalón y lo abracé, acariciándolo suavemente, pasándole las manos por el pelaje, mientras me aseguraba de que no estaba herido y de que era el miedo, y no el dolor, lo que le hacía comportarse así. Solo cuando me convencí de que estaba ileso, me atreví a seguir mirando hacia la cocina.

—¡Oh, Dios mío! —exclamé, incapaz de comprender lo que tenía delante.

La habitación era como una obra de arte surrealista en la que el artista hubiera jugado con las expectativas del público llevando el mundo exterior al interior, porque el roble que daba nombre a nuestra casa se inclinaba como borracho contra la casa y algunas de sus pesadas ramas se habían abierto paso a través de las paredes de la cocina. Los armarios de pino pulido que con tanto cariño habíamos construido e instalado estaban destrozados cual leña, y la pesada encimera de granito se había deslizado hasta el suelo, mostrando la hendidura en las tablas del suelo su camino de destrucción. La lluvia caía por las paredes de Cielos de Grecia siguiendo el camino que habían abierto las ramas, mezclándose con el musgo y la tierra del árbol para dejar un feo rastro. Y, sin embargo, en medio de esta escena de devastación, la copia de «Las Normas» seguía intacta. Fue la injusticia lo que más me afectó. El destrozo era casi demasiado grande para contemplarlo, así que lloré de rabia porque el destino había tenido a bien preservar «Las Normas» mientras arrasaba todo lo demás.

Cuando mis lágrimas cayeron sobre el suave pelaje de Ted, parecieron devolverle la cordura, y reavivó su instinto protector. Me lamió las lágrimas saladas de las mejillas y movió la cola un par de veces, como si intentara tranquilizarme diciéndome que todo iría bien.

—No estoy segura de cómo, amigo mío —susurré, con miedo a levantar la voz.

Mientras evaluaba lentamente el estado de la cocina desde mi posición de relativa seguridad, empecé a darme cuenta de que no debía de ser la única parte de la casa que había sido víctima del impacto del árbol. La habitación de Charlie, que se hallaba encima de la cocina, debía de estar en un estado aún peor, y quién sabía en qué condiciones estaría el tejado. Teniendo en cuenta lo grande que era el tronco y la fuerza con la que había caído, me sorprendió que Oak Tree Cottage siguiera en pie. Como en respuesta a mis elucubraciones, los cimientos de la casa parecieron gemir. La tormenta aún no había amainado, y necesitaba poner a Ted a salvo, por si ocurría algo más. Sin embargo, no podía salir a la intemperie sin zapatos y algún tipo de impermeable; sería peligroso en aquellas condiciones, pero los míos estaban en la cocina, probablemente sepultados bajo el árbol caído. Sin embargo, aún podía coger unas zapatillas y otra capa de abrigo del piso de arriba. Sabía que iba a ser doloroso intentar ponerme los zapatos con el pie herido, pero era más sensato hacer eso que correr el riesgo de pasar por encima de los escombros y cortarme con algo. Y, por supuesto, había papeleo importante que rescatar, documentos que no podía dejar a merced de la lluvia. ¿Me atrevería a dejar a Ted aquí abajo mientras intentaba volver arriba para recoger lo esencial?

En cuanto se dio cuenta de lo que iba a hacer, Ted soltó otro gemido lastimero que me hizo ceder de inmediato.

—No te preocupes, chico, no te voy a dejar aquí solo.

Tardé el doble en subir las escaleras, ahora con el peligro añadido de llevar un perro asustado en brazos, aunque, por una vez, al menos no se retorcía. Cuando por fin llegué al rellano, lamenté haberme obligado a hacer el esfuerzo. La puerta de la habitación de Charlie estaba destrozada, y una rama sobresalía por el hueco. Era como si el árbol fuera una criatura del inframundo, que se extendía para atrapar a cualquier desafortunada víctima a su paso. Aunque quería hacerlo, decidí que era más sensato no seguir investigando. Quién sabía qué daños estructurales se habrían producido, y Ted y yo ya estábamos en una situación bastante precaria.

Mi dormitorio, en cambio, parecía como si no estuviera en el mismo edificio. Estaba intacto. Ni siquiera lo había afectado la invasión del árbol. Al final, dejé a Ted en el suelo mientras preparaba a toda velocidad una bolsa con lo estrictamente necesario. Aunque mi habitación pareciera indemne, tal vez hubiera todo tipo de daños invisibles en la casa, por lo que era imperativo que Ted y yo saliéramos de allí lo antes posible. Él iba pegado a mis tobillos, como una sombra peluda. No sé cómo, a oscuras, me las arreglé para encontrar la carpeta de anillas en la que estaban los documentos de la casa. Una vez que nos hubiéramos puesto a salvo, mi primera parada iba a ser sin duda la compañía de seguros. Tenía que encontrar alguna forma de recuperar el control en esta aterradora situación.

29

Sheila y Frank tuvieron la amabilidad de acogernos a Ted y a mí, y nos mimaron mientras se lamentaban del impacto de la tormenta. Pronto me di cuenta de que la causa del apagón de Oak Tree Cottage no había sido mi perforación con el taladro, sino un corte de luz en toda la zona. Fue un pequeño consuelo que el problema no tuviera importancia frente a los daños mucho más amplios que había sufrido la casa. Nos llevaron a toda prisa a una habitación de invitados, sin intentar separar a Ted de mi lado, me dieron toallas limpias y me instaron a dormir todo el tiempo que necesitara. Abrí la boca para protestar, para decir que no estaba cansada, pero en lugar de palabras me salió un bostezo. La reacción retardada me había atrapado, hizo que mis extremidades se volvieran pesadas y protegió mi mente de pensar demasiado haciéndome concentrarme en cuánto necesitaba descansar la cabeza en esa suave almohada.

Me tumbé, aún completamente vestida, con Ted acurrucado a mi lado, reconociendo ambos que esta era una situación en la que las reglas normales sobre que él no durmiera en la cama no existían hoy. El último pensamiento que tuve fue que debía avisar a todos de que estaba a salvo, pero, antes de que pudiera coger el teléfono, me había desmayado, agotada de puro cansancio.

A la mañana siguiente, me desperté con el canto de los pájaros y la luz que entraba por la ventana, que tenía las cortinas descorridas. No hubo ningún momento de confusión, ninguna duda sobre dónde estaba, pero, cuando me incorporé y miré por la ventana, la pacífica tranquilidad casi me hizo preguntarme si los sucesos de la noche anterior habían sido reales o una horrible pesadilla. Sin embargo, era innegable que estaba en la habitación de invitados de nuestros vecinos y que el dedo del pie se me había hinchado hasta casi duplicar su tamaño normal y me dolía.

Comprobé si tenía mensajes en el móvil, pero se había quedado sin batería. Rebusqué en la bolsa de cosas que había conseguido rescatar al azar de la casa y al final encontré el cargador en el fondo. Mientras enchufaba el teléfono y esperaba a que volviera a la vida, me puse a buscar en la carpeta de papeles los datos de nuestro seguro. Oak Tree Cottage no habría sido la única víctima de la tormenta de la noche anterior y probablemente sería una buena idea iniciar el proceso de conseguir que los peritos de seguros vinieran a valorar los daños y a hacer un atestado tan pronto como fuera posible. Las consecuencias de lo sucedido eran demasiado grandes para pensar en ellas, y necesitaba centrarme en los aspectos prácticos para intentar recuperar cierta sensación de control.

Mi teléfono todavía se estaba tomando su tiempo para revivir, así que bajé con cuidado las escaleras y pedí otro favor a nuestros amables vecinos, que estaban encantados de ayudarme. Habían visto los daños causados en Oak Tree Cottage durante un paseo matutino y se maravillaban de que yo hubiera tenido tanta suerte.

—Nosotros solo hemos perdido unas cuantas baldosas, cariño —dijo Sheila—. Pero el estado de tu casa. Tiene peor aspecto que cuando os mudasteis. —Frank se aclaró la garganta—. Sí, bueno, son cosas que pasan. Y para eso está el seguro, ¿no? —añadió a toda prisa, antes de ponerme una taza de café humeante en las manos y salir de la habitación para dejarme con mi llamada.

Comprobé el número en la copia impresa y marqué, hojeando en vano el documento para tratar de encontrar el número de póliza. Tenía la cabeza en blanco y me costaba entender el papeleo. Tras una larga espera con el contestador, en la que una voz electrónica me repetía que mi llamada era importante para ellos, por fin me atendió una persona.

—Hola, me llamo Craig. Le advierto de que su llamada puede ser grabada con fines de formación. ¿Me puede dar su nombre y su número de póliza?

Le dije mi nombre, pero le expliqué que no había encontrado mi número.

—Lo siento —me disculpé—. Hoy no soy capaz de pensar con claridad. La tormenta ha sido tan desconcertante. No me puedo creer que un poco de viento haya producido tanto daño. —Craig emitió un gruñido, que decidí interpretar como de solidaridad. El pobre hombre probablemente tuviera que lidiar con este tipo de parloteo conmocionado a diario. Volví a hojear los papeles—. Lo siento mucho. Esto es muy embarazoso, pero sigo sin encontrarlo.

Craig dio un fuerte suspiro.

—Deje que le pase por otros controles de seguridad y veré si podemos encontrarla por ahí —se ofreció al fin. Después de preguntarme una gran cantidad de información personal, su voz cambió—. De acuerdo. —Hizo una pausa y volví a oír el sonido de sus golpecitos en el teclado—. La pondré en espera mientras compruebo algo. Dos minutos —dijo, y no me dio tiempo a responder antes de que empezara a sonar en el auricular una versión metálica de la melodía de James Bond. Tamborileé con los dedos sobre el escritorio, deseando haber bajado el móvil para cargarlo. Aún no había conseguido ponerme en contacto con Charlie para avisarle de lo ocurrido. Y el hecho de no saber nada de él hacía que también me preocupara por su seguridad, aunque la explicación obvia, que me causaba otro tipo de angustia, era que se había quedado a dormir en casa de Serena. Pero, si volvía esta mañana y veía el estado de la casa, se llevaría un buen susto. Necesitaba hacerle saber que me encontraba bien, aunque la casa no lo estuviera—. Señorita Hutchinson, ¿sigue ahí? —La voz de Craig cambió a una de paciencia comprensiva—. Siento tener que decírselo, pero no tiene un seguro con nosotros.

Las palabras no tenían sentido.

—Lo siento, ¿puede repetirlo?

Me repitió la misma frase, pero yo seguía sin entender lo que quería decir.

—Pero, por supuesto, que tenemos una póliza. Aquí tengo los datos. Soy muy meticulosa con el papeleo y no nos habríamos mudado sin el seguro correspondiente. ¿Podría ser con una compañía hermana en su lugar, tal vez? Estoy leyendo este trozo de papel y dice «Presupuesto para el edificio y el seguro de contenidos».

Hablando despacio y con cuidado, explicó exactamente lo que había ocurrido.

—Usted se puso en contacto con nosotros para que le hiciéramos un presupuesto, y le enviamos la documentación. Pero nunca nos la devolvieron. La cobertura solo entra en vigor una vez que se han rellenado los formularios y se ha pagado la cuota.

—Debe de haber algún error. Le volveré a llamar —concluí.

Subí las escaleras tan rápido como pude y cogí el móvil, ignorando la media docena de mensajes y llamadas perdidas que había recibido desde que empezó a cargarse, luego busqué por las carpetas ordenadamente etiquetadas de la bandeja de entrada del correo electrónico hasta llegar a la que se llamaba «Seguros». Había copias del seguro de vida que habíamos tenido que contratar como condición para conseguir la hipoteca, también del seguro del coche de Charlie después de que insistiera en incluirme en su póliza como conductora habitual, aunque yo aún no había aceptado su ofrecimiento de prestarme el vehículo. En la carpeta también estaban los papeles del seguro de la casa, listos para rellenar. Pero, cuando busqué los formularios cumplimentados entre mis correos enviados, no había nada.

Finalmente, cada vez más horrorizada, busqué en mi carpeta de borradores y revisé entre la docena de correos incompletos que merodeaban por ahí, olvidados. Entonces lo encontré. El formulario, relleno, pero nunca enviado.

Me sentí físicamente enferma. Me quedé mirando el borrador del correo electrónico, deseando que fuera producto de mi imaginación. Luego volví a comprobar mis correos electrónicos, por si me había equivocado. Por último, revisé mis aplicaciones bancarias, con la esperanza de ver pagos regulares a las aseguradoras desde mi cuenta personal o desde la cuenta conjunta que Charlie y yo habíamos abierto para los asuntos de la casa. Pero no había nada en ninguna de las dos. ¿Cómo había sido tan estúpida de dejar que esto sucediera? ¿Por qué no me había dado cuenta de que el correo electrónico no se había enviado, o de que estábamos un poco mejor al final de cada mes de lo que deberíamos estar porque el cargo del seguro no se estaba cobrando de la cuenta? ¿Cómo había permitido que se produjera esta pesadilla?

Se oyó un ligero golpecito en la puerta y Sheila asomó la cabeza. Antes de que ella dijera nada, Ted se había escabullido por el hueco, con sus garras chasqueando mientras corría escaleras abajo.

—Ay, tu perrito sabe que Charlie está en la cocina, cariño —dijo ella—. Estaba un poco alterado cuando mi marido lo encontró. Estábamos buscando su coche. Charlie pensó que estabas atrapada en la casa porque no lograba comunicarse contigo y estaba a punto de llamar a los bomberos, pero Frank le dijo que estabas aquí. No puedo expresar lo aliviado que pareció.

Su alivio duraría poco cuando se diera cuenta de lo que yo había hecho, o más bien dejado de hacer. Asentí con la cabeza aturdida.

—Gracias, Sheila. Enseguida bajo. Voy a recoger mis cosas.

—No hay prisa. Sugiero que te lleve al hospital para que te miren ese pie. Te tiene que doler mucho. ¿Quieres que lo avise para que te ayude? Me ofrecería, pero me temo que no soy tan fuerte como parezco.

—Me las arreglaré —insistí.

Quería posponer el inevitable horror del reencuentro con Charlie todo lo que pudiera. Estaba muy avergonzada de mí misma. No podía soportar la idea de cuánto dolor estaba a punto de infligirle. Porque, al no asegurar nuestra casa, yo sola había destruido el futuro de ambos. Ya no tendríamos ninguna posibilidad de vender sacando un modesto beneficio y seguir adelante. E incluso ser capaces de quedarnos parecía poco probable. Tendríamos suerte si la destrucción causada por la tormenta no había acabado con el edificio y con la mayor parte del valor de la casa. Todo el dinero, todo el trabajo duro, todo el amor que habíamos vertido en Oak Tree Cottage en los últimos meses, todo carecía de sentido. Porque ahora estábamos de vuelta donde empezamos. No, ni siquiera estábamos en ese lugar porque la casa tenía un gran árbol en medio, destrucción donde debía estar la cocina y devastación en lugar del segundo dormitorio. Y seguiríamos teniendo una hipoteca que pagar, independientemente del estado en que se encontrase la casa.

Me estaba fijando en el dinero porque era un concepto tangible. Pero había mucho más que eso. A pesar del estado actual de nuestra relación, Charlie y yo habíamos pasado momentos muy felices en aquella casa. Habíamos reavivado una amistad, y yo había encontrado algo mucho más. En Charlie había encontrado la pareja ideal. Estaba calmado cuando yo estaba estresada, era valiente donde yo a veces me retraía. Aunque, durante los meses que habíamos pasado juntos, me gustaba pensar que yo había crecido como persona. Me había ayudado a sacar lo mejor de mí, no haciéndome depender de él, sino dándome el espacio necesario para ver ciertas cualidades en mí misma y sentirme lo bastante segura como para sacarlas a relucir. Habíamos comprado una casa, pero juntos la habíamos convertido en un hogar. Hasta que lo estropeé todo.

No tenía sentido demorarme más y aplazar el temido momento. Preparándome para lo que estaba a punto de ocurrir, bajé las escaleras despacio y con paso firme hasta donde Charlie me esperaba en la cocina.

—Freya, gracias a Dios que estás bien —dijo, mientras corría hacia mí, luego se detuvo a medio camino cuando vio la torpeza de mis movimientos—. ¿Qué te ha pasado en el pie? ¿Te quedaste atrapada? ¿Por qué no me llamaste en cuanto empezó la tormenta?

—Demasiadas preguntas —le dije, a la vez que él me envolvía en un gran abrazo de oso, estrechándome con fuerza, como si quisiera asegurarse de que realmente yo estaba allí.

Me mantuve tensa, sin atreverme a relajarme en sus brazos. No me abrazaría así si supiera lo que había pasado.

—Creo que deberíamos volver a la casa —dije finalmente, sabiendo que no podía aplazar más el temido momento.

Después de lo que pareció una eternidad, pero que tampoco pareció suficiente, aflojó su abrazo, aunque luego pasó su brazo por el mío.

—Deja que te ayude, preciosa —dijo, un término cariñoso que no me merecía.

—Los dos estáis invitados a quedaros aquí si ello os ayuda —ofreció Sheila—. Es agradable tener gente joven por aquí. Hemos comentado lo bueno que ha sido teneros en el pueblo, vecinos que se preocupan tanto por el lugar. Siempre pensamos que era una pena que Oak Tree Cottage llegara al estado en que se encontraba. Lo único que necesitaba era un poco de amor.

—Gracias, pero ya ha sido más que amable —contesté, antes de que Charlie pudiera decir otra cosa—. Estaremos bien. —Estaba segura de que era mentira.

Avanzamos lentamente por el sendero, Ted pegado a nuestros talones, no queriendo quedarse atrás. Cuando volvimos a Oak Tree Cottage, ambos nos quedamos en silencio, observando los daños. La fachada y la parte derecha de la casa tenían un aspecto más o menos normal, pero la parte trasera izquierda del edificio era otra historia, con las entrañas de la casa expuestas a la vista debido al agujero en forma de árbol en su estructura. Las cortinas de la habitación de Charlie se agitaban suavemente con la brisa, pero la ventana que antes cubrían estaba destrozada. Me pregunté si el hecho de que el árbol no hubiera tocado la esquina de la casa era algo bueno, algún recuerdo lejano de las clases de física del colegio sobre la integridad estructural. Sería una de las muchas cosas que tendríamos que investigar. Si es que podíamos permitírnoslo.

—Deberías haberme llamado —repitió Charlie—. Ya sé que habíamos discutido por la mañana, pero espero que sepas que siempre estaré ahí cuando lo necesites, Freya.

Podría cambiar de opinión cuando oyera mi confesión.

—Intenté llamarte —dije—, pero fue antes por la tarde y Serena contestó en tu lugar. Cuando todo empezó, fue lo único que pude hacer para que Ted y yo saliéramos de ahí sanos y salvos. Cuando llegamos al camino, estaba tan agotada que prácticamente me derrumbé en la cama. Pero no es excusa. Debería haberte llamado entonces. Siento no haberlo hecho.

—No pasa nada. Es comprensible. Pero me pregunto por qué Serena no me dijo que me llamaste.

—Porque le pedí que no lo hiciera. Sentí remordimiento de conciencia por estar arruinando tu cita.

Charlie se rio, un sonido extraño de oír dada la escena que teníamos delante.

—No era una cita —replicó.

Aunque mi corazón quería explorar más a fondo esa respuesta y sus repercusiones, mi cabeza me decía que tenía que centrarme en la tarea que tenía entre manos: confesarme con Charlie.

—Eso no viene al caso.

—¿Por qué crees que estoy saliendo con Serena? —preguntó, no muy convencido y no dejándome siquiera empezar.

—Charlie, ahora no es el momento. No es importante.

Me observó fijamente con su mirada penetrante, parecía mirar dentro de mi alma y ver toda la confusión, las dudas y el dolor que me acechaban.

—Es muy importante para mí. Y espero que también lo sea para ti. Parece que es algo que debemos aclarar —continuó—. No pasé la noche con Serena. Después de mi...

—Charlie, no he arreglado bien lo del seguro, así que estamos fastidiados —le interrumpí con rapidez para acabar de una vez con el temido momento. Por desgracia, lo dije tan deprisa que, a juzgar por la cara de confusión que puso, no debió de entender nada de lo que dije. Respiré hondo y le expliqué la situación en su totalidad y cómo mi falta de atención a los detalles había sido la causa—. Pero he pensado en una solución —concluí—. Tengo un plan para arreglar esto.

La idea se me había ocurrido mientras caminábamos por el sendero, y se trataba de una forma de mejorar las cosas para Charlie. No importaba el precio que yo tendría que pagar. Se trataba de hacer lo correcto.

—¿Y qué plan podría ser ese? —preguntó Charlie.

No podía deducir de su tono cómo se sentía respecto a la situación. Si estaba enfadado conmigo, estaba haciendo un buen trabajo conteniéndolo.

—Como sabes, ayer hice tasar la casa. Obviamente, a la luz de lo sucedido durante la noche, esa valoración va a ser insignificante. Pero estoy segura de que el agente inmobiliario me puede dar una nueva estimación. Vamos a vender la casa para reformar, al igual que cuando la compramos, y después tú recuperas todo. Todo. No quiero ni un penique. Y, si resulta que todavía le debemos dinero al banco... tras venderla, me responsabilizaré de que se pague ese dinero.

—Pero la compramos entre los dos, al cincuenta por ciento cada uno —dijo Charlie—. Ambos nombres figuran en la hipoteca y ambos somos responsables de pagarla.

—Lo sé. Pero fui yo quien asumió la responsabilidad de tramitar el seguro y fui yo quien no lo tramitó. Es culpa mía que haya pasado esto; es culpa mía que estemos en este lío. No deberías tener que pagar el precio de mi error. No voy a permitirlo.

Era un ofrecimiento que destruiría mis sueños de tener una casa en propiedad, posiblemente para siempre, y me condenaría a volver a donde había estado, o quizá a un sitio aún peor. Vivir en un lugar de mala muerte con un casero como Stevie el Diablo probablemente me parecería un sueño lejano. Pero no me importaban las consecuencias. Lo que más me importaba era cuidar de Charlie, asegurarme de que iba a estar bien, de que no tenía que pagar el precio de mis errores.

Charlie se rascó la cabeza lentamente.

—Siempre la del plan, eh, Freya. Pero, si me preguntas, este plan es del mismo calibre que el de «Las Normas», así que, si para ti da lo mismo, voy a rechazarlo.

Parpadeé asombrada.

—¿Qué estás diciendo? Te estoy ofreciendo la casa, Charlie. Es tuya.

—No la quiero si tú no vas a estar ahí también —dijo, y su lenguaje corporal me decía con rotundidad que no iba a cambiar de opinión.

Negué con la cabeza, en un intento por aclararme. Estaba llena de esperanza, aunque también aterrorizada por si había entendido mal lo que quería decir. Así que me fijé en la parte quizá menos importante de lo que acababa de decir.

—Creía que te gustaban «Las Normas» —dije tímidamente.

Charlie se rio.

—Solo las veía como un poco de diversión, Freya. Solo me importaban en la medida en que te importaban a ti. Teóricamente estuve de acuerdo con ellas porque a ti te parecían importantes, pero la realidad es que no necesito un trozo de papel que me diga cómo actuar contigo o qué sentir por ti.

El corazón empezó a latirme más rápido mientras la esperanza crecía en mi pecho.

—¿Pero el cuadro? Las enmarcaste. ¿Por qué, si eran tan insignificantes?

—Porque en el fondo soy un gran sentimental y quería conservarlas para la posteridad, ya que habían desempeñado un papel clave a la hora de volver a estar juntos. Su contenido es insignificante, pero lo son todo como símbolo del viaje que hemos emprendido juntos. Es un poco como guardar esa botella de champán vacía de la primera noche que nos mudamos. Al fin y al cabo, es una botella vacía, pero verla me recuerda a nosotros riéndonos juntos mientras bebíamos de ella, dando tumbos en la oscuridad mientras intentábamos asentarnos en nuestra nueva aventura, preguntándonos en qué demonios nos habíamos metido.

—Pero creí que lo que querías decir era que temías que fuera a romper las normas, o más bien una de ellas, y querías avisarme antes de que fuera demasiado tarde —expliqué.

—Si hay algo que ha quedado claro mientras vivía contigo, Freya, es que no eres de las que rompen las normas —dijo Charlie, con una nota de decepción en la voz.

Me quedé mirando la casa destrozada y pensé en mi anterior decisión de hablar. ¿Me había equivocado al considerar la posibilidad de seguir adelante? Pero, por otro lado, ¿qué podía perder? Llevaba semanas conteniéndome, sin atreverme a decir lo que pensaba, y ello me hacía sentir miserable, porque estaba permitiendo que destruyera nuestra amistad. Había experimentado la agonía del rechazo una y otra vez, no porque hubiera sucedido realmente, sino porque había dejado que el miedo se apoderara de mí, porque había escuchado demasiado esa voz desagradable del fondo de mi cabeza que me decía que no era digna de ser amada.

Pero ya era hora de dejar que esa voz dictara mi comportamiento durante el resto de mi vida. Si Charlie me rechazaba, me sentiría desolada. Pero, si seguía sin saberlo, sería una tortura más dolorosa y lenta y más destructiva. Tenía que intentarlo; así al menos no tendría que pasar el resto de mi vida preguntándome «y si...».

—Siempre me han educado para seguir las normas y hacer lo correcto. Pero empiezo a darme cuenta de que son dos cosas distintas —dije despacio—. Porque poco después de mudarnos a la casa supe que estaba en peligro de romper «Las Normas», o más bien una norma en particular.

La expresión de Charlie seguía siendo difícil de leer, pero al menos me dio una indicación.

—¿Qué norma era esa? —preguntó.

—La norma 18c.

—Tendrás que recordarme cuál es —dijo, para mi sorpresa.

Aún creía a medias que esa norma en particular era la razón por la que las había enmarcado.

—La norma 18c, «No involucrarse» —expliqué.

—Vas a tener que explicármela —dijo Charlie—. Dime lo que realmente quieres decir, Freya.

No me lo iba a poner fácil.

Haciendo acopio de todo mi valor, le dije:

—Me he involucrado. Tu amistad lo es todo para mí, Charlie, y desde que la hemos reavivado me ha dado mucha alegría. Eres la persona que mejor me conoce en todo el mundo. Me has visto en mis peores momentos y en los mejores, y aun así me has brindado tu amistad. —Respiré hondo—. Pero ahora espero más. Eres mi mejor amigo, pero también me he enamorado de ti. No podría sentirme más involucrada ni aun intentándolo. Cuando éramos niños, los mayores siempre decían que éramos compañeros de fechorías. Lo que quiero decir es que, ahora que somos adultos, me encantaría que fuéramos compañeros de vida.

Tenía el corazón acelerado y la boca seca. Me había hecho vulnerable, había dado ese paso del que no habría vuelta atrás. Pero, ahora que lo había dicho, también me sentía extrañamente tranquila. Las palabras estaban ahí. Había dicho lo que tenía que decir. Ahora dependía de Charlie. Cualquiera que fuera su respuesta, yo sabía con certeza que no me arrepentiría de lo que había hecho, y estaba orgullosa de mí misma por haberlo hecho.

Charlie dio un paso más hacia mí y, de repente, supe su respuesta antes incluso de que abriera la boca para decirla.

—Pensé que nunca me lo pedirías, Freya —dijo en voz baja.

30

Por supuesto, no iba a ser tan fácil como confesarnos nuestros sentimientos el uno por el otro y luego saltar hacia la puesta de sol para ser felices para siempre. Para empezar, mientras atraía a Charlie hacia mí, con los sentidos desbocados por la expectación de besarle por fin como es debido, Ted se hartó de dar vueltas por el camino y se lanzó a una carrera desenfrenada, dando vueltas por la casa y apuntando al agujero del lateral de la cocina, que le pareció que era la ruta más corta a su cama.

—Ted, no, vuelve.

Salimos tras él, al principio todavía cogidos de la mano, pero rápidamente nos separamos cuando aceptamos que no era la forma más práctica de capturar a un perro descontrolado, sobre todo teniendo en cuenta lo lenta que iba yo debido a mi pie lesionado. Por fortuna conseguimos detenerlo antes de que volviera a entrar en la casa y Charlie lo depositó en su corral.

—No puedo evitar sentirme bastante satisfecho de que el corral haya aguantado la tormenta.

—No creo que Ted esté de acuerdo contigo —repliqué, mientras Ted daba tres vueltas sobre sí mismo y se tiraba al suelo, con el lomo mirando hacia nosotros. Ahora que estábamos en el jardín, teníamos una visión aún más clara del reto al que nos enfrentábamos—. Ya sé que solíamos bromear con que vivir en la casa era como acampar. Pero ahora probablemente tengamos que acampar en el jardín. ¿Por dónde vamos a empezar a intentar resolver todo esto? —dije, mientras Charlie volvía a cogerme de la mano y nos abríamos paso entre los escombros.

—El tejado y las paredes —dijo despreocupadamente, como si fuera a ser la tarea más fácil del mundo.

—Entonces, ya está. Solucionado. Así de fácil. Solo un par de tareas menores —dije riendo, deseando que mis palabras fueran ciertas.

Charlie me miró fijamente.

—Pero los cimientos siguen estando bien. Y, mientras los cimientos sean fuertes, todo lo demás encajará.

—No lo sabemos con seguridad.

—Yo creo que sí —respondió.

Supuse que no hablaba solo de la casa. Nos inclinamos el uno hacia el otro y por fin nuestros labios se tocaron. Sentí la sonrisa en su boca cuando por fin nos besamos, suavemente al principio, luego con creciente urgencia, nuestros cuerpos apretados el uno contra el otro. No podía estar lo bastante cerca de él.

—Hay un pequeño problema, Hutch —susurró Charlie contra mis labios un rato después.

—No se me ocurre nada que pueda causarnos problemas —respondí mientras le besaba la mandíbula y luego exploraba su cuello con más detalle.

—Solo tenemos una cama doble, y estaba en mi habitación —murmuró.

—Entonces supongo que volvemos a compartir la individual —le susurré al oído.

En ese momento, creo que ambos estábamos dispuestos a dejar de lado cualquier preocupación por la salud y la seguridad y entrar en la casa para continuar con más comodidad. Pero el estridente sonido de otra pizarra que se desprendió del tejado y cayó al suelo nos obligó a centrarnos.

—Quizá deberíamos llamar a un profesional para que evalúe los daños antes de que pongamos en peligro nada más. Aunque me encantaría oírte decir que notaste que la tierra se movía —dijo Charlie, con los ojos brillantes de picardía—, preferiría que fuera en el calor de la pasión y no porque la casa se estuviera derrumbando literalmente a nuestro alrededor.

La expresión de su cara me derritió por dentro.

Apoyé la frente en la suya.

—Supongo que estaría mejor.

—Llamaré a Serena —dijo—. ¿Ya has averiguado quién es? —Parecía divertido.

—Bueno, parece que ella no es tu cita.

—Serena es demasiado sensata para querer liarse conmigo —dijo Charlie. Fingí que le daba un manotazo, lo que hizo que se riera—. Es la nieta constructora de un amigo de Arthur. Dirige la empresa que nos suministra los contenedores. Y tuvo la amabilidad de permitirme asistir a algunas de las clases que imparte en la escuela de construcción, y me dio clases extra para que pudiera defenderme al frente del bricolaje. Anoche estuve en un taller de carpintería y acabé quedándome en el sofá de un compañero porque hacía muy mal tiempo. Arthur me sugirió que fuera a algunas clases cuando charlé con él un día y le confesé que, por mucho que me esforzara, no conseguía estar a la altura de tus habilidades para los arreglos.

—De ahí tu repentino talento para el yeso y para montar armarios de cocina —dije con una sonrisa.

Ahora todo empezaba a tener sentido.

—No puedo negarlo. Siempre parecías tener el control y saber exactamente lo que hacías. No quería decepcionarte.

—No podrías defraudarme aunque lo intentaras. Yo soy esclava de las instrucciones, como bien sabes. Pero ¿por qué no me lo contaste?

—Porque no quería quedar mal delante de la mujer de la que me estaba enamorando —admitió Charlie—. Debería confesar ahora que cuando éramos niños estaba locamente enamorado de ti. Y, a medida que te fui conociendo mejor como adulto, ese afecto se hizo más fuerte, hasta que me di cuenta de que estaba completamente enamorado de la mujer en la que te has convertido. Y quería impresionarte. Suena tan infantil cuando lo digo así.

—No hacía falta que te convirtieras en un fenómeno de la

construcción de la noche a la mañana para impresionarme, Charlie. Tu amabilidad, tu apoyo y la forma en que siempre me haces reír lo hizo por ti. Ojalá los dos hubiéramos dicho algo antes.

—Siempre es más fácil visto en retrospectiva. Además, esperaba que encontraras tu propia manera de anular las normas.

—Estaba desesperada, pero al mismo tiempo tenía miedo. Sentía que había mucho en juego. Pero debería haberlo pensado mejor y haberlo hablado contigo.

—La comunicación es la clave —dijo Charlie con naturalidad—. Estoy seguro de que se menciona varias veces en «Las Normas».

—Malditas sean «Las Normas» —dije antes de besarle para suavizar la dureza de mis palabras—. No necesitamos directrices que nos digan cómo estar el uno con el otro.

—No podría estar más de acuerdo.

La evaluación profesional de Serena sobre Oak Tree Cottage determinó, afortunadamente, que no corría peligro inminente de derrumbarse. Sin embargo, nos recomendó que pusiéramos andamios para sujetar las paredes y una lona resistente para tapar los agujeros del tejado antes de volver a instalarnos. Y nos advirtió de que tendríamos que encontrar una solución mejor antes de que llegara el invierno. Gracias a sus contactos en el sector, consiguió que unos contratistas vinieran el mismo día para talar nuestro querido roble y retirar las partes que se habían metido dentro de la casa. Se retiró a hacer una valoración de lo que costarían las nuevas obras, pero, a juzgar por la expresión de su cara cuando vio los daños, iba a ser una buena suma.

Una vez que Oak Tree Cottage fue declarada segura para volver a entrar, Charlie y yo nos abrimos paso entre los restos de nuestra cocina, con el nuevo suelo de hojas, ramas y serrín crujiendo bajo nuestros pies.

—Creo que vamos a necesitar algo más que una mano de pintura para que esto vuelva a quedar bien —dijo Charlie.

Como no le contesté, se volvió para ver qué estaba mirando.

—Escribiste esto cuando estábamos decorando —dije.

Señalé la inscripción del suelo, que había quedado al descubierto porque el armario que estaba encima se había caído con el árbol. A ambos lados de la huella de la pata de Ted estaban nuestras firmas, pero había unas palabras más, añadidas, entre ellas, de modo que ahora ponía: «Charlie Humphries quiere a Freya Hutchinson».

Charlie se sonrojó.

—Me pareció una oportunidad demasiado buena para desaprovecharla —admitió.

—Así que por eso colocaste el armario tan rápido mientras yo dejaba salir a Ted al jardín. Ojalá lo hubiera visto entonces (me habría ahorrado muchos disgustos). Eres un romántico, Charlie Humphries. —Me levanté y le di un abrazo, apretándolo contra mí para que pudiera oír las siguientes palabras que susurré—: Es una de las muchas razones por las que te quiero.

—Debería pintar el suelo de la cocina más a menudo —murmuró en respuesta.

Aparté algunas ramitas rotas para poder ver lo escrito con más claridad.

—Sé que el árbol nos ha causado grandes problemas, pero también me entristece que ya no esté en pie. Era tan majestuoso. Este lugar no es lo mismo sin él. Oak Tree Cottage sin su roble. —Negué con la cabeza—. Parece un error.

—Ah, pero no tienes que preocuparte por eso —dijo Charlie—. Déjame enseñarte algo. —Me llevó por el jardín hasta un terreno que había más allá del corral de Ted—. Cuando estaba despejando el espacio para el sabueso y haciendo el corral de perros a prueba de fugas, encontré un pequeño árbol que debe de haber brotado espontáneamente de una bellota caída. Mira. —Señaló un arbolito de unos treinta centímetros de altura.

—Me sorprende que haya sobrevivido, dado el estado del jardín y el amor que Ted les tiene a los palos —dije.

—Creo que es algo típico, como la casa y sus propietarios. Aún tiene que crecer mucho hasta que alcance la altura de su árbol madre, pero la continuidad está ahí.

—Oak Tree Cottage todavía tiene roble. —Asentí con la cabeza.

Era una extraña fuente de tranquilidad, pero me hizo sentir que, de algún modo, todo saldría bien.

Nuestra primera noche como pareja fue un reflejo de nuestra primera noche en Oak Tree Cottage, ya que pedimos comida para llevar y nos acostamos escuchando el sonido del viento frío que se colaba en la casa. Por razones obvias, Ted no podía dormir en la cocina. Por fortuna, pareció contentarse con acurrucarse encima de las alfombrillas del cuarto de baño, y empezó a roncar en cuanto cerramos silenciosamente la puerta tras él. Así pudimos disfrutar de nuestra primera noche juntos sin público perruno.

Nos tumbamos entrelazados bajo el edredón, Charlie me acariciaba el pelo mientras yo apoyaba la cabeza en su pecho.

—¿En qué estás pensando? Un penique por tus pensamientos —dijo Charlie.

Me apoyé en el codo para ver su cara a la luz de la luna.

—Sigo sintiéndome mal por lo del seguro —le dije.

—No te sientas mal —dijo sin más.

—Es más fácil decirlo que hacerlo.

—Freya, todos cometemos errores. No había malicia detrás de ello. Fue un simple descuido. Como cuando me olvidé de recoger un pedido de la tienda de bricolaje, o le di a Ted su cena a pesar de que ya le habías dado de comer.

—Pero ninguna de esas cosas tuvo repercusiones tan grandes.

—Ted diría lo contrario. Superaremos este reto, igual que superamos todos los demás que se presentaron durante la reforma. Y te estás olvidando de que fue el problema con el seguro lo que te llevó a declararme lo que sientes por mí. Le estaré eternamente agradecido, porque ahora conozco el alcance de tu total devoción.

—¿«Total devoción»? Te tienes en muy alta estima, Charlie Humphries. —Bajé la cabeza y le besé profundamente—. Pero tienes razón: acampar en una obra contigo es mejor que llevar una vida lujosa con cualquier otra persona. Tendrás que recordármelo cuando temblemos de frío en pleno invierno mientras otro vendaval azota la casa.

—Estoy seguro de que encontraremos la manera de calentarnos —dijo Charlie riendo—. En serio, el trabajo nos va a pasar factura a nosotros y a nuestras cuentas bancarias, pero encontraremos la manera de sobrellevarlo. Mientras nos tengamos el uno al otro, eso es lo que importa. Lo demás son detalles, que ya encontraremos la forma de solucionar.

Y, fieles a la fe optimista de Charlie en el destino, las cosas empezaron a encajar poco a poco. Cuando llegó el presupuesto de Serena, temí que tuviéramos que vender un riñón cada uno para pagarlo. Pero conseguimos bajar un poco el precio acordando hacer parte del trabajo nosotros mismos. Mi lista de reproducción de YouTube iba a ser espectacularmente larga cuando termináramos este proyecto. Por otra parte, nuestro bróker hipotecario, después de unas duras negociaciones, consiguió sacarle algo de dinero extra al banco para cubrir el resto de las obras estructurales importantes. La guinda del pastel fue cuando me enteré de que me habían dado el puesto de jefa de departamento. Según mis cálculos, solo me supondría una libra más de ingresos a la semana, pero, bueno, cada penique ayuda.

Pero lo mejor de todo fue que, lejos de Oak Tree Cottage, tuvimos buenas noticias del abuelo, que, por supuesto, se dio cuenta de lo que había cambiado entre Charlie y yo en cuanto pusimos un pie en su habitación de la residencia la siguiente vez que fuimos a verlo.

—Ah, entonces por fin has dicho algo —dijo, sin dejar claro a quién de los dos iba dirigido el comentario—. Estáis hechos el uno para el otro. Sabía que algún día ocurriría. Nunca me equivoco en estas cosas. Por eso hoy es un día de doble celebración.

—¿Qué celebras, abuelo? —pregunté.

Por lo que fuera, no me sorprendió que el abuelo hubiera descubierto algo que yo había tardado tanto en averiguar.

—Me han dado el visto bueno para abandonar la residencia —dijo.

—¿Significa eso que volverás a tu casa de campo? —le pregunté—. Eso no es una buena noticia, sino que es una gran noticia.

—No exactamente —dijo—. Tu madre me ha estado insistiendo para que hable con mi casero sobre las adaptaciones de la casa. Ya sabes: un salvaescaleras, un elevador de bañera, asideros...; cosas que usan los ancianos. Pero se me ha ocurrido una solución mucho mejor, que por algún milagro a ella también le parece una gran idea. Curiosamente, fuisteis vosotros dos los que me inspirasteis.

—¿Te vas a comprar una casa, Arthur? —preguntó Charlie con una sonrisa en la cara.

El abuelo sonrió.

—Eso os lo dejo a vosotros, los jóvenes. Pero he decidido que me voy a vivir con mi nuevo amigo Sjaak. Será bueno tener un poco de compañía, y nos lo pasamos muy bien juntos y nos reímos mucho. Hemos encontrado un sitio fantástico para alquilar. Todo está en una sola planta, con lo que se ajusta al sentido práctico que tu madre cree que ha de tener la vivienda de una persona de mi supuesta edad, pero es moderno y elegante, sin restos de persona mayor a la vista.

—Suena absolutamente perfecto. Y vivir con un buen amigo es lo mejor. Y ya sabes lo que pasó cuando Charlie y yo nos fuimos a vivir juntos —bromeé.

El abuelo se rio.

—Sería sorprendente —respondió—. Pero me siento más animado que nunca al pensar en la nueva casa. A este viejo perro aún le queda cuerda para rato. Y, hablando del perro, me preguntaba si estaríais de acuerdo con la custodia compartida. Creo que Ted se ha acostumbrado a estar con vosotros dos, y se disgustaría mucho si no pudiera seguir supervisando el trabajo de Oak Tree Cottage.

Ted lanzó un gruñido desde la bolsa de IKEA. Se había acostumbrado tanto a que lo metieran en la residencia de esa manera que había empezado a echarse siestas dentro de la bolsa.

—Creo que es la forma que tiene Ted de decir que aprueba el plan. Yo también —dije. Miré mi reloj—. Me temo que vamos a tener que dejarte por el momento, abuelo. Tenemos una cita importante con un techador. Una casa no es un hogar sin tejado. Ni sin amor —añadí, guiñándole un ojo a Charlie—. Y, ya que vas a salir pitando —continué diciéndole a Charlie—, quizá Ted podría renunciar a su método de viajar de incógnito.

—Qué rebelde eres, Hutch —dijo Charlie.

—Eres una mala influencia para mí, Humph —respondí con ligereza.

—El Dúo Terrible ataca de nuevo —dijo el abuelo.

—Con nuestro amigo de cuatro patas haciendo de tercero —dije yo.

Cogí la mano de Charlie entre las mías y salimos juntos del edificio, con Ted trotando tan contento pisándonos los talones, y nos dirigimos a casa.

Agradecimientos

En primer lugar, tengo que darte las gracias a ti, querido lector, por elegir este libro. Espero que leer la historia de Freya y Charlie te proporcione tanta alegría como a mí me produjo escribirla.

Escribir puede ser una ocupación solitaria, así que estoy agradecida a mis amigos bibliófilos, que son unos animadores maravillosos y una verdadera inspiración para mí. También tengo mucha suerte de contar con el apoyo de mi editora superestrella, Jennie Rothwell, y del resto del fabuloso equipo de One More Chapter. Trabajar con todos vosotros es un sueño. Gracias también a mi brillante agente Amanda Preston por apoyarme siempre.

Por último, gracias a mi familia por su amor, sus ánimos y su confianza en mí. Sois mi luz brillante.

**Otros títulos de nuestra colección Harper+
por si quieres seguir leyendo**

Escápate a París y prepárate
para dejarte llevar.
La Ciudad del Amor nunca decepciona.

¡Cuidado con el lobo!
Potente y adictiva, esta recreación feminista
de Caperucita Roja es perfecta para
los fans de Stephanie Garber.

Una deliciosa casa de campo en la Provenza, una boda a punto de celebrarse, un asesinato y una detective novata dispuesta a resolver su primer caso. Miss Ashford ha llegado para quedarse.

Layla Devlin decide dejar atrás su pasado y cumplir sus sueños en el pequeño pueblo de las Highlands escocesas donde nació.

Un apasionante y enrevesado misterio de asesinato perfecto para todos los aficionados a la novela negra. Continúa la serie de Ryder y Loveday.

www.ingramcontent.com/pod-product-compliance
Lightning Source LLC
LaVergne TN
LVHW091627070526
838199LV00044B/974